HEYNE BÜCHER

SCIENCE FICTION

Herausgegeben
von Wolfgang Jeschke

Ein Verzeichnis weiterer Romane dieser Serie finden Sie am Schluß des Bandes.

HOWARD WEINSTEIN

DIE MACHT DER FORMER

Raumschiff ›Enterprise‹
Die nächste Generation

Deutsche Erstausgabe

WILHELM HEYNE VERLAG
MÜNCHEN

HEYNE SCIENCE FICTION & FANTASY
Band 06/5096

Titel der amerikanischen Originalausgabe
PERCHANCE TO DREAM
Deutsche Übersetzung von Andreas Brandhorst

Redaktion: Rainer Michael Rahn

Die Originalausgabe erschien bei POCKET BOOKS,
a division of Simon & Schuster, New York

Printed in Germany 1994
Umschlagbild: Pocket Books / Simon & Schuster
Umschlaggestaltung: Atelier Ingrid Schütz, München
Technische Betreuung: Manfred Spinola
Satz: Schaber Satz und Datentechnik, Wels
Druck und Bindung: Ebner Ulm

ISBN 3-453-07260-X

Für Tom Roberts,
meinen Freund und Lehrer.

KAPITEL 1

»Ich mag es *ganz und gar* nicht, wenn man mir Handschellen anlegt, Jean-Luc.«

Captain Picard seufzte. »Wie meinen Sie das, Dr. Crusher?« Die Bordärztin hatte das Kinn herausfordernd vorgeschoben, und ihr Gebaren deutete darauf hin, daß sie sich von jemandem oder etwas beleidigt fühlte. Darüber hinaus vermittelte ihre Körpersprache folgende Botschaft: Sie wollte den Bereitschaftsraum erst verlassen, wenn sie eine zufriedenstellende Antwort bekommen hatte.

Picard besann sich auf die Tugend der Geduld, faltete die Hände und wußte, daß er nicht lange auf die Einzelheiten warten mußte. Beverlys Brauen zogen sich wie Gewitterwolken zusammen. *Los geht's …*

»Ich drehe nicht gern Däumchen, während Patienten leiden – und ich habe nicht vor zu warten, bis jemand anders ihnen hilft.«

Picard deutete zur Couch jenseits des Schreibtischs und versuchte gleichzeitig, den Grund für Dr. Crushers Zorn zu erahnen.

Als die Ärztin Platz nahm, bemerkte sie das kleine holographische Sonnensystem hinter dem Captain. Mindestens drei Dutzend Objekte glitten hin und her: Planeten, Monde, Asteroiden und winzige Raumschiffe. »Meine Güte, was ist das denn?«

»Hm?« Picard drehte den Kopf und sah zum projizierten kosmologischen Chaos. »Oh, ein navigationstechnisches Rätsel, das mich schon seit einer ganzen

Woche beschäftigt. Ich gebe nicht auf und versuche noch immer, es zu lösen. Computer, aktuelle Konfiguration speichern.« Das Hologramm verschwand, und daraufhin wandte sich der Captain Beverly zu. »Gehe ich recht in der Annahme, daß Sie deshalb empört sind, weil Sie die Anweisung erhielten, zehn verletzte Arbeiter vom Chezrani-Außenposten aufzunehmen?«

»Ja, das stimmt. Die *Enterprise* soll sie zum nächsten Starbase-Hospital bringen. Mit dieser Order gibt uns Starfleet zu verstehen, daß man dieses Schiff für eine Art Krankenhaus hält – und das medizinische Personal an Bord für Krankenpfleger.«

»Doktor, ich glaube kaum ...«

»Nie zuvor kam es zu einer Kontamination durch Ridmium-Partikel«, unterbrach die Ärztin den Kommandanten. »Die medizinische Fachliteratur enthält keine Angaben in Hinsicht auf wirkungsvolle Behandlungsmethoden.«

»Sind Sie der Ansicht, daß die Patienten in Starbase 96 nicht mehr Hilfe erwarten dürfen als in Ihrer Krankenstation?«

Dr. Crusher ballte die Fäuste. »Nein. Ich halte es nur für absurd, *nichts* zu unternehmen. Zweifellos *kann* ich den Kranken schon hier an Bord der *Enterprise* helfen. Ich denke dabei an genauere Untersuchungen. Bisher wissen wir nur, daß sich Ridmium aufs Immunsystem auswirkt.«

»Ah. Und wenn ich mich recht entsinne, gehören immunologische Forschungen zu Ihrem Spezialgebiet.«

»Ja, Jean-Luc. Und meine Mitarbeiter sind ebenso tüchtig wie ...«

»Sie rennen offene Türen ein«, sagte Picard in einem beruhigenden Tonfall. »Wir brauchen ungefähr sechsunddreißig Stunden für den Flug vom Chezrani-System zur Starbase 96. Ich sehe keinen Grund, warum

Sie diese Zeit *nicht* dem Bemühen widmen sollten, eine Behandlungsmethode zu finden.«

Beverly wirkte tatsächlich besänftigt. Zumindest ein Teil des Ärgers verflüchtigte sich. »Das war ohnehin meine Absicht. Ich wollte mir nur Ihrer Unterstützung sicher sein.«

»Die haben Sie immer. Sie wissen doch, wieviel ich von Ihren beruflichen Fähigkeiten halte.«

»Bei Starfleet scheint man an meiner Kompetenz zu zweifeln«, schmollte Beverly.

»Ich bezweifle, daß Sie dort den Ruf eines Quacksalbers genießen.«

»Wer hat von ›Quacksalbern‹ gesprochen?« erwiderte Dr. Crusher, und neuer Zorn entflammte in ihr.

Picard stand auf, ging um den Schreibtisch herum und blieb vor der Ärztin stehen. »Man hat Sie zur Leiterin der medizinischen Abteilung von Starfleet ernannt, Beverly. Könnte man Ihnen ein größeres Kompliment machen?«

Dr. Crusher seufzte einmal mehr und lehnte sich auf der Couch zurück. »Vermutlich haben Sie recht, Jean-Luc. Vielleicht ist meine Reaktion übertrieben.«

»Ich glaube, es geht dabei nicht nur um die Patienten. Es gibt auch noch etwas anderes, das Sie belastet.«

Die Ärztin lächelte schief. »Wagen Sie sich jetzt in Counselor Trois Revier vor?«

Picard lächelte ebenfalls. »Dazu fehlt mir die betazoidische Empathie. Wie dem auch sei: Auch wir einfachen Raumschiff-Kommandanten entwickeln im Lauf der Zeit eine gewisse Sensibilität, wenn es um die Stimmungen und Sorgen der Besatzungsmitglieder geht.«

Jean-Lucs indirekte Aufforderung, die Bürde der Sorgen hier im Bereitschaftsraum abzustreifen, war sehr verlockend. Dennoch schüttelte Beverly den Kopf. »Ach ... Sie würden es nicht verstehen.«

»Stellen Sie mich auf die Probe.«

Dr. Crusher überlegte, blieb jedoch stumm. Während sie schwieg, dachte Picard darüber nach, ob er weiterhin auf einer Auskunft beharren sollte. Er mochte und respektierte Beverly Crusher, was jedoch nicht bedeutete, daß er ihr inneres Wesen verstand. Sie konnte wechselhaft, stur und skeptisch sein, wurde damit jenem Psycho-Profil gerecht, das man mit Rothaarigen in Verbindung brachte. Aber in ihr verbarg sich noch viel mehr. Vielleicht war es alles andere als ratsam, Beverlys ganz persönliche Dämonen kennenzulernen.

Andererseits: Es handelte sich nicht nur um einen Offizier, der Vertrauen verdiente, sondern auch um einen Freund. Ob ratsam oder nicht – Jean-Luc hielt es für seine Pflicht, ihr die Chance zu geben, von ihren Problemen zu erzählen.

»Ich weiß, daß Sie sich normalerweise Counselor Troi anvertrauen«, sagte der Captain. »Angesichts der gegenwärtigen Umstände dachte ich, daß Sie vielleicht bereit sind, mit mir vorliebzunehmen. Wenn ich raten darf ... Beziehen sich Ihre Sorgen auf Wesley?«

»*Lieber* Himmel – bin ich so leicht zu durchschauen?« Die Verblüffung verschwand aus Beverlys Zügen und wich einem sanften Schmunzeln. »Es ist seltsam, Jean-Luc. Als ich das Angebot der medizinischen Sektion Starfleets annahm und zur Erde zurückkehrte, war ich dauernd besorgt, weil ich *nicht* wußte, was mein Sohn anstellte. Jetzt bin ich wieder an Bord der *Enterprise* und weiß, auf welche Weise Wes seine Zeit verbringt – doch die Sorgen bleiben. Als Mutter befindet man sich in diesem Zusammenhang in einer ausweglosen Lage.«

»Ich verstehe Ihre Situation besser, als Sie glauben«, entgegnete Picard, und in seinen Augen funkelte es amüsiert, als er sich auf die Schreibtischkante setzte.

»Hm. Ich schätze, um ein guter Captain zu sein, benötigt man auch eine Art Mutterinstinkt.« Beverly schüttelte den Kopf, stand auf und begann mit einer unruhigen Wanderung durch den Bereitschaftsraum. »Ich weiß, daß Wesley nicht zum erstenmal einer Einsatzgruppe angehört, die außerhalb des Schiffes tätig ist. Das rufe ich mir immer wieder ins Gedächtnis zurück. Aber bisher befand sich die *Enterprise* immer im Orbit des jeweiligen Planeten. Es geschieht nun zum erstenmal, daß Wes auf einer Welt tätig ist, während wir ganz woanders sind.«

»Glauben Sie, ihn auf Domarus Vier im Stich gelassen zu haben?«

»So etwa fühlte ich mich.«

»Beverly, Ihr Sohn ist alles andere als hilflos«, betonte Picard mit sanftem Nachdruck. »Zwei andere Akademie-Kandidaten leisten ihm Gesellschaft, ganz zu schweigen von Data und Troi. Und ihnen steht ein Shuttle zur Verfügung.«

Dr. Crusher versuchte, gegen den Kummer anzukämpfen, ihn in einen fernen Winkel ihres Selbst zu verdrängen, aber es gelang ihr nicht. Emotionale Düsternis dehnte sich in ihr aus, und ihre Stimme bebte, als sie erwiderte: »Ich weiß. Ich weiß auch, daß bald ein Rendezvousmanöver stattfindet. Es dauert nur noch eine Stunde oder so bis zur Rückkehr der Einsatzgruppe. Mir ist auch klar, daß Wes irgendwann einmal an Bord eines anderen Raumschiffs unterwegs sein wird und ich nicht in der Lage bin, ihn ständig im Auge zu behalten. Die Stimme der Vernunft weist mich immer wieder darauf hin, daß Vergleiche zwischen Wesley und Jack keinen Sinn haben ...«

Der Captain versteifte sich unwillkürlich, als Beverly ihren Ehemann erwähnte, der vor Jahren unter Picards Kommando gestorben war. Er hoffte, daß seine Reaktion der Ärztin verborgen geblieben war. Sie wandte den Blick ab und bedauerte ganz offensichtlich, Jacks Namen genannt zu haben. Worauf basierte ihr Bedauern? Auf dem tief in ihr verwurzelten Widerstreben, Parallelen zwischen dem Schicksal des Vaters und der Zukunft des Sohnes zu sehen? Oder auf dem Wissen, Picard an seine Schuldgefühle in bezug auf Jacks Tod erinnert zu haben?

Jean-Luc fand keine Antwort auf diese Fragen. Eines stand fest: Ein Captain vergaß nie den Tod eines Kameraden. Das wußte niemand besser als Beverly Crusher. Sie hatte damals das Leid in Picards Augen gesehen, als er Jacks Leiche heimbrachte. Und als Erster Medo-Offizier der *Enterprise* sah sie immer dann ein Echo jenes Schmerzes, wenn sie ihm den Tod eines Besatzungsmitglieds melden mußte.

Doch in Hinblick auf Jack hatten sie ihre Empfindungen nie einer gründlichen Analyse unterzogen. Deshalb befand sich Jacks Geist noch immer an Bord, obwohl Beverly schon seit Jahren zu Picards Crew gehörte.

Sie trachtete danach, die eigene Verlegenheit zu überwinden. »Ich habe es nicht so gemeint … Oh, verdammt, ich *habe* es so gemeint. Ich sage mir dauernd: Jacks Tod bei einer Mission im All bedeutet nicht, daß es meinem Sohn ebenso ergehen wird. Aber hier drin …« Sie hob die Hand zum Herz. »Hier drin verharren Furcht und Zweifel.«

»Früher oder später müssen Sie Wesley sein eigenes Leben führen lassen, Beverly.«

»Ich weiß. Und je näher der Zeitpunkt rückt, desto mehr möchte ich den Jungen festhalten.« Dr. Crusher holte tief Luft. Sie war ganz und gar nicht sicher, ob sie diese Angelegenheit erörtern wollte. »Darf ich Ihnen eine persönliche Frage stellen, Jean-Luc?«

»Ja.«

»Wann hatten Sie das Gefühl, von Ihrer Mutter freigegeben zu werden?«

Picard unterdrückte ein Lächeln, doch in seinen Augen glitzerte es kurz. »Ein derartiges Gefühl stellte sich nie ein.«

Beverly Crusher schnitt eine Grimasse. »Oh, wundervoll …«

Die untergehende Sonne von Domarus Vier blendete Wesley Crusher, und mit der einen Hand schirmte er die Augen ab, als er zum relativ flachen Gipfel des nahen Bergs blickte. Gina befand sich irgendwo dort oben, aber er konnte sie nirgends erkennen. Vielleicht hatte sie eine der vielen kleinen Höhlen im Hang aufgesucht.

Für Gina Pace gab es nur eine Richtung: geradewegs nach vorn. Sie stürmte immer Hals über Kopf los, selbst unter Umständen, die andere Leute zum Anlaß nahmen, vorsichtig zu sein. Trotzdem konnte Wesleys Meinung nach von Tollkühnheit in dem Sinne keine Rede sein. Gina behandelte das Risiko nur als etwas, auf das man vorbereitet sein mußte; sie sah darin keinen Grund, besorgt zu sein. Wes war nicht nur mit ihr befreundet, sondern ebenfalls ein Kandidat für die Starfleet-Akademie. Wenn er ihren speziellen Enthusiasmus aus diesem Blickwinkel betrachtete, so fand er ihn sowohl amüsant als auch ärgerlich.

Derzeit war er nicht amüsiert. Der Abend verdrängte allmählich das helle Licht des Tages, und der Himmel verfärbte sich purpurn. Dieser Einsatz ging nun zu Ende. Sie mußten Ausrüstungsgegenstände und Proben verstauen, bevor sie mit dem Shuttle starten und ein Rendezvousmanöver mit der *Enterprise* durchführen konnten. Picards Schiff kehrte von den zwei Flugtagen entfernten niwlakanischen Kolonien zurück.

Der an Wesleys Uniformpulli befestigte Insignienkommunikator summte, und eine Stimme klang aus dem winzigen Lautsprecher. »Commander Data an Fähnrich Crusher.«

Wes klopfte auf das kleine Gerät, um es zu aktivieren. »Hier Crusher, Sir.«

»Kehrt ihr zurück?«

»Äh ... wir sind unterwegs, Commander. Crusher Ende.«

Der junge Mann wölbte die Hände trichterförmig vor dem Mund und wandte sich jenem Bereich zu, wo er Gina zum letztenmal gesehen hatte. »He, Pace! Komm runter, und zwar *sofort!*« Er hätte den Kommunikator benutzen können, um sich mit ihr in Verbindung zu setzen, doch die Echos gefielen ihm zu sehr. Als Achtzehnjähriger kannte er sich gut mit Physik und Akustik aus, aber trotzdem spürte er eine fast kindliche Freude, wenn er hörte, wie die eigene Stimme von hohen Felsen widerhallte.

Er spähte erneut nach oben, und schließlich sah er Gina: Sie kam aus einer Höhle, eilte wie eine Gemse über den Hang. Kleine Steine lösten sich und rollten fort, aber die junge Frau rutschte nicht ein einziges Mal aus.

Sie sprang von einem Felsen und landete direkt vor Wesley. »Bin ich zu spät dran? Ich wollte nur einige zusätzliche Gesteinsproben nehmen. Dort oben gibt's wirklich *erstaunliche* Formationen! Mir ging es darum, eine möglichst gute Sammlung zusammenzustellen. Wenn du der Captain wärst und ich dein wissenschaftlicher Offizier ... Es entspräche sicher deinen Erwartungen, wenn ich besonders gründliche Arbeit leiste, oder?«

Gina unterbrach ihren Wortschwall, um nach Luft zu schnappen, und Wes sah auf sie hinab. Er versuchte, so streng zu wirken wie Picard, was ihm jedoch alles andere als leicht fiel, denn die junge Frau war viel zu hübsch. Aus großen dunklen Augen blickte sie zu ihm auf, und er verspürte den Wunsch, ihr zotteliges Haar zu berühren. Gina und er waren nicht immer gut miteinander zurechtgekommen. Als überaus schüchterner Vierzehnjähriger hatte er sie für laut und unausstehlich gehalten. Mit sechzehn glaubte er sich alt genug, um erste vorsichtige Beziehungen zum anderen Geschlecht zu knüpfen, und Gina erschien ihm nicht mehr ganz so kindisch. Jetzt mit achtzehn …

Aber dies war weder der richtige Zeitpunkt noch der geeignete Ort. Wes fungierte als Ginas vorgesetzter Offizier bei einem wichtigen Einsatz, und die Pflicht verlangte von ihm, ein gutes Beispiel zu geben. Er brauchte einige Sekunden, um seine Gedanken zu sammeln. *Was hat sie mich gerade gefragt? O ja, jetzt fällt's mir wieder ein …*

»Ja«, sagte er und entsann sich auch an den Rest des Monologs. »Ich möchte tatsächlich, daß mein wissenschaftlicher Offizier gründliche Arbeit leistet. Aber ich möchte mir auch keine Sorgen um ihn machen müssen, weil er auf eigene Faust loszieht, um irgendwelche Untersuchungen anzustellen. Verstanden?«

»Verstanden.« Gina kniff die Augen zusammen und versuchte, den Ernst der Situation einzuschätzen. »Ich muß dich doch nicht ›Sir‹ nennen, oder?«

»Nein, das ist nicht unbedingt notwendig. Ich schlage vor, wir kehren jetzt zum Basislager zurück.«

Wesley setzte sich in Bewegung, ging mit langen Schritten voraus. Gina war ein ganzes Stück kleiner als er und mußte fast laufen, um nicht den Anschluß zu verlieren. »Wo ist Kenny?«

»Ich habe ihn zurückgeschickt, während ich nach dir Ausschau hielt«, erwiderte Wes und fügte seinen Worten einen vorwurfsvollen Blick hinzu.

»Oh. Nun, ich kann mir kaum vorstellen, daß er ebenfalls eine Höhle betreten hätte.«

»Manche Leute ziehen weite, offene Flächen vor.«

»Aber das ist bei Kenny *nicht* der Fall.« Gina lachte verächtlich. »Er wäre lieber an Bord eines Raumschiffs als auf einem Planeten. Manchmal weiß ich einfach nicht, was ich von ihm halten soll. Er kann so seltsam sein.«

»Er verabscheut es, Kenny genannt zu werden.«

»Und warum?« Ginas Züge brachten Trotz zum Ausdruck und wiesen darauf hin, daß sie Kennys ›Exzentrizitäten‹ mit einem ausgeprägten Mangel an Geduld begegnete.

»Er glaubt, es klingt nach dem Namen eines kleinen Jungen.«

Gina zuckte mit den Achseln. »Manchmal verhält er sich auch so.«

»Das gilt für uns alle«, sagte Wesley.

»Wie möchte er denn genannt werden? Etwa *Captain* Kenny?«

Wesley lächelte, obwohl er eigentlich ernst bleiben wollte. »Ken genügt vermutlich.«

»Ich werde versuchen, daran zu denken.«

Wes entdeckte einen gewissen Glanz in Ginas Augen und zweifelte an ihrer Aufrichtigkeit. Sie näherten sich nun dem Wald am Rand des Graslands, in dem ein großer Teil der geologischen Erkundung stattgefunden hatte, und der Fähnrich fühlte eine gewisse Zufriedenheit. Domarus Vier war ein interessanter Ort für diese Mission. Außerdem diente der Einsatz nicht nur als Übung. Data und Troi würden natürlich die individuellen Leistungen beurteilen und die entsprechenden Einschätzungen jenen Unterlagen hinzufügen, die später als Entscheidungsgrundlage dafür dienten, ob Wes und die anderen jungen Antragsteller einen Studienplatz an der Starfleet-Akademie bekamen. Darüber hinaus gab es nun mehr Informationen über eine bisher fast völlig unbekannte Welt, die vor acht Jahren zum erstenmal Besuch aus dem All erhalten hatte.

Die damaligen Untersuchungen waren von der USS *Jonathan Levy* durchgeführt worden, einem der aktivsten Forschungskreuzer in der ganzen Föderation. Doch die *Levy* beschränkte sich auf eine geologische und biologische Sondierung von der Umlaufbahn aus, und zwar mit folgendem Resultat: Auf Domarus Vier gab es keine intelligenten Lebensformen, nur viele Pflanzen und kleine Tiere. Wes und seine Gruppe hatten nichts entdeckt, das im Widerspruch zu jenen Berichten stand, aber es machte trotzdem Spaß, die Arbeit von Erwachsenen zu erledigen und dabei kaum beaufsichtigt zu werden.

Wes konnte natürlich nicht sicher sein, aber er gewann immer mehr den Eindruck, daß seine Zeit an Bord der *Enterprise* dem Ende entgegenging. War es erst drei Jahre her, seit er die Hoffnungen auf ein frühes Studium an der Starfleet-Akademie begraben mußte? Seit seinem Versagen bei der Aufnahmeprüfung schien wesentlich mehr Zeit verstrichen zu sein. Er hatte damals geglaubt, die Mutter, den Captain und alle Freunde enttäuscht zu haben – bis Captain Picard in der Beobachtungskammer ein verblüffendes Geständnis ablegte: »Wenn dir dieser Hinweis hilft ... Ich bin ebenfalls beim erstenmal durchgefallen. Aber verrat es nicht!«

Picard wies auch darauf hin, daß über Erfolg oder Mißerfolg nur die betreffende Person befinden konnte, sonst niemand. Es war gewiß keine leichte Lektion, doch jetzt wuchs die Überzeugung in Wesley, daß er zu verstehen begann.

Aus Gründen, die dem jungen Mann nach wie vor rätselhaft erschienen, hatte ihn Picard in die Brückencrew aufgenommen. Dadurch bekam er eine einzigartige Möglichkeit, Erfahrungen zu sammeln. Eine

Mischung aus Talent und harter Arbeit brachte ihm schließlich die rote Uniform des Fähnrichs ein. Er war nun ein echter Starfleet-Offizier, ohne irgendwelche Einschränkungen.

Ihm fiel die Vorstellung schwer, irgendwann nicht mehr Besatzungsmitglied der *Enterprise* zu sein. Wenn er mit dem Studium an der Starfleet-Akademie begann... Wäre dies nicht ein Schritt zurück? Vielleicht. Aber um auch nur *halb* so gut zu werden wie Picard, brauchte er, was ihm die Akademie anzubieten hatte: ein theoretisches Fundament, das praktischen Erfahrungen wie bei dieser Mission die richtige Perspektive verlieh.

Wes und Gina brachten einen grasbewachsenen Hügel hinter sich und erreichten einen Wald aus hohen Bäumen mit goldenen Blättern. Kurze Zeit später fanden sie Ken Kolker, der wie ein kleiner, stämmiger Gnom wirkte, als er sich bückte und einige letzte Flora-Proben sammelte. Seine Klassenkameraden kannten ihn als den ernstesten Siebzehnjährigen an Bord der *Enterprise*. Oft waren seine Stimmungen ebenso dunkel wie das kurze Haar. Wes deutete zur Lichtung, auf der Data, Troi und das Shuttle warteten. Ken nickte und schloß sich ihm an.

Nach einigen Schritten blieb Gina abrupt stehen. *»Mist!«*

Wesley stemmte die Hände in die Hüften und verzog das Gesicht. Sein Vorrat an Geduld ging allmählich zur Neige. »Was hast du vergessen?«

»Das blöde seismische Meßgerät... Ich hab's nicht ausgeschaltet.« Gina machte Anstalten, in die Richtung zurückzukehren, aus der sie kamen. »Ich beeile mich. Es dauert bestimmt nicht lange. Ich *laufe*...«

Ken hielt sie zurück. »Ich habe den Apparat desaktiviert«, sagte er.

Gina blinzelte. »Du hast *was?*«

»Auf dem Weg hierher habe ich mit dem Tricorder die aktuelle Checkliste kontrolliert und festgestellt, daß die seismischen Sensoren noch immer eingeschaltet waren. Da dachte ich mir ...«

Gina ließ ihn nicht ausreden. »Oh, du und deine blöden Checklisten!« Sie rollte mit den Augen.

»Checklisten sind wichtig«, erwiderte Ken.

»Im Leben gibt's auch noch andere Dinge, *Kenny*.« Gina betonte den Spitznamen, von dem sie nun wußte, daß er ihn nicht mochte. »Ziehst du *immer* eine verdammte Checkliste zu Rate, bevor du *irgend etwas* unternimmst?«

»Gina!« sagte Wesley scharf. »Er hat dich davor bewahrt, in Schwierigkeiten zu geraten.«

»Das ist nicht der Grund dafür, warum er das Meßgerät ausgeschaltet hat. Er wollte nur, daß ich wie eine Närrin dastehe.«

Aus den Augenwinkeln sah Wes, wie der kleinere Junge zusammenzuckte. Ken war sicher keine Stimmungskanone, und er zeichnete sich tatsächlich durch einen Mangel an Spontaneität aus – in dieser Hinsicht hatte Gina recht. Aber mit dem letzten Vorwurf ging sie eindeutig zu weit. »Gina, du solltest ...«

»Schon gut, Wesley.« Kenny besann sich auf den Rest seiner Würde. Er versuchte gar nicht, sich zu verteidigen, drehte sich wortlos um und stapfte zum Basislager.

Wes sah ihm einige Sekunden lang nach, richtete den Blick dann auf Gina. »Das war alles andere als nett. Wie hätte es wohl ausgesehen, wenn dir nach dem Shuttlestart die Sache mit den noch immer aktiven Sensoren eingefallen wäre? Dir ist ein Fehler unterlaufen – und dann hast du alles noch schlimmer gemacht. Wir sind ein Team. Und die Mitglieder eines Teams unterstützen sich gegenseitig. An diesen Grundsatz hat sich Ken gehalten.«

Gina senkte den Kopf und trat nach einem Stein. »Du bist sauer auf mich.«

»Ja. Aber darum geht's nicht.«

»Worum denn?«

»Was glaubst du?«

»Ich glaube, es geht um Zusammenarbeit und Kooperation.« Gina sah zu Wesley auf. »Hast du vor, mich zu melden?«

Er runzelte die Stirn und antwortete nicht sofort. *Meine Güte, sie sieht wirklich gut aus…* »Niemand ist perfekt«, erwiderte er schließlich, und seine Stimme klang nun sanfter.

»Nicht einmal du, Wes?« spottete Gina.

»Vor allem ich nicht.«

»Ich sollte mich wohl bei Ken entschuldigen.«

»Das mußt du wissen.«

Als sie das Lager erreichten, kniete Ken im Schatten des Shuttles *Onizuka:* Er sortierte die letzten Boden- und Pflanzenproben, verstaute sie anschließend in einem speziellen Behälter. Als sich Gina ihm näherte, trat Wesley auf die andere Seite des Shuttles. Damit war er außer Sicht – aber nicht außer Hörweite.

»Wenn du gekommen bist, um mir einen Vortrag über zwanghaftes Verhalten und dergleichen zu machen…« Ken sah nicht auf. »Das kannst du dir sparen.«

»Meine Güte, bist ziemlich gereizt, wie? Ich wollte mich entschuldigen.«

Ken drehte den Kopf und starrte die junge Frau überrascht an. »Im Ernst?«

Gina nickte. »Ich habe nicht daran gedacht, daß wir ein Team sind.« Sie blickte über Kens Schulter hinweg zu einem Behälter, in dem makellose Ordnung herrschte. »Du neigst *tatsächlich* zu zwanghaftem Verhalten, wie?« Sie fügte der Frage ein Lächeln hinzu, und deshalb fühlte sich ihr Gesprächspartner nicht beleidigt.

»Ich habe immer großen Wert auf Ordnung gelegt«, antwortete Ken und lächelte ebenfalls.

Gina trat noch etwas näher. »Ich wünschte, ich könnte nur halb so ordentlich sein. Mir passiert es immer wieder, daß ich Dinge verliere oder vergesse.«

»Bei kreativen Personen toleriert man ein wenig Geistesabwesenheit.«

Gina entdeckte ein Kompliment und hob die Brauen. »Hältst du mich für kreativ?«

»Du giltst als begabte Künstlerin.«

»Ist das auch deine Meinung?«

Ken schloß den Behälter, und dann richteten sich die beiden jungen Leute auf. »Ich ... äh ... kann mir kein Urteil erlauben. Mir fehlt ein musikalisches Gehör.«

»Aber du hast doch Augen im Kopf, oder?« erwiderte Gina. »Du hättest uns in die Höhlen begleiten sollen, Kenny. Die Mineralienadern im Gestein funkelten im Licht der Taschenlampen ...«

Ken schauderte. »Ich kann Höhlen nicht ausstehen! Wenn ich mir vorstelle, daß die Decke herabstürzt, alles unter sich zermalmt ...« Er deutete zum Himmel empor. »Ich bin lieber da oben, an Bord eines Raumschiffs.«

»Auch im All kann man sterben.«

»Statistisch gesehen bieten Raumschiffe weitaus mehr Sicherheit als ...«

»O nein, komm mir bloß nicht mit Statistik«, stöhnte Gina. Sie hob die Hand vor die Augen und schüttelte den Kopf. »Was hast du bloß dagegen, auf einem Planeten zu sein?«

»Ich bin im Weltraum geboren.«

»An Bord eines Raumschiffs?«

Jetzt rollte Ken mit den Augen. »Natürlich. Ich war fünf, als ich zum erstenmal den Fuß auf die Oberfläche eines Planeten setzte.«

»Seltsam.«

»Oh, es ist nicht annähernd so seltsam, wie du glaubst. Man sieht dadurch nur alles aus einem anderen Blickwinkel. Ich halte es zum Beispiel für völlig normal, mich in einer künstlichen, kontrollierten Umgebung aufzuhalten.«

Wesley lauschte auf der gegenüberliegenden Seite des Shuttles und beschloß nun, den Frieden zwischen den beiden jungen Leuten auszunutzen. Er kehrte zu ihnen zurück, und unter seiner Aufsicht begannen sie damit, die Ausrüstungsgüter zu verstauen.

»Das macht überhaupt keinen Spaß«, stellte Gina fest, als sie einen Container zur Ladekammer des Shuttles dirigierte.

»Wir sind nicht hier, um uns zu vergnügen«, sagte Ken. »Wir sammeln Erfahrungen, die uns dabei helfen sollen, eine Studienzulassung zu erhalten.«

»Die Vorschriften verbieten es einem nicht, Spaß zu haben. Erklär's ihm, Wesley...«

»Oh, ich mische mich da nicht ein«, erwiderte Wes und lächelte. »Führt eure Debatten ohne mich«. Er sah sich noch einmal um. »Alles klar. Wir sind fertig.«

Wesley und seine beiden Begleiter kletterten durch die Luke. Niemand von ihnen sah das sonderbare Funkeln am Rand der Lichtung.

Commander Data und Counselor Deanna Troi empfingen die Einsatzgruppe in der zentralen Kabine.

»Wir können starten, Sir«, sagte Wes.

»Gut, Fähnrich«, erwiderte Data. »Mr. Kolker?«

Ken hatte gerade in einem Sitz weiter hinten Platz nehmen wollen. Er richtete sich wieder auf und drehte den Kopf. »Ja, Sir?«

»Sie haben mehrmals Interesse an Steuerungsmechanismen und Navigation geäußert. Ich schlage vor, Sie fliegen das Shuttle.«

Aufregung leuchtete in einem sonst immer sehr ernsten Gesicht. »Ich soll …?« begann Ken ungläubig. Er versuchte sich wieder zu fassen, und Verlegenheitsflecken glühten auf den Wangen. »Vielen Dank, Commander.«

Auf dem Weg zur Pilotenkanzel kam er an Gina vorbei, und sie lachte leise. »Oh, unser Ken will gar keinen Spaß haben. O nein, dem coolen Ken Kolker geht's einzig und allein darum, Erfahrungen zu sammeln.«

Wes und Data folgten Kenny ins vordere Abteil des Shuttles, ließen Troi und Gina in der Hauptkabine zurück. Die Counselor wandte sich dem Mädchen zu. »Sie verspotten Ken nach wie vor.«

»Oh, er fordert's geradezu heraus.« Gina lächelte – und dann brachte ihr jungenhaftes Gesicht übertriebene Würde zum Ausdruck. »Ich weiß, ich weiß. Es ist kein Zeichen von Reife.«

»Aber manchmal können Sie der Versuchung nicht widerstehen, oder?«

Gina hob und senkte die Schultern, bevor sie in den Kontursessel sank. »Als Sie in meinem Alter waren, ist Ihr Gebaren sicher immer einwandfrei gewesen, oder?«

Ein Schmunzeln zupfte an Deannas Mundwinkeln. »Nun, ich fürchte, einer solchen Einschätzung würde meine Mutter nicht ohne weiteres zustimmen.«

»Na schön. Wie bewerten Sie unsere Leistungen bei der Mission?«

»Gina, Sie wissen doch, daß ich Ihnen darüber keine Auskunft geben kann.« Deanna seufzte. »Aber es ist typisch für Sie, daß Sie danach fragen.«

Das Shuttle startete. Es schlingerte mehrmals, doch dann stabilisierte sich die Fluglage, und es glitt der untergehenden domaranischen Sonne entgegen.

»Hm«, brummte Gina. »Nicht schlecht für einen blutigen Anfänger.«

Kenny fühlte sich im Sessel des Piloten recht wohl, als er das Shuttle in den Standardorbit steuerte – er hoffte nur, daß niemand seine Unsicherheit beim Start bemerkt hatte. Wesley saß neben ihm, kümmerte sich um die Sensoren und Hilfssysteme, während sich Data hinter den beiden jungen Männern im großen und ganzen mit der Rolle des Beobachters begnügte.

»Wann erreichen wir den Rendezvouspunkt?« fragte der Androide nach einer Weile.

»In fünfunddreißig Minuten, Sir«, antwortete Fähnrich Crusher.

»Halte Kurs und Geschwindigkeit«, sagte Ken.

Wesley warf einen beiläufigen Blick auf die Anzeigen der Sensoren – und runzelte die Stirn, als er dort etwas Ungewöhnliches bemerkte. »Ein Raumschiff nähert sich dem Planeten, Commander.«

»Trifft die *Enterprise* früher als erwartet ein?«

»Nein, Sir. Es handelt sich um ein fremdes Schiff. Die Konfiguration ist nicht bekannt, und es werden keine ID-Signale gesendet.«

Der Androide beugte sich über Wesleys Schulter und blickte auf die Displays. »Seltsam.« Er aktivierte die externe Kommunikation. »Föderationsshuttle *Onizuka* an unbekanntes Schiff. Wir führen eine wissenschaftliche Mission durch, und unsere Präsenz ist friedlicher Natur. Bitte erklären Sie Ihre Absichten.«

Data wartete auf die Antwort und betätigte einige Tasten, woraufhin der Bildschirm eine vergrößerte Darstellung des fremden Raumschiffs zeigte. Es mochte etwa so groß sein wie die *Enterprise,* aber der Struktur fehlte jede Ästhetik. Dutzende von geschwärzten und zerkratzten Stellen wiesen auf Gefechte und hohes Alter hin.

»Offenbar hat dieser Kreuzer schon bessere Tage gesehen«, murmelte Wesley.

Data versuchte noch einmal, eine Kom-Verbindung herzustellen, aber auch diesmal bekam er keine Antwort. Das fremde Schiff näherte sich auch weiterhin und schien bestrebt zu sein, die *Onizuka* zu erreichen.

»Ausweichmanöver, Mr. Kolker«, sagte Data ruhig. »Kurs eins zwei fünf Komma neun.«

Ken rührte sich nicht von der Stelle, saß wie erstarrt. Wes sah zu ihm und beobachtete, wie er besorgt auf der Lippe kaute. »Kenny…«

Rasch bediente Ken die Kontrollen und führte Datas Anweisung aus. Das fremde Schiff paßte den Kurs sofort an und räumte dadurch jeden Zweifel aus: Der große Raumer hatte es aufs Shuttle abgesehen.

»Unsere Präsenz mag friedlicher Natur sein«, sagte Wes nervös. »Aber bei jenem Raumschiff bin ich mir nicht so sicher.«

Plötzlich ging ein Traktorstrahl von dem wie klobig wirkenden Kreuzer aus, gleißte durchs All und hüllte die *Onizuka* in einen goldenen Glanz. Sofort knackte und knirschte es in der Hülle des Shuttles.

Kenny erblaßte, und seine Hände schlossen sich krampfhaft fest um den Rand der Konsole.

Wes Crusher schluckte und glaubte zu spüren, wie sich ein Kloß im Hals bildete. »Der Traktorstrahl hat eine zu hohe Feldstärke, Commander. Wenn er uns weiterhin festhält, könnte die *Onizuka* auseinanderbrechen.«

Data blickte zu den Anzeigen der Sensoren. »Eine solche Gefahr besteht tatsächlich«, bestätigte er. Es klang ruhig und gelassen.

Wesley drehte sich um und sah in die großen gelben Augen des Androiden. Einerseits wollte er den beiden anderen jungen Leuten ein Beispiel geben und die Rolle des tapferen, unerschrockenen Starfleet-Offiziers spielen. Aber andererseits war er kaum älter als sie und ebenfalls vom Tod bedroht. Furcht flackerte in seinen Pupillen und ließ die Stimme vibrieren. »Was *machen* wir jetzt, Data?«

Welche Maßnahmen auch immer der Androide beschloß – Wes hoffte inständig, daß er sich *schnell* entschied.

KAPITEL 2

Datas positronisches Gehirn enthielt enorm viel Informationen, doch dieses große Wissen nützte ihm jetzt nichts. Der fremde Traktorstrahl war einfach zu stark, was bedeutete: Es gab kein Entkommen. Ein vergeblicher Fluchtversuch bestätigte die Ergebnisse der ersten Situationsanalyse. Das Energiefeld hielt die *Onizuka* fest, obgleich das Impulstriebwerk Schub gab. Schließlich desaktivierte der Computer den Antrieb, um strukturelle Beschädigungen zu vermeiden.

Damit blieb nur eine Möglichkeit. Data öffnete erneut einen externen Kom-Kanal. »Föderationsshuttle an unbekanntes Raumschiff. Bitte reduzieren Sie das energetische Niveau des Traktorstrahls. Mit einer Sondierung werden Sie feststellen, daß Ihr Strahl bei unveränderter Feldstärke in dreiundsiebzig Sekunden die Zerstörung der Raumfähre bewirkt.« Er wechselte die Frequenz. »*Onizuka* an *Enterprise*. Wir werden vom Traktorstrahl eines fremden Raumschiffs festgehalten und sind nicht imstande, die domaranische Umlaufbahn zu verlassen. Wir ...«

»Es hat keinen Zweck, Data«, stieß Wesley hervor und schüttelte den Kopf. »Die Subraum-Signale können das Energiefeld nicht durchdringen. Sollen wir Vorbereitungen für den Start einer Nachrichtenkapsel treffen?«

Dünne Furchen bildeten sich in Datas Stirn. »Ich halte es für sehr unwahrscheinlich, daß eine solche

Kapsel den Einflußbereich des Traktorstrahls verlassen kann.« Eine halbe Sekunde später erhellte sich seine Miene, doch mit den nächsten Worten erzielte er nicht gerade eine ermutigende Wirkung auf Wesley und Ken. »Allerdings wäre eine Nachrichtenkapsel aufgrund ihrer besonderen Struktur vielleicht in der Lage, die Zerstörung des Shuttles zu überstehen und der *Enterprise* einen Bericht zu übermitteln, sobald sie eintrifft. Ein ausgezeichneter Vorschlag, Fähnrich. Transferieren Sie alle wichtigen Daten in ein Speichermodul.«

Wes starrte den Androiden groß an. Dies war sicher nicht der geeignete Zeitpunkt, Data darauf hinzuweisen, daß menschliche Gefühle gerade in Krisensituationen Schonung verdienten. Doch er nahm sich vor, dieses Thema später anzusprechen – wenn sie dann noch lebten. »Ja, Sir«, sagte er und nickte. Seine Finger huschten über berührungsempfindliche Schaltkomponenten.

»Sehen Sie nur, Commander.« Kenny deutete auf die Displays.

Der Androide betrachtete die Anzeigen. »Interessant. Die Fremden haben das energetische Potential des Traktorstrahls um vierzig Prozent gesenkt. Es besteht keine unmittelbare Gefahr mehr.«

»Nachrichtenkapsel vorbereitet«, meldete Wesley.

»Starten, Fähnrich.«

Die Fingerkuppen des jungen Mannes tasteten über mehrere Schaltflächen, und unter der Pilotenkanzel ertönte ein Geräusch, das wie ein Seufzen klang. Ein Gravo-Katapult schleuderte die Kapsel ins All, doch Data behielt recht: Sie konnte den Wirkungsbereich des Traktorstrahls nicht verlassen. Sie kam etwa zweihundert Meter weit, verharrte ...

... und verglühte in der destruktiven Energie einer Phaserentladung.

»Verdammt!« brummte Wesley und schlug mit der Faust auf die Armlehne.

»Sehr bedauerlich«, sagte Data. »Das war die einzige Chance, die *Enterprise* oder andere Föderationsschiffe in diesem Sektor auf unsere Lage hinzuweisen.«

»Wir können den Rendezvouspunkt nicht rechtzeitig erreichen«, hauchte Ken. »Man wird uns nie finden...«

»Natürlich findet man uns«, widersprach Wesley.

»Die Suche nach uns bleibt ohne Ergebnis, wenn wir zu jenem Zeitpunkt gar nicht mehr existieren«, beharrte Kenny mit zittriger Stimme.

Data beugte sich vor und drehte die Sessel der beiden jungen Männer. »Es hat keinen Sinn, darüber zu diskutieren, was geschehen wird, wenn...«

»An das Föderationsshuttle«, tönte es aus dem Lautsprecher der externen Kommunikation. In jeder einzelnen Silbe kam Autorität zum Ausdruck. »Hier ist die *Glin-Kale,* Flaggschiff des teniranischen Echelon. Wir erheben Anspruch auf diese Welt. Sie halten sich ohne Erlaubnis in unserem Hoheitsgebiet auf und sind unsere Gefangenen – bis wir über Ihr Schicksal befinden.«

»Ich schätze, man könnte es mit einem Pferd vergleichen, dessen Zügel locker sind«, sagte Beverly Crusher, während ihr eigenes Pferd – eine prächtige Fuchs-Stute – im Paßgang über den Pfad ging. Nach einigen Sekunden blieb es stehen und knabberte am hohen Gras, das sich im sanften Frühlingswind hin und her neigte.

»Was meinen Sie?« fragte Picard und lenkte seinen weißen Araber neben das Roß der Ärztin.

»Das Schicksal, Jean-Luc.«

Er dachte über die Analogie nach. »Ich verstehe. Es kann einfach nur dahinschlendern – oder ganz plötzlich mit einem Galopp beginnen.«

»Und dann klammert man sich irgendwo fest.« Der Vergleich gefiel Beverly.

»Allerdings gibt es einen Unterschied.« Picard klopfte seinem Araber liebevoll auf den Hals. »Ein guter Reiter kann sein Pferd kontrollieren. Das Schicksal hingegen lehnt es ab, sich auch nur einen Sattel aufsetzen zu lassen. Falls man überhaupt an so etwas wie Schicksal glaubt.«

Die Ärztin zuckte mit den Schultern. »Man kann darüber denken, wie man will.« Sie zog an den Zügeln, und die Stute kehrte gehorsam auf den taufeuchten Pfad zurück. Picard ritt neben ihr. Nach einer Weile schloß Beverly die Augen und genoß die Wärme des Sonnenscheins im Gesicht. »Der Ausritt war eine wundervolle Idee, Jean-Luc. Genau das richtige Mittel, um mich zu entspannen, bevor wir bei Chezrani die zehn verletzten Arbeiter aufnehmen. Ich danke Ihnen dafür.«

»Nichts zu danken«, antwortete Picard, als der Pfad an der Flanke eines Hügels emporführte. »Manchmal reite ich lieber allein, um mich auf ein Problem zu konzentrieren – oder es für eine Zeitlang zu vergessen. Bei anderen Gelegenheiten ziehe ich dabei Gesellschaft vor. Wie wär's mit einem Trab?«

Dr. Crusher bedachte den Captain mit einem skeptischen Blick. »Nun, was *mich* betrifft... Ich glaube, mir genügt der bisherige Ritt. Die Muskeln in den Oberschenkeln weisen deutlich darauf hin, daß seit den Reitausflügen während meines Studiums viel Zeit vergangen ist.«

»Sie sind nur ein wenig aus der Übung. Wir sollten öfter zusammen reiten.«

»Ja, das sollten wir. Aber leider fehlt uns dafür die Zeit.«

Sie erreichten die Kuppe des Hügels, und dort führte der Pfad nicht mehr durch den Wald, sondern über eine große grüne Wiese mit vielen Blumen. In der Ferne bemerkte Picard eine knapp zwei Meter hohe Mauer.

Beverly sah das Funkeln in den Augen des Captains. »Jean-Luc, Sie denken doch nicht etwa daran, über die Mauer zu springen, oder?«

»Raten Sie mir davon ab?«

»Als Ihre Ärztin schlage ich vor, daß wir der Mauer ausweichen.«

»Wir gehören nicht zu den Leuten, die vor irgendwelchen Hindernissen kneifen.«

»Gehören wir zu den Leuten, denen Knochenbrüche gefallen?«

»Wir schaffen den Sprung.«

»Mein Pferd und ich lehnen dankend ab. Es sei denn, Sie erteilen uns einen direkten Befehl.«

»Na schön.« Picard drehte seinen Araber, und ein leichter Druck mit den Stiefeln genügte, um dem Pferd mitzuteilen, was er beabsichtigte. Das Roß sauste los, jagte der Mauer entgegen.

»Warten Sie, Jean-Luc!«

»Wir sehen uns auf der anderen Seite!« rief der Captain über die Schulter.

Mit einigen nicht besonders eleganten Tritten veranlaßte Beverly ihre Stute zum Galopp und versuchte, Picard einzuholen. Wenn sie ihn nicht zur Vernunft bringen konnte, so wollte sie wenigstens in der Nähe sein, falls … *Meine Güte,* denk *nicht einmal daran.*

Jean-Luc und sein Pferd schienen nun eine symbiotische Einheit zu bilden und zu einer einzigen Lebensform zu verschmelzen, als sie sich rasch der Mauer näherten.

O mein Gott, das Hindernis ist zu hoch! Schrumpfende Entfernung und höhere Geschwindigkeit bedeuteten, daß dem Captain nur noch wenige Sekunden blieben, um den Kurs zu ändern oder anzuhalten.

Und dann waren diese Sekunden verstrichen. Beverly dachte nicht daran, daß alle im Kontrollcomputer des Holo-Decks ablaufenden Simulationsprogramme Sicherheitsfaktoren aufwiesen, die ernsten Verletzungen vorbeugten. Um ein Beispiel zu nennen: Wenn jemand beschloß, mit dem Kopf gegen eine Wand zu laufen, so veränderte die Wand unmittelbar vor dem Aufprall ihre Struktur und wurde so weich wie ein Kissen.

Hier und jetzt verdrängte das Donnern der Hufe entsprechende Gedanken. Dr. Crusher wünschte sich, die Augen zu schließen, um nicht beobachten zu müssen, wie Picard und sein Araber gegen die *feste* Mauer stießen. Aber etwas hinderte sie daran, die Lider zu senken. Wenn der Sprung gelang, so wollte sie es sehen. Und wenn nicht... Dann mußte sie bereit sein.

Das Roß stieß sich ab, streckte die Vorderläufe dem blauen Himmel entgegen. Picard neigte den Oberkörper weit nach vorn, um das Gleichgewicht zu wahren.

Beverly zog die Zügel an, und ihre Stute verharrte. *Flieg, Jean-Luc!* dachte sie. *Flieg!*

Der Araber setzte über die Mauer hinweg und verschwand dahinter.

Doch die folgenden Geräusche hörten sich irgendwie falsch an. Es ertönte nicht das triumphierend klingende Pochen von Hufen, sondern ein dumpfes Platschen. Außerdem vernahm Beverly ein erschrockenes Wiehern. Sie stellte sich vor, wie das Roß fiel, den Reiter unter sich zerquetschte...

»Jean-Luc!«

Dr. Crusher hielt nach einer Möglichkeit Ausschau, den Captain so schnell wie möglich zu erreichen. Etwa zwanzig Meter weiter links ging die Mauer in eine niedrigere Hecke über, und dahinter sah die Ärztin Gras – genug Platz für eine sichere Landung. Sie duckte sich, zwang die Stute herum und grub ihr die Hacken in die Flanken. Das Pferd gehorchte sofort, setzte mühelos über die Hecke hinweg.

Beverly richtete sich im Sattel auf, sah nach rechts ... Und schnappte nach Luft. Der Araber stand wie verlegen an der Mauer und war jetzt nicht mehr nur weiß – brauner Schlamm klebte an seinem Fell. Und Jean-Luc Picard ... Er saß mit gespreizten Beinen mitten im Dreck.

»Merde«, sagte er.

Die Ärztin mußte sich sehr beherrschen, um nicht schallend zu lachen. »Nein, *Matsch*.«

Der Captain runzelte andeutungsweise die Stirn. »Sehr witzig.«

»Sind Sie verletzt?«

»Nur mein Stolz. Übrigens: guter Sprung.«

»Dieses Kompliment gebe ich gern zurück. Nur mit Ihrer Landung hapert's.«

Das Piepen des Interkoms hinderte Picard an einer Antwort. Die Stimme des Ersten Offiziers Rikers ertönte. »Wir haben ein Problem, Captain.«

Jean-Luc stand auf. »Was ist los, Nummer Eins?«

»Wir nähern uns dem vereinbarten Rendezvouspunkt, aber vom Shuttle fehlt jede Spur.«

Picard sah, wie Beverly erblaßte. »Die Fernbereichsensoren orten nichts?«

»Nein, Sir. Keine Kommunikationssignale. Keine Nachrichtenkapsel. Kein Shuttle. Keine Trümmer. Nichts.«

»Sind wir inzwischen in Kom-Reichweite von Domarus Vier?«

»Ja, Sir«, bestätigte Riker. »Wir haben versucht, einen Kontakt herzustellen, doch bisher bekamen wir keine Antwort. Nun, vielleicht handelt es sich nur um einen Defekt im Kommunikationssystem des Shuttles. Möglicherweise ist die Landegruppe auf Domarus

Vier geblieben, um die notwendigen Reparaturen durchzuführen.«

»Ich schlage vor, wir finden es heraus.« Picard griff nach den Zügeln seines Pferds und strebte dem Ausgang des Holo-Decks entgegen. »Nehmen Sie Kurs auf das domaranische Sonnensystem. Warp sechs. Und setzen Sie Ihre Bemühungen fort, das Shuttle zu lokalisieren. In fünf Minuten bin ich auf der Brücke. Picard Ende.«

Die *Onizuka* hing noch immer im teniranischen Traktorstrahl, so hilflos wie eine Fliege im Spinnennetz. Troi, Data und die drei Teenager warteten. Sie konnten nichts unternehmen.

»Inzwischen sind zwanzig Minuten vergangen«, sagte Wesley. Er saß noch immer neben Kenny an den Kontrollen. »Ich wünschte, die Fremden würden ihre Passivität endlich aufgeben.«

»Was sollten sie deiner Meinung nach anstellen?« fragte Ken.

»Keine Ahnung. Ich verabscheue es einfach, untätig zu sein. Dies ist wie die Ruhe vor dem Sturm.«

Data neigte den Kopf ein wenig zur Seite. »Wie die Ruhe vor dem Sturm?« wiederholte er.

»Vielleicht geht's bald rund.«

Dieser Hinweis schien die Verwirrung des Androiden nur noch zu vergrößern.

»Es handelt sich um terranische Redensarten«, erklärte Wesley.

Data blinzelte, als er auf seine linguistischen Speichereinheiten zugriff. »Ah, ja. ›Ruhe vor dem Sturm‹. Eine Umschreibung für drohendes Unheil, unmittelbar bevorstehendes Verderben und dergleichen. ›Bald geht's rund‹ bringt einen ähnlichen Sachverhalt auf umgangssprachliche Weise zum Ausdruck und ...« Der Androide unterbrach sich, als Ken und Wesley einen fast verzweifelten Blick wechselten. »Soll ich fortfahren?«

»Lieber nicht, Sir«, erwiderte Wes höflich. Er hielt tief Luft und ließ den Atem langsam entweichen. »Die *Enterprise* hat uns nicht am Rendezvouspunkt gefunden, was bedeutet: Sie wird nach uns suchen. Und wenn sie uns hier entdeckt, sind die Teniraner gezwungen, auf irgendeine Weise aktiv zu werden.«

»Dann müssen sie uns freigeben«, hoffte Ken.

»Nicht unbedingt«, sagte Data. Wesley und Kenny schnitten gleichzeitig eine Grimasse. »Vielleicht beschließen sie, uns als Geiseln zu behalten. Es wäre auch möglich, daß sie uns töten. Wir wissen nicht, warum sie uns mit einem Traktorstrahl gefangenhalten. Ohne eine klare Vorstellung von ihren Motiven können wir kaum vorhersehen, wie sie auf das Eintreffen eines Föderationsschiffes reagieren. Wenn sie sich bedroht fühlen ...«

Ein rhythmisches Summen erklang, wurde rasch lauter und schriller. Wes wandte sich wieder der Konsole zu. »Die Fremden sondieren uns und setzen dabei ...«

Funken stoben aus den Instrumenten, bevor der junge Fähnrich Gelegenheit bekam, den Satz zu beenden. Das Licht in der Pilotenkanzel trübte sich, und mattes Grau verdrängte die Datenanzeigen von den Bildschirmen. Data begann sofort damit, die einzelnen Bordsysteme auszuschalten. »Die Sondierungsimpulse führen zu energetischen Überladungen in unseren Schaltkreisen. Ich brauche Hilfe bei der Notfalldesaktivierung.«

Die beiden jungen Männer handelten sofort und versuchten, bisher unbeschädigt gebliebene Systeme vor Defekten zu bewahren. Sechs Hände beendeten die Aufgabe innerhalb weniger Sekunden. Anschließend saßen sie im roten Glühen der Notbeleuchtung, umhüllt von gespenstischer Stille, in der man nur das schnelle Atmen der beiden Teenager hörte.

»Es findet keine Sondierung mehr statt«, meldete Wes nach einer Weile.

»Statusbericht, Fähnrich«, sagte Data.

Beverly Crushers Sohn schaltete einen kleinen Hilfscomputer ein und begann mit einer Überprüfung der Systeme. »Der Hauptcomputer ist ausgefallen. Das gilt auch für Triebwerk, Navigation, Kommunikation und Lebenserhaltung.«

Data trat an die ins Schott der Pilotenkanzel integrierten Kontrollen heran und begann damit, einige Systeme zu reaktivieren. Elektronisches Leben kehrte in die Konsolen zurück, und Displays erhellten sich. Das leise Summen der Ventilatoren bot ein willkommenes Hintergrundgeräusch, als sie den Qualm verschmorter Isolatoren absaugten.

»Das Reserve-Lebenserhaltungssystem funktioniert ebenso wie der für den Notfall bestimmte Computer«, sagte der Androide. »Jetzt können wir versuchen, die übrigen Systeme zu reparieren.«

Wesley stand auf, kniete sich hin und machte Anstalten, erste Verkleidungsplatten zu lösen. Ken blieb sitzen, von Furcht wie gelähmt. »Komm schon«, drängte Wes. »Bei den letzten Tests im Laboratorium ging es um Systemanalysen, und dabei hast du am besten abgeschnitten. Wir brauchen dich jetzt.«

Kenny atmete mehrmals tief durch, nickte und half den anderen.

Die *Enterprise* wurde langsamer, beendete den Warptransfer und glitt dann durchs Normalkontinuum. Picard lehnte sich im Kommandosessel zurück und beobachtete, wie die Kugel des Planeten Domarus Vier auf dem großen Wandschirm anschwoll. Er ähnelte der Erde, was das Verhältnis von Wasser zu Landmassen betraf. Blaue Ozeane umgaben die Kontinente, und darüber schwebten weiße Wolken, wie Watte. Allem Anschein nach eine friedliche Welt. Aber solche Eindrücke konnten täuschen, wie der Captain aus Erfahrung wußte.

In diesem besonderen Fall gab es tatsächlich keinen Grund, irgendwelche Gefahren zu vermuten. Weder die von der *Levy* durchgeführten Untersuchungen noch die Sondierungen der *Enterprise* deuteten auf irgendwelche Risikofaktoren hin. Der von Commander Data geleitete Forschungseinsatz galt als weitgehend ungefährlich, woraus sich die Frage ergab: Was hatte die Raumfähre *Onizuka* daran gehindert, zur vereinbarten Zeit den Rendezvouspunkt aufzusuchen?

Lieutenant Worf stand an der taktischen Konsole. »Die Sensoren haben das Shuttle im der Umlaufbahn des Planeten geortet ...«

»Gut.«

»Und zwar in der Nähe eines zweiten Schiffes, das etwa so groß ist wie die *Enterprise*. Es hält das Shuttle mit einem Traktorstrahl fest.«

Der neben dem Captain sitzende Erste Offizier Riker erhob sich. »Lassen Sie in der *Onizuka* Biosignale feststellen?«

»Ja, Sir. Die Anzeigen der Lebensindikatoren deuten auf vier Humanoiden und Data hin. Das Kom-System des Shuttles scheint ausgefallen zu sein.« Der klingonische Sicherheitsoffizier runzelte die Stirn. »Der Traktorstrahl beeinträchtigt die Sondierungssignale unserer Scanner. Ich kann keine präzisen Daten über den allgemeinen Zustand der Raumfähre gewinnen.«

»Sehen wir uns die Sache aus der Nähe an, Captain?« fragte Riker.

»Lassen Sie Vorsicht walten, Nummer Eins. Wer auch immer das Shuttle festhält – wir wollen ihn nicht erschrecken.«

Riker nickte. »Alarmstufe Gelb, Lieutenant Worf«, sagte er und trat hinter eine junge Blondine, die Wesleys Platz am Navigationspult einnahm. »Fähnrich Burnside-Clapp, steuern Sie uns langsam in die Umlaufbahn. Perigäum fünfzigtausend Kilometer.«

Kurz darauf befand sich die *Enterprise* im Orbit und flog einen Kurs, der zunächst gewährleistete, daß sie ›hinter‹ dem Planeten verborgen blieb. Schließlich kletterte sie über den Ortungshorizont und verringerte die Distanz zum fremden Schiff, in dessen Traktorstrahl sich die *Onizuka* befand.

»Relative Position halten«, sagte der Captain, als die Entfernung auf ein gewisses Maß schrumpfte. »Haben sich die Fremden identifiziert, Mr. Worf?«

»Negativ, Sir.«

»Nun, jetzt wissen sie jedenfalls, daß wir hier sind«, stellte Riker fest. »Versuchen sie nicht, einen Kontakt mit uns herzustellen?«

»Nein«, brummte Worf.

»Hm.« Captain Picard stand auf, ging einige Schritte durch den Kontrollraum und blieb neben dem Ersten Offizier stehen. »Was halten Sie davon, Nummer Eins?«

»Mit wem auch immer wir es zu tun haben: Nur ausgeprägte Nervosität kann die Unbekannten veranlaßt haben, ein harmloses Shuttle in den energetischen Würgegriff zu nehmen.«

»Wenn Sie recht haben, könnte unsere Präsenz dort drüben zu großer Aufregung führen.«

Riker nickte. »Glacéhandschuhe erscheinen mir angebracht, Sir.«

»Ja. Mr. Worf, öffnen Sie die Grußfrequenzen.«

»Grußfrequenzen offen, Sir.«

Jean-Luc und Riker kehrten zu ihren Sesseln zurück. »Hier spricht Captain Picard, Kommandant der USS *Enterprise*. Wir bitten Sie, sich zu identifizieren und

Ihre Absichten zu nennen.« Er wartete auf eine Antwort und wiederholte den Gruß, als alles still blieb. »Bitte erklären Sie, warum ...«

Die scharfe Stimme einer Frau unterbrach ihn. »Ich bin Captain Arit, Kommandantin der *Glin-Kale*, Flaggschiff des teniranschen Echelon. Halten Sie sich von uns fern, *Enterprise* – sonst zerstören wir Ihr Shuttle.«

»Sir ...«, brummte Worf. »Die zusätzlichen Sensordaten ...«

»Akustische Übertragung unterbrechen. Ich höre, Mr. Worf.«

»Der teniranische Traktorstrahl hat das Shuttle beschädigt. Alle Hauptsysteme sind ausgefallen. Vielleicht gilt das auch für die Reservesysteme.«

Picard stand mit der Entschlossenheit auf, diese Konfrontation so schnell wie möglich zu beenden. »Kanal öffnen. Captain Arit, Sie haben die Besatzung des Shuttles in Gefahr gebracht. Bitte geben Sie die Raumfähre frei.«

»Im Namen des teniranischen Echelon erheben wir Anspruch auf diese Welt, Picard. Sie und Ihr Shuttle befinden sich in unserem Hoheitsgebiet.«

»Die Föderation hat kein unmittelbares Interesse an Domarus Vier«, erwiderte Picard. Seine Stimme klang gleichzeitig ruhig und fest. »Wenn der Planet tatsächlich unbewohnt ist, so liegt es uns fern, Ihren Anspruch in Frage zu stellen.«

»Die Welt gehört uns.«

»Ich schlage vor, wir erörtern diese Angelegenheit, sobald Sie unser Shuttle freigegeben haben.«

»Es gibt nichts zu erörtern.«

Picard glaubte, ein schrilles Vibrieren in der Stimme zu hören, und es gefiel ihm ganz und gar nicht. »Akustische Übertragung unterbrechen.«

»Wir könnten die Besatzung des Shuttles hierherbeamen«, sagte Riker.

Worf sah auf die taktischen Anzeigen und schüttelte den Kopf. »Unmöglich, Commander. Der Traktorstrahl stört den Transferfokus.«

Geordi LaForge wandte sich von seinen Instrumenten ab. »Wir könnten den Transporter rejustieren, um einen individuellen Transfer zu bewerkstelligen. Doch das kostet Zeit.«

»Die wir nicht haben«, fügte Worf hinzu. Er starrte finster auf die Displays seiner Konsole. »Die Teniraner haben das energetische Potential des Traktorstrahls gerade um zehn Prozent erhöht. Die *Onizuka* kann der starken strukturellen Belastung nur noch neunzig Sekunden lang standhalten.«

»Verdammt!« fluchte Picard leise. Er stand noch immer mit dem Rücken zum Wandschirm, sah Worf und Geordi an. »Kanal öffnen. Captain Arit, Ihr aggressives Verhalten ist für uns nicht akzeptabel. Geben Sie das Shuttle unverzüglich frei. Andernfalls sind wir gezwungen ...«

»Was ist *das* denn?« platzte es aus LaForge heraus. Er trat einen Schritt vor und starrte zum großen Projektionsfeld.

Picard und Riker drehten sich um. Der Wandschirm zeigte nun schimmernde Farbschlieren. Bunte Tentakel tasteten durch den teniranischen Traktorstrahl und schienen das Shuttle wie zärtlich zu umarmen. Die Farben verschmolzen miteinander und veränderten sich so schnell, daß menschliche Augen kaum sicher sein konnten, welche Tönungen sie gesehen hatten.

Die *Onizuka* glitzerte plötzlich und schien an Substanz zu verlieren. Sie wurde durchsichtig ...

»Was geschieht da?« fragte Picard.

Bevor ihm jemand Antwort geben konnte, verwandelte sich die Raumfähre in Myriaden schillernde Funken – *und verschwand spurlos.*

KAPITEL 3

Picard blickte fassungslos zum Wandschirm und spürte, wie sich in seiner Magengrube etwas zusammenkrampfte. Er schien gerade den Boden unter den Füßen verloren zu haben und in einen tiefen Abgrund zu stürzen. *Was ist mit dem Shuttle passiert?*

Dann setzten sich jene Reflexe durch, die er in langen Jahren als Kommandant erworben hatte, und sie verbannten die Verblüffung aus seiner Miene. »Bericht, Mr. Worf.«

Der Klingone suchte nach den richtigen Worten. »Das Shuttle ... ist einfach nicht mehr da, Captain. Unsere Datenbanken enthalten keine Hinweise auf ein derartiges Phänomen.«

Picard nickte. »Erweitern Sie unsere Kom-Signale durch eine visuelle Komponente. Schalten Sie die Darstellung des Wandschirms um, wenn die Teniraner Bilder übertragen.«

»Aye, Sir.«

»Captain Arit«, sagte Jean-Luc streng, »die völlig ungerechtfertigte Zerstörung unseres Shuttles ist eine kriegerische Handlung.«

Der Planet Domarus Vier verschwand aus dem Projektionsfeld, und Picard bekam zum erstenmal Gelegenheit, seinen Widersacher zu sehen.

»Wir haben nichts gegen Ihr Shuttle unternommen«, erwiderte Captain Arit schlicht. Ihre vollen goldenen Lippen teilten sich, zeigten lange und spitze Zähne.

Die großen Augen leuchteten in einem blassen Grün, offenbarten weder Furcht noch andere Gefühle.

Picard hatte nie zuvor einen Teniraner gesehen, nicht einmal in Form von Holographien. Sonst hätte er sich bestimmt an diese Art von wilder Schönheit erinnert. Das Wesen auf dem Wandschirm hatte gelbbraune Haut und eine dichte schwarze Mähne, die ein Gesicht mit fein geschnittenen Zügen umgab. Jean-Luc fragte sich, ob Arit ein typisches Beispiel für das äußere Erscheinungsbild ihrer Spezies bot. Einige Sekunden später bemerkte er die ausgefransten Stellen am Kragen der Uniform sowie einen Riß im Bereich der Schulternaht. *Die Kommandantin eines Flaggschiffs – und sie trägt zerlumpte Kleidung?*

»Was geschah dann mit unserer Raumfähre?«

»Das ist Ihr Problem, Picard. Ich fordere Sie hiermit auf, das teniranische Hoheitsgebiet innerhalb einer Stunde zu verlassen. Arit Ende.«

Das fremde Gesicht verschwand aus dem Projektionsfeld.

»Ein schwerer Fehler, Captain Arit.«

Die Kommandantin verzog das Gesicht, als sie das Keifen hörte. Damit wollte sie sich jetzt nicht befassen müssen. Vielleicht verließ er die Brücke, wenn sie ihn einfach ignorierte. Vielleicht ...

»*Warum* bin ich nicht *zu Rate* gezogen worden?«

Er würde nicht verschwinden, und das wußte Arit – er nutzte jede Gelegenheit, um ihr auf die Nerven zu fallen. Es blieb ihr nichts anderes übrig, als mit ihm zu sprechen.

»In welcher Hinsicht hätte man Sie zu Rate ziehen sollen, Egin?« Arit drehte den Sessel und wandte sich dem schon recht alten Funktionär zu. Er hatte die Hände zu Fäusten geballt und sie in die Hüften gestemmt, nahm eine Haltung ein, die so etwas wie aggressive Ungeduld zum Ausdruck brachte. Sein schlecht sitzendes Wams spannte sich am vorgewölbten Bauch. Nicht zum erstenmal fragte sich Arit, wann der abgenutzte Stoff den strukturellen Belastung erliegen und platzen mochte.

»Das wissen Sie ganz genau, Captain. Sie haben den Befehl über dieses Schiff, aber *ich* bin der Erste Valend unserer Regierung. In Hinsicht auf die *Enterprise* hätten Sie sich zunächst meine Meinung anhören sollen.«

»Sie sind nur deshalb Erster Valend, weil außer Ihnen kein anderer Valend übrig ist, Egin. Und ich brauche Sie nicht zu konsultieren, wenn es um Angelegenheiten geht, die mein Schiff betreffen.«

Egin schüttelte heftig den Kopf, wodurch seine lichte Mähne aus silberweißem Haar wogte. Die Hautlappen an den schwammigen Wangen wackelten. »Sie dürfen sich nicht so ohne weiteres über meine Autorität hinwegsetzen …«

Arit unterbrach ihn. »Ich habe Gespräche dieser Art satt, Egin. Ich hatte schon beim erstenmal genug davon, und inzwischen mußte ich mir Ihren Unsinn hundert- oder gar tausendmal anhören. Bitte verschonen Sie mich damit.«

Der Valend klappte den Mund zu und schwieg erstaunlich lange. »Na schön«, zischte er schließlich. »Dann beschränke ich mich darauf, meinen Standpunkt darzulegen. Wir hätten Picard gegenüber behaupten sollen, daß sich die Raumfähre und ihre Besatzung in unserer Gewalt befinden. Dadurch wären wir in einer ausgezeichneten Verhandlungsposition gewesen.«

Arit glaubte, ihren Ohren nicht trauen zu können. Ganz abgesehen davon, daß die *Enterprise* den Eindruck erweckte, zu den besten Schiffen der Föderation zu gehören, daß ihre Sensoren vermutlich in der Lage waren, eine gründliche Sondierung der *Glin-Kale* vorzunehmen ... Begriff Egin wirklich nicht die Bedeutung der eigenen Worte? Um in einer guten *Verhandlungs*position zu sein, mußte man etwas haben, das Verhandlungen erlaubte. Die Alternative hieß Macht – genug Macht, um einem Bluff den nötigen Nachdruck zu verleihen.

Die Kommandantin starrte den älteren Mann groß an. »Was würde wohl passieren, wenn man an Bord der *Enterprise* feststellt, daß wir lügen?«

Diese Frage brachte Egin zum Schweigen. Er verblüffte Arit, indem er sich abrupt umdrehte und die Brücke hoch erhobenen Hauptes verließ, als sei er der Sieger. Sie brummte fassungslos und staunte einmal mehr über Egins gut ausgeprägte Fähigkeit, irgendeine Strategie nie bis zu ihren letztendlichen Konsequenzen durchzudenken. Kein Wunder, daß er seine dreißigjährige Amtszeit beim Valendrat hauptsächlich im Sumpf der Regierungshierarchie verbracht hatte. Die Kollegen hatten ihn schon damals durchschaut, ihn als ebenso hochmütigen wie unfähigen Narren erkannt, der nur dann *ein wenig* nützlich war, wenn man ihn als politische Marionette einsetzte.

Und jetzt schien sich der Kosmos einen Scherz erlaubt zu haben: Das Schicksal verschonte ausgerechnet Egin und ermöglichte ihm einen Aufstieg, von dem er nie zu träumen gewagt hätte. *Wenn er wenigstens imstande wäre, den Witz als solchen zu erkennen ...*

»Ist das Shuttle zerstört worden oder nicht?« Picard versuchte vergeblich, die Gereiztheit aus seiner Stimme zu verbannen.

Seine Worte schienen im Konferenzzimmer widerzuhallen, als er die am Tisch sitzenden Personen musterte. Riker, Worf und Geordi schwiegen, obgleich die Stille alles andere als angenehm war. Schließlich räusperte sich der große Klingone.

»Wenn es zerstört wurde, so fand eine überaus gründliche Desintegration statt. Es blieb *nichts* von der *Onizuka* übrig – so etwas läßt sich mit keiner uns bekannten Waffe bewerkstelligen.«

Picard rieb sich das Kinn und sank im Sessel zurück. Worfs Hinweis war zweifellos geeignet, die Diskussion in Schwung zu bringen. »Bitte erläutern Sie das, Lieutenant.«

»Es kam nicht zu Explosionen, und es ließen sich keine Trümmer feststellen. Unsere Sensoren konnten nicht einmal jene Restpartikel orten, die von einem durch Phaserenergie vernichteten Objekt übrigbleiben.«

»Wenn die Teniraner eine derartige Waffe haben ...«, sagte Riker. »Dann stellen sie eine große Gefahr dar, nicht nur für dieses Schiff, sondern für die ganze Föderation. Und wenn ihnen eine ganze Flotte aus solchen Kreuzern zur Verfügung steht ...«

Geordi schüttelte den Kopf. »Ich glaube nicht, daß eine Waffe zum Einsatz kam. Und ich bezweifle auch, daß die *Onizuka* vernichtet wurde.«

Alle Blicke richteten sich auf den Chefingenieur. Picard und die übrigen Offiziere wollten LaForge gern beipflichten, aber aufgrund ihrer Erfahrungen neigten sie zu Skepsis. »Was ist dann damit geschehen?« fragte Riker.

»Ich vermute, es wurde ›transferiert‹ – mir fällt kein besserer Ausdruck ein. Und ich schätze, die Teniraner haben nichts damit zu tun. Obgleich sie nicht unbedingt zu den nettesten Zeitgenossen gehören.«

»Transferiert?« wiederholte Riker. Die dünnen Falten in seiner Stirn wiesen darauf hin, daß es ihm nicht leicht fiel, eine solche Möglichkeit in Erwägung zu ziehen. »Wie und wohin?«

»In Hinsicht auf das Wie bin ich nicht ganz sicher. Und was den Retransferort betrifft, kann ich nur raten.«

»Mr. LaForge...« Picard zögerte kurz. »Bisher dachte ich immer, daß Sie sich nie zu Spekulationen hinreißen lassen.«

»Ich spekuliere auch jetzt nicht, Captain. Zumindest nicht ganz.«

»Worauf basieren dann Ihre Auskünfte, Geordi?« erkundigte sich Riker.

Der Chefingenieur faltete die Hände und drehte den Kopf. Sein VISOR-Blick wanderte zum Panoramafenster. »Auf einigen sonderbaren Daten, die sich bei der Sensoranalyse ergaben. Bestimmt erinnern Sie sich an die wogenden, schimmernden Farben, die das Shuttle umhüllten. Dabei handelte es sich um die visuellen Begleiterscheinungen seltsamer Energiestrukturen, die sich im Bereich der *Onizuka* bildeten.«

Picard beugte sich vor, und Interesse leuchtete in seinen Augen. »Seltsame Energiestrukturen?«

»Ja, Sir. Es waren ausgesprochen diffuse Strukturen, und als sie das Ziel erreichten – die Raumfähre –, verdichteten sie sich zu den Farberscheinungen.«

»Und die ... diffuse Energie kam nicht vom teniranischen Raumschiff?« vergewisserte sich Picard.

»Nein. Mit fünfundneunzigprozentiger Wahrscheinlichkeit stammte sie vom Planeten.«

Rikers Faust pochte auf den Tisch. »Dann sollten wir eigentlich in der Lage sein, ihren Ausgangspunkt festzustellen.«

»So einfach ist das leider nicht.« Geordi seufzte. »Ich habe bereits nach Restenergie oder anderen Anzeichen gesucht – bisher ohne Ergebnis. Offenbar entstanden die Energiestrukturen nicht an einem Ort.«

»Dennoch glauben Sie, daß sich ihr Ursprung auf Domarus Vier befindet?« fragte Picard.

»Ja, Sir. Ich habe eine umfassende Sondierung des ganzen Planeten angeordnet. Wenn es dort unten irgend etwas gibt – eine Energiequelle oder unser Shuttle –, so werden wir es finden.«

Der Captain runzelte die Stirn. »Wer weiß, was wir sonst noch entdecken ...«

Arit saß in ihrer nur matt erhellten Kabine und hatte die Uniformjacke geöffnet. Darunter kam ein abgetragenes Hemd zum Vorschein. Sie starrte auf die dickbauchige Flasche in ihrer Hand, betrachtete Finger, die sich fest um den dünnen Hals geschlossen hatten. Versprach der Flascheninhalt Antworten? Oder bot er nur vorübergehendes Vergessen? Eigentlich spielte es gar keine Rolle. Arit mochte es, das Feuer des purpurnen Weins in der Kehle zu spüren. Schon seit einer ganzen Weile fühlte sie kaum mehr etwas, und das Brennen in Hals und Bauch erinnerte sie wenigstens daran, lebendig zu sein.

Doch dieses Empfinden verflüchtigte sich schon nach kurzer Zeit. Arit kannte die Wahrheit: Sie starb einen langsamen Tod. Das galt für sie alle. Irgend etwas hinderte die Kommandantin daran zu glauben, daß die Welt namens Domarus Rettung brachte.

»Schon wieder *Peroheen?*« erklang eine ernste Stimme hinter ihr.

Arit drehte sich halb um und sah die vertraute Silhouette eines korpulenten Mannes in der halb geöffneten Tür – das Schott klemmte. »Sie sind nicht meine Mutter, Jevlin.«

»Nein. Ich bin Ihr Erster Offizier. Und ich hätte nicht zulassen dürfen, daß Sie die Kiste *Peroheen* an Bord nahmen, als wir ...«

»Eine letzte Erinnerung an die Heimat. Kommen Sie herein und leisten Sie mir Gesellschaft – oder lassen Sie mich in Ruhe. Belehren Sie mich nicht.«

»Es ist keineswegs meine Absicht, Sie zu belehren, Captain.« Jevlin hinkte in die kleine Kabine und stützte sich dabei auf einen dicken Gehstock. Er zog das steife rechte Bein nach. »Eins versichere ich Ihnen: Ich habe mehr Flaschen geleert, als Sie zählen können.«

Arit füllte ein zweites Glas mit purpurner Flüssigkeit und schob es über den Tisch, als Jevlin auf einen Stuhl sank. Einige Sekunden lang betrachtete er das Glas, und dann schob er es zurück.

»Wie Sie wollen.« Arit griff nach dem abgelehnten Drink und füllte damit ihr schon wieder leeres Glas. »Es gibt nichts Langweiligeres als einen bekehrten Trinker.« Sie trank mehrere Schlucke.

»Ich könnte das in Ordnung bringen.« Jevlin deutete mit dem Daumen zur Tür.

»Meinen Sie die Langeweile oder den bekehrten Trinker?« Arit blickte über den Rand ihres Glases und fragte sich, ob sie irgendwann einmal ebenso alt und dick und blaß sein würde wie Jevlin.

»Ich meine das Schott«, erwiderte der Erste Offizier ruhig.

»Oh.« Die Kommandantin zuckte mit den Achseln, und ihre Gleichgültigkeit war nicht geheuchelt. Inzwischen fiel es ihr immer schwerer, Anteil zu nehmen, und eine defekte Tür reichte gewiß nicht aus, um ihr Interesse zu stimulieren. »Was soll's? Das Ding ist schon seit Monaten defekt.«

»Manchmal braucht der Captain Gelegenheit, allein und ungestört zu sein.«

»An Bord dieses Schiffes?« Arit schnaufte verächtlich. »Die Tür ist geradezu perfekt: Sie symbolisiert all das, was an Bord der ruhmreichen alten *Glin-Kale* nicht funktioniert.«

Diese Worte schienen Jevlin zu mißfallen. »Jetzt sind Sie unfair, Captain. Das Schiff hat uns bis hierher gebracht. Es pocht noch immer ein Herz in ihm.«

»Vielleicht nicht mehr lange, wenn es zu einer direkten Konfrontation mit der *Enterprise* kommt.«

»Wir finden eine Lösung für das Problem.« Jevlin lächelte, zeigte damit seine teilweise gesplitterten Zähne. »Wie dem auch sei: Niemand wird uns helfen, Captain. Wir müssen allein zurechtkommen.«

»Schade, daß Sie bei Egins Auftritt nicht im Kontrollraum waren.«

»Ich habe davon gehört.«

Arit rieb sich die Augen. In letzter Zeit schien sie immer müde zu sein. Es gelang ihr noch immer, nachts zu schlafen, aber sie erinnerte sich nicht mehr an das Gefühl, ausgeruht zu sein. »Egins Dummheit erstaunt mich immer wieder, obwohl er genug Beispiele dafür bot. Wenn wir dies alles überstehen … Ist Ihnen klar, daß er dann die gleiche Autorität hat wie damals Gansheya? Sie war ein Genie, und *er* ist ein Idiot.«

Jevlin nickte. »Es dürfte wohl kaum fair sein, daß er als einziger überlebt hat. Nun, Captain … Noch kann eine ganze Menge geschehen.«

»Sie verlieren Ihren Optimismus nie, oder? Haben Sie Ihre *Shleeyah* dabei?«

Der Erste Offizier klopfte auf die Brusttasche seiner schäbigen Jacke. »Sie wissen doch, daß ich sie *immer* dabeihabe, seit sie bei mir den Wein ersetzt.«

»Dann spielen Sie ein Lied für mich, Jev.« Arit schloß die Augen und nahm verträumt einen Schluck Wein.

»Ein bestimmtes Lied?« fragte Jevlin, als er das kleine Instrument hervorholte. Es bestand aus einem schwarzen, flötenartigen Rohr, etwa so lang wie ein Daumen. Er rieb es am Ärmel, bis es im Licht der Tischlampe fleckenlos glänzte.

»Die Auswahl überlasse ich dem Ersten Offizier«, sagte Arit, lächelte und gab sich ganz der entspannenden Wirkung des Weins hin.

Viele Jahre harter Arbeit hatten dicke Schwielen an Jevlins Fingern entstehen lassen, aber sie schlossen sich mit der Zärtlichkeit eines Liebhabers um die *Shleeyah*. Er hob sie an die Lippen, blies ins Mundstück. Im Innern des Instruments metamorphierte der warme Atem zu einer wundervoll klingenden Melodie, die Arits Lächeln in die Breite wachsen ließ.

Sie lauschte dem Lied, und ihr Blick glitt zum quadratischen Fenster über der Koje. Einmal mehr fragte sie sich, was mit dem kleinen Shuttle geschehen sein mochte. Sie hatte es nicht beschädigen oder die Personen an Bord verletzen wollen. Andererseits wußte sie aufgrund unangenehmer Erfahrungen, daß es manchmal besser war, sofort die Muskeln spielen zu lassen – auf diese Weise ersparte man es sich, später in Deckung springen zu müssen. Ihre Taktik zahlte sich auch diesmal aus. Bis die *Enterprise* eintraf. Ein Blick auf jenes prächtige Schiff genügte, um Arit erkennen zu lassen, daß es die alte *Glin-Kale* nicht mit einem solchen Gegner aufnehmen konnte. Dennoch weigerte sie sich, einfach aufzugeben. Sie wollte das Shuttle auch weiterhin mit dem Traktorstrahl festhalten, damit die *Enterprise* auf Distanz blieb, aber plötzlich… Aber plötzlich war *was* geschehen? Arit suchte noch immer nach einer Antwort auf diese Frage.

Sie verabscheute das Unbekannte. Sie haßte es, die Kontrolle zu verlieren. Außerdem regte sich ein elementares Verlangen in ihr: Sie wollte kein Metalldeck mehr unter den Füßen spüren, sondern den Boden eines Planeten. Sie wollte die frische, aromatische Luft einer vitalen Welt atmen und kein Gas, das nach schmutzigen Filtern roch. Domarus Vier hatte eine Erfüllung dieser Wünsche in Aussicht gestellt…

Doch jetzt sah die Sache anders aus. Vielleicht wurde jene Welt zu einem Grab, das den Rest des teniranischen Volkes aufnahm.

Es dauerte nicht mehr lange, bis die einstündige Frist verstrichen war. Was auch immer dann passierte: Arit wußte, daß es kein Zurück mehr gab.

»Ihr Shuttle ist verschwunden, Picard«, sagte Arit. Ihr Abbild zeigte sich im kleinen Projektionsfeld des Kommunikators, der auf dem Schreibtisch im Bereitschaftsraum stand. »Ich habe Ihnen eine Stunde Zeit gegeben, und diese Frist ist nun vorbei. Verlassen Sie unverzüglich das teniranische Hoheitsgebiet.«

Jean-Luc saß mit gefalteten Händen am Tisch und wirkte völlig gelassen. »Wir glauben, daß die Raumfähre auf den Planeten Domarus Vier gebeamt wurde und ...«

»Ein Transfer? Und *wer* hat ihn durchgeführt? Sie wiesen selbst darauf hin, daß Sie bei Ihren Sondierungen keine intelligenten Lebensformen entdeckt haben.«

»Derartige Erkundungen können unvollständig und auch fehlerhaft sein. Wir verlassen dieses Sonnensystem erst, wenn wir ganz sicher sind, daß sich unsere vermißten Kameraden nicht auf Domarus Vier befinden.«

»Vermutlich wurde das Shuttle von *Ihnen* auf die Oberfläche des Planeten transferiert – um Anspruch auf unsere Welt zu erheben!« fauchte Arit.

»Wenn auf Domarus einheimisches intelligentes Leben existiert, so gehört die Welt nicht Ihnen«, erwiderte Picard.

»Diese Sache betrifft nur uns und die hypothetischen intelligenten Lebensformen. Der interstellare Völkerbund hat kein Recht, sich hier einzumischen. Ich warne Sie, Picard: Wir sind entschlossen, unser Territorium zu verteidigen.«

»Warum ist der teniranische Echelon so sehr an diesem Planeten interessiert?«

»Das geht Sie nichts an. Arit Ende.«

Picard bekam keine Gelegenheit mehr, eine Antwort zu geben, denn der Bildschirm wurde übergangslos dunkel. »Mist«, brummte der Captain leise und wandte sich an Dr. Crusher, die auf der anderen Seite des Schreibtischs saß. »Nicht gerade eine diplomatische Glanzleistung von mir.«

Beverly lächelte voller Mitgefühl. »Kein Wunder – die Dame scheint jeden Kompromiß abzulehnen.«

»Warum legen die Teniraner solchen Wert auf eine Welt ohne große Bedeutung? Was halten Sie davon, Doktor?«

»Ich bin nicht Deanna, Captain.«

»Ich erwarte keine betazoidische Empathie von Ihnen«, sagte Picard sanft. »Aber ich schätze Ihre Meinung.«

Dr. Crusher runzelte die Stirn, als sie über die Worte der teniranischen Kommandantin nachdachte. »Nun, mir scheint, Captain Arit möchte nicht den Grund dafür nennen, warum die Teniraner Domarus Vier für sich beanspruchen. Ich hatte den Eindruck, daß sie etwas fürchtet ...«

Picard nickte. »Ja, ich auch. Aber was? Bezieht sich ihre Furcht auf uns?«

Die Ärztin überlegte erneut. »Ich bin mir nicht ganz sicher, aber ich glaube, es steckt mehr dahinter.«

»Haben die Teniraner einen uns unbekannten Gegner?«

Beverly zuckte mit den Achseln. »Keine Ahnung ...« Sie unterbrach sich. Picard sah die Sorge in ihren Augen und hörte unausgesprochene Worte: *Wenn ich doch nur wüßte, wie es um meinen Sohn steht.*

»Danke für Ihre Hilfe, Beverly«, sagte er und stand auf.

»Ich kehre jetzt besser ins Laboratorium zurück. Wir haben bereits erste Fortschritte in Hinsicht auf die Ridmiumvergiftung erzielt.«

»Ach? Das sind gute Nachrichten für die Überlebenden des Chezrani-Zwischenfalls. Halten Sie mich auf dem laufenden.« Picard sah der Ärztin nach, als sie den Bereitschaftsraum verließ. Bestimmt konzentrierte sie sich auch deshalb auf die medizinische Herausforderung, um nicht ständig an Wesley und die vermißte Einsatzgruppe zu denken. Doch in den meisten Fällen funktionierten solche Ablenkungen nur für eine gewisse Zeit.

Picard blieb allein zurück und forderte den Computer auf, ihm alle über die Teniraner gespeicherten Informationen zugänglich zu machen. Leider gab es nur wenige. Die teniranische Heimatwelt war weit von allen Sonnensystemen der Föderation entfernt, und Kontakte beschränkten sich auf gelegentlichen Handel. Angaben über die Anzahl der Planeten, Kolonien und Basen, die zum sogenannten teniranischen Echelon gehörten, fehlten ebenso wie historische Daten. Jean-Luc bekam nicht den geringsten Hinweis darauf, warum dieses teniranische Raumschiff Hunderte von Lichtjahren zurückgelegt hatte, um nach Domarus Vier zu fliegen und dort den Traktorstrahl auf ein Shuttle der *Enterprise* zu richten.

Der Türmelder summte und unterbrach Picards Grübeleien. Commander Riker kam herein. »Captain, jemand sollte sich auf den Planeten beamen lassen. Vielleicht finden wir etwas.«

Picard stand auf, und etwas in ihm versteifte sich. »Unter den gegebenen Umständen möchte ich keine weiteren Besatzungsmitglieder auf dieser seltsamen Welt verlieren.«

»Ich bin fest entschlossen, hierher zurückzukehren«, sagte Riker und lächelte schief. »Vielleicht gibt es im Basislager Anhaltspunkte, die wir mit den Sensoren von der Umlaufbahn aus nicht erfassen können. Geordi sollte mich begleiten. Möglicherweise versetzt ihn das VISOR in die Lage, etwas zu entdecken.«

Picards Gesichtsausdruck ließ keinen Zweifel daran, daß er es vorgezogen hätte, nicht den Einsatz einer zweiten Landegruppe anzuordnen. Unglücklicherweise fiel ihm keine Alternative ein, die weniger Risiken barg. »Na schön, Nummer Eins. Aber nehmen Sie sich nicht zuviel Zeit.«

Wenn Will Riker jemals den Wunsch verspürt hatte, etwas anderes zu werden als ein Forscher, so waren jene Träume längst der Vergangenheit anheimgefallen. Von Kindesbeinen an faszinierte ihn die Vorstellung, ins Unbekannte vorzustoßen und Wunder zu bestaunen, die nie zuvor jemand gesehen hatte. Eigentlich neigte er nicht dazu, draufgängerisch oder abenteuerlustig zu sein – eher traf das Gegenteil zu. Damals, während seiner Jugend, brannten die anderen Jungen darauf, Gletscher zu erklettern, von hohen Felsen kopfüber ins Meer zu springen oder in tiefe Höhlen einzudringen. Bei solchen Gelegenheiten kümmerte sich Will immer darum, daß sie gut vorbereitet und ausgerüstet waren.

Der Verantwortungsbewußte – so nannte man ihn. Will Riker, der immer an alles dachte, in besorgten Eltern Vertrauen weckte, sie davon überzeugte, daß ihren Söhnen und Töchtern nichts zustoßen würde, daß sie Erfahrungen sammeln konnten, *ohne* sich in Gefahr zu begeben – solange Will Riker sie begleitete. *Der Verantwortungsbewußte.*

Nun, bei den damaligen Ausflügen stießen Will und seine Freunde natürlich nicht ins Unbekannte vor: Die Gletscher, Meere und Höhlen gehörten zu ausgedehnten Naturschutzgebieten. Aber jedes Jahr im Herbst sorgte frischer Schnee dafür, daß sich Alaska verwandelte und selbst vertraute Hinterhöfe zur Wildnis wurden, so unberührt wie vor Jahrhunderten, als es im hohen Norden noch keine Niederlassungen der Menschen gegeben hatte. Und dann brachen die Jungen und Mädchen auf, schlüpften in die Rollen tapferer Entdecker.

Doch schließlich mußten sie sich der Wahrheit stellen: Sie erreichten nur Orte, die *sie* noch nicht gesehen hatten, traten während ihrer vermeintlichen Entdeckungsreisen in die Fußstapfen vieler anderer Kinder vor ihnen. Im vierundzwanzigsten Jahrhundert gab es durchaus noch gefährliche Regionen auf der Erde, doch es existierten keine Landkarten mit weißen Flecken mehr. Das wahre Unbekannte – das unendliche Unbekannte – lockte nur im All.

Für Riker stand von vorneherein fest, daß er jenen Pfad beschreiten mußte. Inzwischen waren viele Jahre vergangen, und manchmal recht schwierige Erfahrungen hatten ihm auch die dunkle Seite des Entdeckens gezeigt. Das Unerforschte hielt Überraschungen bereit. Ganz gleich, wie vorsichtig und geschickt ein Forscher sein mochte – er konnte nicht auf alle Möglichkeiten vorbereitet sein. Keine Mission blieb völlig ohne Gefahren, und oft stellte sich das Unvorhergesehene als besonders schlimm heraus.

Mit dem Forschungseinsatz auf Domarus Vier schienen überhaupt keine Risiken verbunden gewesen zu sein. Als Riker das Shuttle losschickte, regten sich keine düsteren Vorahnungen in ihm. Gerade dieser Umstand stimmte ihn nun nachdenklich.

Vielleicht habe ich irgendein warnendes Zeichen übersehen, dachte er, als er zusammen mit Geordi den Transporterraum betrat. *Vielleicht hätte ich etwas spüren sollen…*

O'Brien stand hinter der Konsole, als die beiden Offiziere auf die Transferplattform traten. »Nur Sie beide?« fragte er und fügte scherzhaft hinzu: »Offenbar reisen Sie mit leichtem Gepäck.«

»Wir haben nur einen kurzen Ausflug geplant«, erwiderte Riker. Er blieb ernst, obgleich er O'Briens Versuch zu schätzen wußte, die Stimmung ein wenig aufzulockern.

»Dann bleibt Ihnen wohl nicht genug Zeit, das eine oder andere Souvenir für uns zu sammeln, wie?«

LaForge lächelte. »Man kann nie wissen. Vielleicht finden wir eine hübsche kleine Touristenfalle.«

»Energie«, sagte Riker.

O'Brien aktivierte den Transporter, und zwei humanoide Körper verwandelten sich in energetische Matrizen.

Auf der Brücke ließ sich Picard in den Kommandosessel sinken und dachte daran, wieviel Zeit er mit der ergebnislosen Suche nach Informationen über die Teniraner vergeudet hatte. Normalerweise fragte er Data, und der Androide gab sofort Auskunft. *Habe ich Data als selbstverständlich erachtet? War er so ...*

Der Captain unterbrach diesen Gedanken. *Mein Gott, ich denke bereits in der Vergangenheitsform von ihm, so als sei er tot. Das wird sich nicht wiederholen, bis ...*

»Captain«, erklang Worfs Stimme, »die Energiestrukturen ...«

Jean-Luc und die Brückenoffiziere beobachteten, wie bunte energetische Tentakel durchs All tasteten, sich sowohl der *Enterprise* als auch dem teniranischen Schiff näherten.

Zwei Säulen aus funkelnder Transporterenergie leuchteten über dem grasbewachsenen Boden von Domarus Vier. Sie verdichteten sich, wurden zu Riker und LaForge. Eine Wolke aus sich ständig verändernden Farben umgab sie. Als der Transfer vollständig war, hörten die beiden Offiziere ein leises Geräusch: Es klang nach dissonantem Läuten. Wenige Sekunden später verschwanden die Farben, und Stille herrschte.

Picard stand dicht vor dem großen Wandschirm, und in seinem Gesicht zeichnete sich eine Mischung aus Faszination und Besorgnis ab, als er die bunte, wogende Energie beobachtete. Sie waberte nun in unmittelbarer Nähe der *Enterprise*, verursachte jedoch keine Beschädigungen. Die Sensoren reagierten kaum darauf.

»Bei allen Raumgeistern ...«, hauchte der Captain. »Bericht, Lieutenant Worf.«

»Es handelt sich um die gleichen Energiestrukturen wie zuvor, Sir. Sie sind in unmittelbarer Nähe beider Schiffe entstanden ...«

Worf wollte noch etwas hinzufügen, aber er schwieg plötzlich, als der bunte, wie träge wogende Vorhang zerplatzte. Zahllose Funken stoben – und verschwanden von einem Augenblick zum anderen.

Picard drehte sich zu dem Sicherheitsoffizier um.

»Lieutenant ... Wenn das wirklich Energie war – warum haben sich unsere Schilde dann nicht automatisch aktiviert?«

»Ich weiß es nicht, Sir. Eine Überprüfung der Deflektoren und Sensoren sollte uns Aufschluß geben. Ich beginne sofort damit.« Der Klingone zögerte. »Nachricht von der Landegruppe, Sir.«

»Audio-Verbindung.«

»Wir haben gerade etwas Seltsames erlebt, Captain«, tönte Rikers Stimme aus dem Lautsprecher der externen Kommunikation.

Picard hörte sich den Bericht des Ersten Offiziers an, und ihm fielen sofort die Parallelen bei ihren Beobachtungen auf. »Als Sie sich auf den Planeten beamten, Nummer Eins, sahen wir ähnliche Energiestrukturen im All, in der Nähe von beiden Schiffen.«

»Und dann verschwanden sie einfach?«

»Als hätte sie jemand ausgeschaltet.«

»Hm, die Sache gefällt mir nicht.« So etwas wie grimmiger Ernst erklang in Rikers Stimme. »Wir beginnen jetzt mit den Untersuchungen hier und kehren so schnell wie möglich zurück. Riker Ende.«

Worf hob den Kopf. »Die Teniraner versuchen, einen Kontakt mit uns herzustellen, Captain.«

Picard blieb stehen. Manchmal glaubte er, dadurch mehr Autorität auszustrahlen. »Auf den Schirm, Lieutenant.«

Die Darstellung des Planeten wich einmal mehr der strengen Miene von Captain Arit. »Picard, wir wissen, daß Sie ohne Erlaubnis und trotz meiner Warnung Personen auf unsere Welt gebeamt haben ...«

»Derartige Diskussionen werden allmählich langweilig, Captain Arit. Um es ganz deutlich zu betonen: Wir erkennen Ihren Anspruch auf Domarus Vier nicht an.«

»Wir sind keineswegs bereit, Ihre Feindseligkeit einfach so hinzunehmen.«

»Unsere Landegruppe ist *nicht* feindselig, Captain.« Picard ging einige Schritte und blieb in der Mitte des Kontrollraums stehen. Über ihm wölbte sich der zentrale Bereich der transparenten Brückenkuppel. »Wir suchen Hinweise nach dem Verbleib des Shuttles ...«

»Es verschwand, während es sich im All befand, nicht auf dem Planeten. Sie haben kein Recht ...«

»Wir haben *jedes* Recht, alle Möglichkeiten zu nutzen, um die Suche erfolgreich zu beenden.«

»Das gilt nicht für *unsere* Welt«, erwiderte Arit scharf.

Sie begann mit einem Monolog, doch Picards Aufmerksamkeit wanderte fort vom Wandschirm, als er ein Prickeln spürte – es fühlte sich an wie Federn, die ihm über die nackte Haut strichen. Dann beobachtete er, wie mitten im Kontrollraum eine kleine Wolke aus bunt glühendem Licht entstand. Sie schwebte mitten in der Luft, schien nicht zu wissen, wohin sie sich wenden sollte. Wie zuvor veränderten sich die Farben ständig, und keine von ihnen präsentierte sich lange genug, um als Rot, Blau oder Grün bezeichnet werden zu können. Gleichzeitig dehnte sich die Erscheinung allmählich aus, schickte Tentakel durch die große Kammer.

»... wird sich eine teniranische Sicherheitsgruppe auf den Planeten beamen und Ihre Leute in Gewahrsam nehmen«, fuhr Arit fort, obgleich Picard kaum mehr zuhörte.

Als ihn das wogende Schimmern erreichte, hörte er jenes dissonante Läuten, von dem Riker berichtet hatte. »Worf, interne Sensorsondierung«, murmelte er. Dann wandte er sich Arit zu, ohne ihr gegenüber den Eindruck zu erwecken, abgelenkt gewesen zu sein. »Fordern Sie nicht die *Enterprise* heraus, Captain«, sagte er, während um ihn herum die Intensität von Geräuschen und Farben wuchs. »Vielleicht ist Domarus Vier nicht unbewohnt. Und ich werde keineswegs zulassen, daß Sie Besatzungsmitglieder meines Schiffes als Geiseln nehmen, um ...«

»Was ist das? Jevlin – was *ist* das?« Arits Blick glitt fort vom Übertragungsmodul und kehrte nach wenigen Sekunden zu Picard zurück. »Wenn Sie uns angreifen, *Enterprise* ...«

»Ich versichere Ihnen: Wir haben keinen Angriff geplant.«

Plötzlich kam es in den wabernden Schlieren zu weiteren Veränderungen. Ihre Farben wurden dunkler, und sie verdichteten sich, bildeten eine Art Strudel, in dessen Mitte sich Picard befand.

Worf riß die Augen auf. *»Captain!«* donnerte der Klingone. Er achtete nicht auf Arits Drohungen, die gnadenlose Vergeltungsmaßnahmen für den Fall eines Angriffs ankündigte. Er sprang übers Geländer hinweg, das den Kommandobereich der Brücke vom oberen Deck trennte – offenbar wollte er Picard aus dem pulsierenden Wirbel ziehen. Doch der Sicherheitsoffizier bekam gar keine Gelegenheit, ihn zu erreichen: Captain und Strudel verschwanden in schillerndem Dunst, der sich ebenfalls verflüchtigte.

Mit einem leisen Brummen landete Worf auf dem Boden, rollte sich ab und stellte fest, daß seine Bemühungen fehlgeschlagen waren. Zorn brodelte tief in ihm, doch der Klingone hielt die Wut unter Kontrolle, als er sich folgender Erkenntnis stellte: Jetzt war *er* Kommandant der *Enterprise*.

KAPITEL 4

Worf stand auf und trachtete danach, Ärger und Verlegenheit aus sich zu verbannen. Die Gefühle durchströmten ihn wie eine Flutwelle, und er errichtete einen mentalen Damm aus Rationalität.

»*Enterprise! Enterprise!* Was haben Sie mit Captain Arit angestellt?«

Eine andere, von Panik geprägte Stimme schrillte aus dem Kom-Lautsprecher. Worf zwang sich, ihr zu lauschen, eine Vorstellung von der betreffenden Person zu gewinnen. *Ein Mann. Aber ganz und gar kein Kommandant. Von Unsicherheit und Furcht erfüllt ...*

Als Sicherheitsoffizier konnte er seinen natürlichen Kriegerinstinkten freien Lauf lassen. Aber während der Zeit bei Starfleet hatte er gelernt: Wer die Pflichten eines Raumschiffkommandanten wahrnehmen wollte, mußte sich in erster Linie von Vernunft leiten lassen und durfte nicht allein impulsiv reagieren. Worf fühlte sich auch dazu imstande.

»*Enterprise*«, erklang erneut die Stimme, und wieder vibrierte Hysterie in ihr. »Was haben Sie mit ...«

»Hier ist die *Enterprise*«, antwortete der Klingone, als er im Kommandosessel Platz nahm. Er sprach ruhig und gefaßt. »Identifizieren Sie sich.«

»Ich bin Jevlin, Erster Offizier der *Glin-Kale*. Die Kommandantin hat mit Picard geredet. Weiter nichts. Sie hat nur mit ihm geredet. Plötzlich entstand in unserem Kontrollraum eine Wolke aus bunten Farben, und als das Schimmern verblaßte, war Arit *verschwunden*. Was haben Sie mit ihr gemacht?«

»Interessant. Wie dem auch sei: Wir sind für den Zwischenfall nicht verantwortlich. *Enterprise* Ende.« Worf verharrte auch weiterhin in Gelassenheit, als er sich mit der Landegruppe in Verbindung setzte. »Commander Riker, der Captain ... ist ebenso verschwunden wie das Shuttle.«

»Das hat uns gerade noch gefehlt. Beamen Sie uns an Bord, Worf, und zwar *sofort*.«

Jevlin hatte sich schon vor einigen Jahren vom feurigen Vergnügen des *Peroheen*-Weins getrennt, doch es war immer wieder zu Situationen gekommen, die seine Entschlossenheit auf die Probe stellten. Manchmal geriet er so sehr in Versuchung, wie früher bei der Flasche Trost zu suchen, daß er glaubte, wieder das vertraute Brennen in der Kehle zu spüren.

Genau dieses Gefühl stellte sich nun ein und wurde immer intensiver. Er stand in Arits Kabine – *zum Glück hat sie mir nicht gestattet, das Schott zu reparieren; sonst hätte ich ihr Quartier gar nicht betreten können* – und hielt jene Flasche in der Hand, aus der sie zuvor getrunken hatte. Sie enthielt jetzt wesentlich weniger Flüssigkeit. *Offenbar hat Arit noch einige Gläser geleert, nachdem ich gegangen bin. Nun, niemand kann von unserer Kommandantin behaupten, daß sie keinen Wein verträgt.*

Das Geräusch sich nähernder Schritte erschreckte Jevlin so sehr, daß ihm fast die Flasche aus der Hand rutschte.

»Ich möchte, daß meine Mutter zurückkehrt, Jevlin«, ertönte eine gefaßt klingende Stimme.

Der Erste Offizier verharrte in Reglosigkeit und kniff die Augen zu. Gerade jetzt wollte er nicht mit Arits kleiner Tochter konfrontiert werden.

Nach einigen Sekunden berührte ihn eine Hand am Arm.

»Du vermißt sie ebenfalls, nicht wahr?« fragte Keela.

Der alte Jevlin seufzte, stellte die Flasche ab und drehte sich zur Sechsjährigen um. »Ja, Keela, ich vermisse sie tatsächlich.« Er rieb sich die blutunterlaufenen Augen und begegnete dem wachen, aufmerksamen Blick des Mädchens.

»Hast du geweint?« fragte Keela. Sie formulierte die Worte mit der frühreifen Präzision eines Kinds, das vor allem an Gespräche mit Erwachsenen gewöhnt war.

»Nein«, erwiderte Jevlin etwas schroffer als beabsichtigt. »Nun, vielleicht ein wenig. Was ist mit dir?«

Keelas Unterlippe zitterte kurz und offenbarte einen noch kleinen spitzen Zahn. Sein Pendant auf der anderen Seite war ihr vor kurzer Zeit ausgefallen. »Nein. Es wäre meiner Mutter sicher nicht recht, wenn ich weine.« Sie deutete zur Flasche. »Ist das Saft? Kann ich ein Glas haben?«

Jevlin hüstelte verlegen. »Äh ... nein ... das ist kein Saft. Deine Mutter möchte nicht, daß du weinst? Woher willst du das wissen?«

»Ich bin die Tochter der Kommandantin. Was bedeutet: Ich muß ebenso stark sein wie sie. Außerdem hat sie mir gesagt, daß sie vielleicht eines Tages sterben muß, so wie Vater auf Ziakk Fünf. Möglicherweise erwartet uns alle der Tod. Und wenn das so ist ... Man muß sich damit abfinden.«

»Muß man das?«

Keela nickte, und eine Locke ihrer Mähne fiel ihr in die Stirn. Das Mädchen strich sie beiseite. »Ja. Mutter meinte, deshalb soll man nicht traurig sein. Wir führen ein hartes Leben, und vielleicht ist das Sterben wie eine Erlösung. So lauteten ihre Worte.«

»Ach, tatsächlich?« Jevlin versuchte nicht, seinen

Ärger zu verbergen. »Nun, wenn du mich fragst ... Ich schätze, deine Mutter ist zu sehr Fatalist.«

Das Mädchen neigte neugierig den Kopf zur Seite. »Fatalist?«

»So bezeichnet man jemanden, der unter allen Umständen mit dem Schlimmsten rechnet.«

Keela setzte sich auf Jevlins Schoß. »Glaubst du, meine Mutter ist tot?«

Die unschuldige Offenheit dieser Frage kam einem Dorn gleich, der sich Jevlin ins Herz bohrte. Er fühlte, wie seine Augen feucht wurden, und es fiel ihm schwer, sich unter Kontrolle zu halten. »Du stellst vielleicht Fragen!« Kurzes Zögern, und dann: »Ich ... äh ... weiß es nicht.«

»Bist du ein Fatalist?«

Der Erste Offizier sah in die außergewöhnlich ernsten Augen des Mädchens. »Nein«, antwortete er sanft. »Nein, ich bin kein Fatalist. Und ich bin sicher, daß deine Mutter lebt.«

Keela lächelte. »Ich bin es ebenfalls. Und ich weiß auch, daß die Flasche dort keinen Saft enthält. Ich verrate niemandem etwas, wenn du davon trinkst.«

»Sie haben genau richtig gehandelt, Mr. Worf«, sagte Riker und nahm am einen Ende des langen Tisches im Konferenzzimmer Platz.

»Ich hielt es nicht für erforderlich, die Teniraner darauf hinzuweisen, daß auch Captain Picard entführt worden ist«, erwiderte der Klingone.

Dr. Crusher wölbte eine Braue. »Sprechen wir hier von einer Entführung? Glauben Sie, daß sowohl die Raumfähre als auch beide Kommandanten *mit Absicht* transferiert wurden?«

»Von einer solchen Vermutung gehen wir aus, ja«, bestätigte Riker. »Sind Sie anderer Meinung, Doktor?«

»Nein. Wie dem auch sei: Uns fehlen noch immer Antworten auf viele wichtige Fragen.«

Chefingenieur LaForge nickte. »Zum Beispiel: Wer oder was steckt dahinter? Wo befinden sich die Verschwundenen? Wie und warum wurden sie transferiert? Und so weiter.«

Riker musterte die Anwesenden nacheinander. »Hat jemand eine Idee?«

»Ich wette einen Wochenlohn, daß der Captain und die anderen auf Domarus Vier sind«, sagte Geordi.

»Was veranlaßt Sie zu dieser Annahme?« fragte Riker und runzelte skeptisch die Stirn.

»Nichts deutet darauf hin, daß sie woanders sind«, erwiderte LaForge.

»Nun, als Argument taugt das nicht besonders viel, aber es ist zumindest ein Anfang«, kommentierte Riker. »Fahren Sie fort.«

»Zwar sind wir bisher nicht imstande gewesen, den Ausgangspunkt der seltsamen Energiestrukturen festzustellen, aber ich bin trotzdem sicher, daß sie vom Planeten stammen.«

»Das klingt alles ziemlich vage«, sagte Riker verärgert. Natürlich beunruhigte ihn auch das Schicksal der Einsatzgruppe, die mit dem Shuttle aufgebrochen war, aber er fühlte sich vor allem für die Sicherheit des Captains verantwortlich. Durch Picards Verschwinden gewann das Problem eine ganz neue Bedeutung. »Wir müssen mehr herausfinden, und zwar schnell.«

Jean-Luc Picard stand auf einer grasbewachsenen Anhöhe und blinzelte im Licht der Nachmittagssonne, die am blauen Himmel von Domarus Vier strahlte. Zumindest vermutete er, daß es sich um den domaranischen Himmel handelte. Was auch immer ihn aus dem Kontrollraum der *Enterprise* transferiert hatte – er hoffte, daß die Reichweite jener geheimnisvollen Kraft Beschränkungen unterlag.

Doch wenn er sich auf einem ganz anderen Planeten befand ... Es würde bedeuten, daß die *Enterprise* nicht in der Umlaufbahn auf ihn wartete.

Falls man in diesem Zusammenhang von einer Entführung sprechen konnte, so fiel sie sicher aus dem Rahmen des Üblichen. Ohne Vorwarnung oder irgendeine Drohung war Picard von der Brücke an diesen Ort gebracht worden. Und niemand erwartete den Captain, um ihn zu begrüßen – oder gefangenzunehmen. Ganz offensichtlich konnte er ganz nach Belieben umherstreifen.

Aber wohin sollte er sich wenden? Fast eine Stunden lang wanderte Jean-Luc durch Wälder und über Wiesen, ließ den Blick über die Landschaft schweifen, fragte sich immer wieder, wo er war und ob man an Bord der *Enterprise* von seinem gegenwärtigen Aufenthaltsort wußte.

Er klopfte auf seinen Insignienkommunikator. »Picard an *Enterprise*. Picard an *Enterprise*. Hören Sie mich?« Und nach einigen Sekunden murmelte er: »Funktioniert noch immer nicht.« Er hatte unmittelbar nach dem Retransfer versucht, sich auf diese Weise mit dem Schiff in Verbindung zu setzen – ohne Erfolg. Irgend etwas schien die Kom-Signale zu blockieren, was ihn eigentlich kaum überraschte. Vermutlich wurden auch die vom kleinen Kommunikator gesendeten individuellen Biosignale abgeschirmt, und dadurch konnten die Sensoren des fünfzigtausend Kilometer über dem Planeten fliegenden Schiffes keine Lokalisierung vornehmen.

Picard wußte: Er war auf sich allein gestellt. Auf der Grundlage dieser Erkenntnis beschloß er, sich zunächst den Erfordernissen des Überlebens zu widmen. Am Tag war das Klima recht angenehm und erinnerte ihn an Labarre, seine Heimat im Herzen des französischen Weinanbaugebiets: warmer Sonnenschein, eine frische Brise. Picards Familie hatte ein derartiges Wetter oft genutzt, um am Ufer des Flusses, der sich am Dorf vorbeischlängelte, ein Picknick zu veranstalten. Zwar konnte er nicht ganz sicher sein, aber er bezweifelte, des Nachts mit eisiger Kälte rechnen zu müssen. Mit anderen Worten: Er mochte den Elementen nahezu schutzlos ausgeliefert sein, aber sicher stellten sie keine unmittelbare Gefahr dar.

Überall wuchsen Pflanzen, und wahrscheinlich konnte er Früchte essen, ohne eine Vergiftung befürchten zu müssen. Darüber hinaus deutete die üppige Vegetation auf reichlich Niederschläge hin. Picard hoffte, bald Wasser zu finden, stellte sich in diesem Zusammenhang einen Bach oder kleinen Teich vor.

Durch das Wandern und den warmen Sonnenschein war er inzwischen recht durstig geworden. Früher oder später benötigte er ohnehin Trinkwasser, und deshalb entschied er, jetzt gleich mit der Suche danach zu beginnen. Als er auf dem Hügel verharrte – das kniehohe Gras neigte sich hin und her –, vernahm er leises Rauschen nicht allzu weit entfernt.

Es dauerte nicht lange, bis er den Ursprung jenes Geräuschs fand: einen etwa drei Meter breiten und einen Meter tiefen Fluß, in dem glasklares Wasser strömte. Er ging am sandigen Ufer in die Hocke, tauchte Finger ins Naß und genoß die angenehme Kühle. Dann preßte er die Hände aneinander, wölbte sie und trank fast gierig. *He, ich habe mehr Durst, als ich dachte …*

Er schnappte nach Luft und beugte sich vor, um erneut Wasser zu schöpfen. Dabei bemerkte er einen Fisch, der mindestens so lang war wie sein Unterarm und wie träge in der Nähe schwamm.

Scheint ziemlich von sich eingenommen zu sein, überlegte Jean-Luc. *Vielleicht stellen diese Fische das Ende der hiesigen Nahrungskette dar. Nun, das könnte sich bald ändern, wenn ich hungrig genug werde ...*

Er schüttelte die Hände in der warmen Luft, trocknete sie an der Hose ab und klopfte erneut auf den Insignienkommunikator. »Persönliches Logbuch, Fortsetzung des letzten Eintrags. Ich brauche nicht zu befürchten, hier zu verhungern. Abgesehen von der bereits erwähnten Flora habe ich einen Süßwasserfluß mit vielen Fischen entdeckt ...«

Er sah zu dem großen Exemplar, das gegen die Strömung schwamm, um jenes seltsame Geschöpf außerhalb seiner Domäne zu beobachten. »Allerdings weiß ich noch nicht, wie ich sie fangen soll. Diese Herausforderung könnte eine willkommene Abwechslung sein. Seit einer Stunde bin ich nun auf dem Planeten und habe noch immer keine Ahnung, wer oder was für meinen Transfer die Verantwortung trägt. Oder warum es dazu kam. Trotzdem fühle ich mich nicht in Gefahr. Aus irgendeinem Grund habe ich den Eindruck, daß meine hiesige Präsenz dazu beitragen wird, das Rätsel zu lösen.«

Deanna Troi war mit der Dunkelheit vertraut, denn sie bildete einen wichtigen Bestandteil der Erlebniswelt von Personen, die viele Jahre im All verbrachten. Aber selbst im Weltraum war die Finsternis nie absolut – es gab immer die Sterne.

In diesem Fall jedoch erwies sich die Schwärze als undurchdringlich. Seit zwei Stunden saßen Troi und ihre Begleiter in einem Shuttle fest, das von völliger Lichtlosigkeit umhüllt wurde. Es fehlten Sterne, woraus die Counselor schloß, daß sie sich nicht mehr im All befanden. Wie sie an diesen Ort gelangt waren und aus welchem Grund der Transfer stattgefunden hatte ... Darauf wußte sie keine Antwort. Die Scheinwerfer der *Onizuka* funktionierten nicht, und angesichts der undurchdringlichen Dunkelheit konnte man meinen, daß die Raumfähre in einer Art Behälter steckte. Ohne einsatzfähige Sensoren ließ sich kein Eindruck von der Umgebung gewinnen, und deshalb hatten Data und Troi bisher keine Ausflüge nach draußen unternommen. Erst mußten die Scanner repariert werden. Falls sich herausstellte, daß eine Reparatur nicht möglich war ... Dann mußten sie überlegen, ob sie das Risiko einer externen Erkundung wagen sollten.

Während Data eine Strategie entwickelte, bei der es darum ging, die Bordsysteme des Shuttles möglichst schnell zu reaktivieren, konzentrierte sich Deanna auf die Gefühle der drei jungen Leute an Bord. Ihre emotionalen Reaktionen fielen genau so aus, wie es Troi erwartet hatte: Die anfängliche Furcht wich Rationalität und dem Bestreben, die Lage objektiv einzuschätzen, als keine direkte Gefahr mehr zu bestehen schien.

Die beiden jungen Männer arbeiteten unter Datas Aufsicht in der engen Pilotenkanzel, und Gina hatte die Anweisung erhalten, neue Verbindungen zwischen Sensoren und Analysemodulen zu schalten. Um dieser Aufgabe gerecht zu werden, mußte man vor der Konsole im rückwärtigen Abteil knien – nur auf diese Weise war es möglich, die komplexen Schaltkreise im Innern des Pults zu erreichen.

Fünfzehn Minuten verbrachte Gina in dieser Haltung, bevor sie sich auf den Rücken legte, um die überanstrengten Muskeln zu entspannen.

»Langweilen Sie sich, Counselor Troi?«

»Langweilen Sie sich?« erwiderte Deanna und blieb beim förmlichen Sie.

»Ist die Sonne heiß?« Gina setzte sich auf, zog die Beine an und schlang die Arme darum. »Und ob ich mich langweile. Himmel, ich habe das Gefühl, daß wir uns schon seit *Wochen* an Bord des Shuttles aufhalten.«

»Was fühlen Sie sonst noch?«

»Hm.« Ginas Gesicht gewann einen nachdenklichen Ausdruck. »Möchten Sie jetzt von mir hören, daß ich ausraste, wenn ich nicht bald Gelegenheit bekomme, die *Onizuka* zu verlassen?«

»Entspricht das Ihren Empfindungen?«

Gina hörte den Mangel an Besorgnis in Trois Stimme. »Sie kennen die Antwort auf diese Frage. Oder glauben Sie im Ernst, daß ich der nervlichen Belastung nicht gewachsen bin?«

»Nein«, erwiderte Deanna. »Ihre derzeitigen Emotionen sind angesichts unserer Situation völlig normal, insbesondere für jemanden, der so jung ist wie Sie. Ich nähme das *Fehlen* solcher Gefühle zum Anlaß, besorgt zu sein.«

»Hyper-Hormone, wie?«

Troi lachte leise. »Etwas in der Art. Jugendliche haben meist immer den kindlichen Wunsch, sofort eine Belohnung zu empfangen. Was Sie, Ken und Wesley betrifft... Sie sind ein ganzes Stück intelligenter und reifer als viele Ihrer Altersgenossen. Das bedeutet, Sie werden mit kritischen Situationen besser fertig.«

»Sind Sie sicher?« fragte Gina und wölbte skeptisch die Brauen.

»Sie haben Ihre Gefühle in Worte gefaßt, anstatt danach zu handeln. Das ist ein Zeichen von Reife und ...« Deanna unterbrach sich, als es im Shuttle wieder hell wurde und Konsolendisplays glühten.

»Juchhu!« rief Gina und klatschte in die Hände. Nur eine Sekunde später erstarrte sie, und ihre Wangen röteten sich. »Das war nicht sehr reif, oder?«

»Nun... Es bleibt unser kleines Geheimnis.« Trois Teil des Geheimnisses bestand darin, daß auch sie am liebsten laut gejubelt hätte.

Sie sahen beide auf, als Data in die mittschiffs gelegene Hauptkabine trat. Von hier aus konnte er das Geschehen in beiden Hälften des Shuttles beobachten. »Gina, Wesley, Ken – Sie haben uns sehr geholfen«, sagte der Androide, und Troi nickte anerkennend. »Das Lebenserhaltungssystem sowie die Scanner und Sensoren funktionieren jetzt wieder mit vollem Potential.«

Gina hob die Hand. »Soll ich die externen Scheinwerfer einschalten, Commander?«

»Einverstanden. Ich glaube, es ist jetzt an der Zeit, einen Eindruck von unserer Umgebung zu gewinnen.«

Gina stand auf, als die anderen ans Fenster herantraten. Die junge Frau nahm im Sessel vor der Konsole Platz und tastete über die Schaltkomponenten, aktivierte sowohl die Positionslichter des Shuttles als auch mehrere in die Außenhülle integrierte Scheinwerfer. Helles Licht gleißte – und reflektierte von den Wänden einer hohen, zehn bis fünfzehn Meter durchmessenden Höhle. Für den Hauch eines Augenblicks schien die *Onizuka* von einem bunt schimmernden Nebel umgeben zu sein, der den Farbschlieren im All ähnelte. Doch die bunt glitzernden Tentakel reagierten so, als seien sie vom jähen Licht erschrocken. Sie zuckten fort und verschwanden so schnell, daß sich Troi fragte, ob sie überhaupt existiert hatten.

Die Besatzungsmitglieder des Shuttles mußten sich der wenig erfreulichen Erkenntnis stellen, in der Falle zu sitzen. Deanna Troi spürte in sich selbst Empfindungen, die auch in den Akademiekandidaten Wurzeln schlugen: Kummer, Sorge – und Neugier.

Gina fand als erste die Sprache wieder. »Meine Güte, wo *sind* wir?« Sie sah aus dem Fenster, drehte dabei den Kopf von einer Seite zur anderen und betrachtete die funkelnden Mineralienadern in den Höhlenwänden. Eigentlich wußte sie selbst nicht, wonach es Ausschau zu halten galt.

»Allem Anschein nach befinden wir uns in einer Höhle«, sagte Data und blickte über Ginas Schulter.

»Und was hat es mit der *Höhle* auf sich, Data?« fragte Troi. »Sind wir im Innern von Domarus Vier? Und wenn das der Fall ist: Was hat uns hierhergebracht?«

»Es läßt sich kaum Gewißheit erlangen. Bis wir keine gegenteiligen Anhaltspunkte finden, sollten wir von der Annahme ausgehen, daß wir uns tatsächlich im Innern von Domarus Vier befinden. Was die Frage nach dem Wie und Warum unseres Aufenthalts an diesem Ort betrifft, muß ich mit einer Redewendung antworten: Da kann ich auch nur raten.«

Wesley sah durch die Tür der Pilotenkanzel. »Commander… Die Sensoren sind jetzt wieder einsatzbereit. Sollen wir eine Sondierung vornehmen, um konkrete Daten zu ermitteln?«

»Gute Idee, Fähnrich. Lassen Sie sich dabei von Ken helfen.« Auch der Androide hielt am Sie den jungen Leuten gegenüber fest. »Wir müssen die chemische Struktur unserer unmittelbaren Umgebung feststellen, um zu wissen, ob sie eine Gefahr für uns oder das Shuttle darstellt. Gina, bitte führen Sie in bezug auf die geologische Beschaffenheit der Höhle eine Spektro-Analyse durch.«

Wesley, Ken und Gina machten sich sofort an die Arbeit. Troi wandte sich an Data und sagte leise: »Ich bin besorgt.«

»Weshalb, Counselor?«

»Als wir die Höhle sahen, habe ich Furcht in den Jugendlichen gespürt, sogar in Wesley.«

Data nickte. »Ist das nicht normal?«

»Ja. Die jungen Leute haben bereits eine gute Ausbildung hinter sich und gelernt, sich nicht von der Furcht lähmen zu lassen. Andererseits wird sie nicht geringer werden, sondern noch zunehmen. Wir sollten ihnen helfen, damit zurechtzukommen.«

»Ich verstehe.« Data zögerte und dachte über Trois

Ausführungen nach. »Auf welche Weise können wir helfen?«

»Ihre Taktik ist genau richtig.«

»Oh, das freut mich.« Datas Augen glänzten heller. Es erfüllte ihn mit Zufriedenheit, von der Counselor zu hören, den empfindlichen menschlichen Psychen angemessene Unterstützung zu gewähren. Doch dann runzelte er die Stirn, als hätte er plötzlich Fehler in seiner Programmierung entdeckt. »Und ... äh ... woraus besteht meine Taktik?«

Deanna lächelte. Data war das argloseste Geschöpf, das sie jemals kennengelernt hatte. Diese spezielle Eigenschaft des Androiden fand sie noch immer ebenso reizend wie bei ihrer ersten Begegnung. »Sie sorgen dafür, daß Wesley, Ken und Gina beschäftigt bleiben. Sie behandeln sie wie wichtige Mitglieder der Crew.«

»Es dürfte mir nicht sehr schwer fallen, auch weiterhin diese ›Taktik‹ anzuwenden, Counselor. Weil die jungen Leute *tatsächlich* wichtige Mitglieder der Besatzung sind.«

KAPITEL 5

Bin Angeln gegangen ...

Ein solches Schild könnte ich hier aufstellen, dachte Picard, als er erneut zum Fluß wanderte. *Aber wen kümmert's, wohin ich gehe?*

Er sah zur domaranischen Sonne und schätzte, daß ihm noch einige Stunden bis zum Abend blieben. Jean-Luc hatte die Wanderungen fortgesetzt und gelangte dabei zu folgenden Schlußfolgerungen: Die Gegend eignete sich gut für ein Ferienhäuschen. Doch angesichts der besonderen Umstände stand dem Captain nicht der Sinn nach einem Urlaub. Zwar wähnte er sich noch immer in relativer Sicherheit, aber es blieb die Tatsache, daß er keinen Kontakt zur *Enterprise* herstellen konnte. Außerdem warteten die Fragen nach dem Wie und Warum des Transfers nach wie vor auf eine Antwort.

Picard wußte nicht, wie lange er auf dieser Welt bleiben mußte, und deshalb hatte er eine geeignete Stelle fürs Nachtlager gesucht. Er wählte eine Lichtung mit einer Anhöhe in der Mitte; auf zwei Seiten wurde sie von Wald gesäumt, auf den beiden anderen von Hügeln. Der Lagerplatz lag nicht nur vergleichsweise hoch, sondern bot auch die Möglichkeit, sich schnell Nachschub an Feuerholz zu besorgen. Dem Captain fehlten Werkzeuge irgendeiner Art, doch während eines ersten Erkundungsgangs durch den Wald hatte er viele Zweige auf dem Boden gesehen. Außerdem fand er in den nahen Hängen einige kleine Höhlen, in denen offenbar keine Tiere hausten. Dort konnte er Unterschlupf finden, wenn es regnete.

Der nächste Punkt auf der Prioritätenliste lautete Nahrung. Eine Zeitlang zog Picard die einfachste aller Fischfangmethoden in Betracht: mit bloßen Händen. Doch er nahm immer mehr Abstand von dieser Idee, als er sich vorstellte, tolpatschig nach glitschigen Flossenleibern zu greifen, die ihm immer wieder aus der Hand rutschten. Unglücklicherweise konnte er nicht einfach ein Sportartikelgeschäft besuchen und dort eine Angelrute kaufen, womit praktisch nur eine Alternative blieb: Er mußte sein Essen mit dem Speer erbeuten. Er hatte es nie selbst versucht, diese Methode jedoch dann und wann beobachtet, nicht nur auf der Erde. Das Prinzip war recht einfach. Jean-Luc hoffte, daß sich bei der praktischen Anwendung keine Probleme ergaben.

Am Ufer des Flusses nahm er Platz, neben einem Haufen aus Zweigen, die jeweils mindestens einen Meter lang waren – er hatte sie zuvor im Wald gesammelt. Mit einem scharfkantigen Stein begann er zu schnitzen und zu schnippeln, um die Stöcke zuzuspitzen. Während der Arbeit hörte er gelegentliches Platschen, wenn Fische aus dem Wasser sprangen und zurückfielen.

Sind das Turner oder Kundschafter? überlegte Picard und beobachtete die Akrobatik. Ein Lächeln umspielte seine Lippen, als er sich daran erinnerte, mit welchem Desinteresse er als Kind dem Angeln gegenübergestanden hatte. Damals folgte er seinem Bruder Robert, wenn er und die älteren Jungen aus dem Dorf zum Fluß oder zu dem See gingen, der sich nicht weit von den Weinbergen der Familie entfernt erstreckte. Robert war nie sehr erfreut darüber gewesen, den kleinen Jean-Luc mitnehmen zu müssen, aber ihre Mutter bestand darauf. *Obwohl ich ihn eigentlich gar nicht begleiten wollte.*

Picard legte eine Pause ein und betrachtete sein Werk. Zwei Speere waren bereits fertig, doch der dritte mußte noch etwas mehr bearbeitet werden. Energisch strich er mit dem Stein übers Holz, und kleine Späne flogen davon. *Vielleicht wollte ich nur nicht abseits stehen, nicht zum Außenseiter werden.* Er lachte leise, als ihm etwas anderes einfiel: Robert hatte ihn verspottet, weil er sich davor ekelte, die Würmer anzufassen und sie als Köder auf die Haken zu spießen. *Um die Würmer ging's dabei, nicht um die Finger. Obgleich sich mir die Spitze des Hakens immer wieder in die eine oder andere Fingerkuppe bohrte.*

Schließlich war auch der dritte Speer fertig. Picard legte ihn zu den anderen, beugte sich dann vor, beobachtete die Fische und entsann sich an andere Ausflüge zum See, ohne den größeren Bruder. Und ohne den Zwang, das eigene Geschick beim Angeln beweisen zu müssen. Viel angenehmer war es, mit einigen Freunden hinauszurudern, um miteinander zu plaudern oder einfach nur die Gedanken treiben zu lassen, den Sonnenschein zu genießen und dem leisen Platschen der Wellen am Bootsrumpf zu lauschen. *Oh, und dann die Ausflüge mit jungen Damen ... Kann man sich eine romantischere Szenerie vorstellen? Aber manchmal litt die Romantik unter anderen Jungen, die tauchten, dann direkt neben dem Boot auftauchten und es kräftig schüttelten ...*

Picard stand auf, hielt die einzelnen Speere abwechselnd in der Hand und holte versuchsweise mit ihnen aus. Keiner von ihnen stellte eine gut ausbalancierte Waffe dar. Aufs Geratewohl entschied er sich für einen und legte die anderen beiden zur Seite.

Dann trat er ans Wasser heran. *Wenn ich damit Erfolg habe, könnte ich meine Erfahrungen nutzen, um einen Roman zu schreiben. Den Titel weiß ich schon: Der alte Captain und der Fluß.*

Er hob den Arm, wartete darauf, daß ein ahnungsloser Fisch in Reichweite geriet ...

... und warf den Speer.

Der Fisch sauste fort, als die Spitze des Stocks die Wasseroberfläche berührte, um sich eine halbe Sekunde später in den schlammigen Grund zu bohren. Es wurde genug Sand und Schlick aufgewirbelt, um das Wasser zu trüben.

Picard ahnte, daß es recht schwierig werden mochte, sich auf diese Weise eine Mahlzeit zu besorgen.

Er bückte sich, griff nach dem zweiten Speer und hob ihn ebenfalls zum Wurf. Zwei Fische schwammen in der Nähe, und Jean-Lucs Arm zuckte nach vorn. Der Stock raste ins Wasser – und am Ziel vorbei.

Auch der dritte Versuch schlug fehl. Alle drei Speere steckten nun im Schlamm, und nur ihr Ende ragte aus dem Wasser. Vom Ufer aus konnte Picard sie nicht erreichen. Damit blieben ihm nur zwei Möglichkeiten: Entweder stellte er neue her – oder er holte die drei Speere zurück.

Jean-Luc entschied sich für Option Nummer zwei. Einerseits lag ihm nichts daran, die Stiefel auszuziehen, andererseits sollten sie auch nicht naß werden, und deshalb suchte er nach einer weitgehend trockenen Route. Eigentlich nicht weiter schwer: Einige Felsen durchstießen die Wasseroberfläche, und er konnte sie als Trittsteine benutzen.

»Damit kennen Sie sich nicht besonders gut aus, oder?«

Der völlig unerwartete Klang einer Stimme überraschte Picard, und er hob ruckartig den Kopf. Auf der anderen Seite des Flusses, am etwa dreißig Meter entfernten Waldrand, stand eine Gestalt.

»Captain Arit, nehme ich an!« rief er. »Also hat man uns beide hierhergebracht. Interessant.«

»Wer hat gesagt, daß ich hierhergebracht wurde?«

»Sie sind von ganz allein gekommen, wie?« fragte Picard mit unüberhörbarem Spott. »Wie lange beobachten Sie mich schon?«

Die teniranische Kommandantin näherte sich dem Fluß, doch nach einigen vorsichtigen Schritten blieb sie wieder stehen. Offenbar widerstrebte es ihr, den vermeintlichen Schutz des Waldes zu verlassen.

»Ich habe Ihre lächerlichen Versuche, einen Fisch zu fangen, von Anfang an beobachtet.«

»Können Sie's besser?« entgegnete Jean-Luc freundlich und stützte die Hände in die Hüften.

»Ich denke schon.«

Picard glaubte, in dieser Antwort so etwas wie zurückhaltende Zuversicht zu hören. »Versuchen Sie's.«

»Nein.«

»Wir brauchen Nahrung.«

»Wenn wir Ihre Methode verwenden, laufen wir Gefahr, hier zu verhungern.«

»Seit wann sind Sie auf dem Planeten?« Picard wartete auf eine Antwort, doch die Teniranerin schwieg. Welches Geheimnis hütete sie? Um Arits Vertrauen zu gewinnen, fügte er hinzu: »Mein Transfer hat vor etwa drei Stunden stattgefunden. Bisher bin ich nicht in der Lage gewesen, mich mit meinem Schiff in Verbindung zu setzen. Ich vermute, bei Ihnen liegt der Fall ähnlich, oder?«

»Sie können vermuten, was Sie wollen, Picard«, sagte Arit, drehte sich um und verschwand im Wald.

Jean-Luc sah ihr nach und zuckte mit den Schultern. »Seltsam.«

Er konzentrierte sich wieder auf den Fischfang. Beziehungsweise darauf, die drei Speere zurückzuholen. Behutsam trat er auf den ersten Felsen und vergewisserte sich, daß er ihm festen Halt bot. Der große Stein wackelte nicht. Noch zwei weitere Schritte – dann konnte Jean-Luc die Speere erreichen.

Vielleicht hatte Arit recht. Vielleicht fehlte es ihm in dieser Hinsicht tatsächlich an Kompetenz. Aber konnte man allen Ernstes von ihm erwarten, daß er gleich beim ersten Mal einen Erfolg erzielte? Es kam nur auf ein wenig Übung an. Picard blieb zuversichtlich, als er zum nächsten Felsen trat – und auf einem dünnen Polster aus glitschigem Moos ausrutschte. Zwei oder drei Sekunden lang rang er um sein Gleichgewicht, doch es war ein aussichtsloser Kampf; er kippte zur Seite und fiel ins Wasser.

Irgendwo am Waldrand ertönte schadenfrohes Lachen.

Das Brückenschott der *Glin-Kale* glitt halb auf, knirschte und blieb stecken. Jevlin starrte auf das Gehäuse mit den Kontrollen, holte mit dem Gehstock aus und schlug zu. Woraufhin sich das Schott ganz in die Wand schob.

Der Erste Offizier humpelte in den Kontrollraum – und verharrte abrupt, als er sah, daß Valend Egin auf ihn wartete. »Gibt es für Ihre Anwesenheit auf der Brücke einen bestimmten Grund, Egin?«

»Ich wäre Ihnen dankbar, wenn Sie mich mit meinem Titel ansprechen würden.«

»Oh, kann ich mir denken. Aber ich möchte gar nicht, daß Sie mir dankbar sind.« Jevlin näherte sich der Konsole links vom Kommandosessel.

»Ich habe das Recht, auf der Brücke zu sein.«

»Wie Sie meinen. Aber seien Sie hier nicht im Weg ... *Valend.*« Jevlin wandte sich der Teniranerin zu, die vor der Konsole saß. Sie war kaum mehr als ein Kind und hatte noch eine kurze, flaumige Mähne, nicht den dichten Pelz eines Erwachsenen. *Wie qualifiziert kann sie sein? Sind wir so verzweifelt, daß wir Kinder die Arbeit auf der Brücke erledigen lassen?*

Der Erste Offizier kannte die Antwort. Sie lautete: *Ja.*

Wichtige Posten mußten besetzt werden, und nach den vielen Ausfällen durch die Katastrophe von Ziakk Fünf gab es kaum eine Wahl. Das Alter spielte jetzt nur noch eine untergeordnete Rolle. Es kam in erster Linie darauf an, daß alles Notwendige erledigt wurde.

»Es ... es tut mir leid, Sir«, sagte das Mädchen und versteifte sich unwillkürlich. »Bisher habe ich vergeblich versucht, Captain Arit auf dem Planeten zu finden. Die Sensoren scheinen nicht richtig zu funktionieren. Ich ... ich setze meine Bemühungen fort, wenn Sie möchten, Sir.«

Jevlin zwinkerte onkelhaft. »So ist es richtig, Mahdolin. Ich bin sicher, unsere Kommandantin ist irgendwo dort unten auf Domarus Vier. Halten Sie auch weiterhin nach ihr Ausschau.« Er drehte sich zum Kommandosessel um – und stellte fest, daß ihm Egin den Weg versperrte.

»Wie lange wollen Sie noch nach ihr suchen, Jevlin?«

»Das klingt so, als wollten Sie die Suche aufgeben.«

»Nun, vielleicht ist Arit für immer verschwunden. Möglicherweise haben wir gar keine Möglichkeit, sie zu finden ...«

»Sie ist *nicht* für immer verschwunden«, erwiderte Jevlin, und der überaus scharfe Klang seiner Stimme erstaunte ihn selbst. Er spürte die Blicke der sechs anwesenden Besatzungsmitglieder – und verfluchte sich, weil er Egin den Gefallen von so viel Aufmerksamkeit erwies. Aber der verdammte Valend hatte das Talent, bei anderen Leuten den Vorrat an Geduld innerhalb kurzer Zeit zu erschöpfen. *Immerhin habe ich mich noch genug in der Gewalt, um den Mistkerl nicht mit meinem Stock zu schlagen.* »Was sollten wir Ihrer Ansicht nach unternehmen?«

»Ich schlage vor, wir beginnen sofort mit der Kolonisierung des Planeten. Bevor uns das Föderationsschiff daran hindern kann.«

Jevlin starrte den Valend groß an und brachte zwischen zusammengepreßten Zähnen hervor: »Sie … sind …« Er holte tief Luft, schloß die Hand fester um den Knauf des Gehstocks und senkte die Stimme zu einem heiseren Flüstern. »Das wäre … unklug, solange wir nicht wissen, was mit Arit geschehen ist. Zuerst müssen wir ganz sicher sein, daß auf Domarus Vier keine Gefahr droht.«

»Ich will …«

»Es ist mir völlig schnuppe, was Sie wollen, Egin. Captain Arit befindet sich nicht an Bord, und das bedeutet: Ich habe jetzt den Befehl über die *Glin-Kale*. Und ich bin nicht bereit, auch nur ein einziges kostbares teniranisches Leben aufs Spiel zu setzen, nur weil Sie sich an die Spitze einer von Ihnen selbst gegründeten Regierung setzen wollen. Wenn Sie mich jetzt entschuldigen würden … Ich habe zu tun.«

Egin bebte vor Zorn, aber Jevlin kehrte ihm einfach den Rücken zu und verließ die Brücke, dankbar dafür, daß sich das Schott hinter ihm schloß.

Der Erste Offizier machte sich auf den Weg zum Maschinenraum und bedauerte, daß es keine andere Route gab. Er hinkte an schäbig gekleideten Familien vorbei, die mit ihren wenigen persönlichen Dingen und zusammen mit vielen anderen Personen in engen Korridoren hockten. In den Passagen der unteren Decks kauerten sie, drängten sich dort zusammen, um es wärmer zu haben – und weil Platz zu einer Kostbarkeit geworden war. Sie drängten sich zusammen, weil jene, die es bis hierher geschafft hatten, die Nähe der anderen Überlebenden spüren wollten.

Jevlin wußte, daß es leichter für ihn gewesen wäre, wenn er nicht in die Gesichter gesehen hätte, aber sie zogen seinen Blick an. Es handelte sich keineswegs um leblose Fracht, und er konnte sich nicht dazu durchringen, den Leuten mit Gleichgültigkeit zu begegnen.

Indem er sie ansah, gab er ihnen zumindest das Gefühl von Bedeutung. Wenigstens so viel wollte er für sie tun.

Im zu drei Vierteln geöffneten Schott des Maschinenraums steckte ein stählerner Keil – offenbar hatte sich einer der Techniker nicht ständig fragen wollen, ob die Tür beim nächsten Mal aufglitt oder nicht. Jevlin duckte sich durch den Zugang und sah, wie sich ein alter, dürrer Offizier über eine Werkbank beugte, auf der mehrere elektronische Komponenten und diverse Instrumente verstreut lagen. Für Jevlin sah es aus, als sei irgendein komplexer Apparat zerplatzt. Manchmal befürchtete er, das ganze Schiff könnte ein solches Schicksal erleiden. »Chefingenieur ...«

Der Alte sah auf. »Sie haben lange gebraucht, um hierherzukommen.«

Jevlin wölbte die Brauen. »Ich bin nicht mehr so schnell wie früher. Und das gilt auch für Sie, Naladi.«

»*Und* für die *Glin-Kale*.«

»Sie existiert noch«, stellte der Erste Offizier fest. »Nun, wie schlimm steht's um sie?«

Naladi ließ der Antwort ein Seufzen vorausgehen. »Schlimm genug.«

Jevlin deutete zu den Teilen auf der Werkbank. »Meinen Sie das dort?«

»Oh, ich entspanne mich bei dem Versuch, Dinge zu finden, die später als Ersatzteile oder so verwendet werden können. Sehen Sie sich das hier an.« Der Chefingenieur drehte seinen Sessel, rollte damit zum nahen Tisch und wandte sich dort dem Computer zu. Jevlin beugte sich vor und betrachtete das Diagramm auf einem Bildschirm, der eine dicke Patina aus Staub trug. Hier und dort wiesen Fingerspuren auf den halbherzigen Versuch hin, den Schmutz fortzuwischen. Der Maschinenraum schien in dem gleichen miserablen Zustand zu sein wie der Rest des Schiffes, und dieser Gedanke schuf Unbehagen in Jevlin. Hier *roch* es sogar nach Verfall und Niedergang. Früher hatte der Chefingenieur immer großen Wert auf Sauberkeit und Ordnung gelegt. Heute gab er sich damit zufrieden, wenn die wichtigsten Systeme der *Glin-Kale* funktionierten.

»Vielleicht fliegt unser Schiff nicht mehr lange«, sagte Naladi und erriet die Überlegungen des Ersten Offiziers. »Die Schirmfelder in den Reaktorkammern offenbaren erste Anzeichen von Instabilität. Wenn sie ausfallen ...«

»Ich weiß, ich weiß. Sind Sie imstande, etwas dagegen zu unternehmen?«

»Sie kennen mich. Wir finden immer eine Möglichkeit. Irgendwie kommen wir zurecht.«

»Ich kenne Sie tatsächlich, Naladi.« Jevlin lächelte. »Sie jammern dauernd und kündigen das Ende an, aber es bleibt immer aus.«

»Das stimmt – bisher. Gehen Sie schon wieder? Ach, Sie sind nicht mehr sehr lustig, seit Sie sich von der Flasche getrennt haben.«

»Ich bin verabredet – ein wichtiger Termin. Halten Sie mich auf dem laufenden.«

Der Chefingenieur winkte ab. »Ja, humpeln Sie ruhig fort und überlassen Sie mich meinen Problemen. Was kümmert's Sie ...«

»Das wäre nicht nötig gewesen«, sagte Jevlin und hob wie mahnend den Zeigefinger.

Keela kniete auf einem Stuhl am kleinen, rechteckigen Tisch in ihrem Familienquartier, den sie für zwei Personen gedeckt hatte: fleckiges Geschirr, Becher mit kleinen Dellen, angelaufenes Besteck. Und eine makellose Kanne, aus deren langem Schnabel es dampfte. In der Mitte stand ein Teller mit zehn sorgfältig angeordneten Keksen.

»Ich bereite *immer* alles ganz allein vor. Weil Mutter keine Zeit dazu hat. Sie meint: Wenn ich am Nachmittag mit ihr Tee trinken möchte, so muß ich die Vorbereitungen treffen. Setz dich.« Sie deutete ungeduldig auf den Stuhl an der anderen Seite des Tisches.

Jevlin nahm Platz. »Fürchtete deine Mutter nie ...« Er zögerte kurz und verbesserte sich. »*Fürchtet* deine Mutter nie, daß du dir die Finger oder so verbrennst?«

»Ich bitte dich, Jevlin.« Keela rollte mit den Augen. »Nur *Kinder* verbrennen sich.«

»Oh, natürlich. Entschuldige.« Der Erste Offizier griff nach der Kanne.

»Nein!« rief das Mädchen.

Jevlins Hand zuckte so zurück, als hätte *er* sich verbrannt. »Ich wollte nur den Tee einschenken.«

»Zuerst müssen wir ein stummes Dankgebet sprechen und unsere Hoffnungen zum Ausdruck bringen. Dazu dient das Teetrinken, meint Mutter.«

»Da hat sie vollkommen recht, Keela. Nun, ich schlage vor, wir schließen jetzt die Augen und sehen zu den Sternen.« Jevlin beobachtete, wie das Mädchen den Kopf nach hinten neigte und die Lider senkte. Er wußte, daß sich Keela nun den Nachthimmel vorstellte, wie auch er als Kind – man lehrte es *alle* teniranischen Kinder. Arits Tochter dachte jetzt an Dunkelheit, in der hier und dort das Licht von Sternen glühte. Ihre Lippen bewegten sich, als sie lautlos Wünsche formulierte. Nach einigen Sekunden öffnete sie wieder die Augen.

»Hast du geguckt, Jevlin?«

Er gab sich empört. »Das käme mir *nie* in den Sinn. So etwas könnte dafür sorgen, daß sich deine Hoffnungen nicht erfüllen. Darüber weiß ich Bescheid, Keela. Ich bin alt, aber gewisse Dinge habe ich nicht vergessen.«

»Ich wollte nur ganz sicher sein. Jetzt kannst du den Tee einschenken.«

»Danke, Verehrteste.« Er griff nach der Kanne und füllte zuerst Keelas Tasse. Das Mädchen hob sie mit beiden Händen und schnupperte genießerisch, als der aromatische Dampf ihre Nase erreichte. Anschließend schenkte der Erste Offizier sich selbst ein, reichte Keela einen Keks und nahm auch einen für sich.

»Danke, Jevlin.«

»Gern geschehen. Und ich danke dir für die Einladung. Ich hoffe, deine Mutter kann jetzt ebenfalls Tee trinken, ganz gleich, wo sie sich befindet.«

»Ja, das hoffe ich auch.« Keela nickte ernst. »Sie kann ziemlich verdrießlich werden, wenn sie keine Gelegenheit dazu erhält.«

Beverly Crusher saß allein im Gesellschaftsraum des zehnten Vorderdecks, und zwar so weit wie möglich abseits des allgemeinen Verkehrs. Sie wollte allein sein – und gleichzeitig stand ihr der Sinn nach etwas Leckerem. Darüber hinaus wünschte sie sich eine Art Tapetenwechsel, eine Abwechslung sowohl von der Krankenstation als auch von ihrem Quartier. Aus diesem Grund riskierte sie, daß Freunde und Bekannte an sie herantraten, um Mitgefühl und Anteilnahme zum Ausdruck zu bringen.

Guinan war die erste. Sie fungierte als Gastgeberin und Wirtin, und deshalb hatte Beverly damit gerechnet, daß sie früher oder später zu ihr kam. Als sie ein Stück Apfeltorte und Tee brachte, hoffte die Ärztin, daß Guinan sofort wieder ging und sie ihren Grübeleien überließ. Doch das war nicht der Fall.

Ganz im Gegenteil: Die dunkelhäutige Frau nahm Platz. »Wie geht's?«

Beverly rang sich ein schiefes Lächeln ab. »Gut.«

Sie bohrte die Gabel ins Stück Kuchen, und durch einen unglücklichen Zufall erwischte sie nur trockene Kruste. Die ganze Zeit über ruhte Guinans unergründlicher Blick auf ihr. Sie *starrte* nicht – o nein, Guinans Manieren waren immer einwandfrei; sie starrte nie wie ein Mensch. Man konnte ihren Blick auch nicht als durchdringend bezeichnen. Zumindest nicht in dem Sinne. Er sorgte nur dafür, daß sich andere Personen entspannten und Vertrauen schöpften, daß sie ihre Gedanken und Empfindungen in Worte faßten.

Diesmal versuchte Beverly, innere Distanz zu wahren.

»Ich möchte nicht neugierig erscheinen«, sagte Guinan schließlich. »Ich weiß auch, daß es kaum bessere Freunde gibt als Sie und Counselor Troi ...« Die Wirtin legte eine kurze Pause ein. »Aber wenn Sie mit jemandem sprechen möchten ... Ich stehe zur Verfügung.«

»Danke. Derzeit möchte ich nur etwas essen.«

Guinan erhob sich. »Ich verstehe.« Sie trat vom Tisch fort und deutete mit dem Daumen zur Theke. »Ich bin dort drüben, falls Sie mich brauchen.«

Beverly nickte nur und empfand fast so etwas wie Erleichterung, als sie allein am Tisch zurückblieb. Sie probierte erneut einen Bissen vom Kuchen und dachte daran, daß Guinan recht hatte. Sie wäre sofort bereit gewesen, mit Deanna über ihre Sorge um Wesleys Wohlergehen zu sprechen. Aber die Counselor gehörte ebenfalls zu den Vermißten, und Beverlys Besorgnis galt sowohl ihr als auch dem Sohn.

Und dann Jean-Luc. Ihre Beziehungen zum Captain waren weitaus komplizierter als die Freundschaft mit Troi. Deanna kam einer Mischung aus Schwester und bester Freundin gleich. In diesem Zusammenhang fühlte sie die gleiche Nähe wie damals bei ihren Stubengenossinnen während des Studiums.

Auch Picard zählte zu ihren Freunden. Aber ihre Beziehung beschränkte sich nicht nur darauf. Beverly gab Jean-Luc längst keine Schuld mehr am Tod ihres

Mannes. Sie hatte auch die sehr lästigen Gefühle der Ambivalenz überwunden, die auf dem Umstand basierten, daß Jack unter Picards Kommando ums Leben gekommen war. Als Dr. Crusher zur *Enterprise* versetzt wurde, reagierte sie mit gemischten Gefühlen auf die Aussicht, sich der Crew jenes Captains anzuschließen, der die Leiche ihres Mannes heimgebracht hatte.

Doch dabei handelte es sich inzwischen um ein abgeschlossenes Kapitel der Vergangenheit. Es ging nun darum, wie sie *hier und heute* in Hinsicht auf Jean-Luc empfand. Und welche Gefühle er *ihr* entgegenbrachte. Vielleicht konnten sie nie Aufschluß gewinnen. Bisher hatten sie sich immer große Mühe gegeben, dieses Thema zu meiden. Hinzu kam: Vielleicht verhinderten ihre verschiedenen beruflichen Pflichten, daß mehr als nur Freundschaft daraus wurde. Trotz allem: Beverly zögerte nicht, sich an den Captain zu wenden, wenn sie Hilfe oder ein aufmunterndes Wort benötigte.

Aber auch *er* fehlte.

Beverly blickte eine Zeitlang ins Leere und fragte sich, ob sie überhaupt mit jemandem darüber sprechen wollte, daß Wesley irgendwo auf einem fremden Planeten festsaß ...

»Sieht gut aus«, erklang die freundliche Stimme eines Mannes und unterbrach Dr. Crushers Überlegungen. »Das Stück Torte, meine ich. Was dagegen, wenn ich mich zu Ihnen setze?«

Beverly sah zum lächelnden Will Riker auf. Einige Sekunden lang blieb ihr Gesicht ausdruckslos, während sie nach den richtigen Worten suchte. »Nun, ich ...«

»Ja?«

»Seien Sie mir bitte nicht böse, Will, aber derzeit möchte ich allein sein.«

»Oh.« Riker blinzelte verblüfft. »Äh ... Ich dachte nur, daß Sie vielleicht mit jemandem reden wollen.«

»Nein. Es ist alles in Ordnung. Danke.«

Der Erste Offizier nickte, konnte die Skepsis jedoch nicht ganz aus seinen Zügen fernhalten, als er sich umdrehte und zur Theke ging.

Die Ärztin blickte aus dem breiten Panoramafenster, an Domarus Vier vorbei zu den fernen Sternen. Geistesabwesend führte sie die Gabel zum Mund.

Kurz darauf spürte sie, daß erneut jemand hinter ihr stand. *O nein, nicht schon wieder ...*

»Hallo, Geordi«, sagte sie und versuchte, liebenswürdig und gleichzeitig nicht zu einladend zu klingen.

»Hallo, Doktor. Beobachten Sie den Planeten?«

»Nein, eigentlich nicht. Meine Aufmerksamkeit galt den Sternen.«

Diese Antwort schien den Chefingenieur zu überraschen, denn über dem silbernen Band des VISORs bildeten sich Falten in der Stirn. »Oh. Nun, ich dachte dabei an Wes, und ... an das Shuttle und so.« Er befeuchtete sich die Lippen. »Er ist ein guter Junge, Doktor. Bestimmt stößt ihm nichts zu. Data leistet ihm Gesellschaft, und der Androide kehrt immer zurück.«

»Danke, Geordi. Herzlichen Dank. Aber wissen Sie ... Eigentlich möchte ich ein wenig allein sein.« Dieser Hinweis schien LaForge zu erleichtern, und er strebte sofort der Theke entgegen.

Beverly lächelte, als sie einen Bissen vom Kuchen mit Tee hinunterspülte. *Es ist wirklich nett von ihnen, Anteil zu nehmen ... Aber ich möchte einfach nicht darüber sprechen. Wie soll ich das erklären? Und warum sind überhaupt Erklärungen notwendig?* Sie hatte gehofft, zumindest einen Teil der Sorge überwunden zu haben, doch das Unbehagen kehrte zurück und verdichtete sich in ihr.

Es waren erst einige Minuten verstrichen, als Beverly erneut die Nähe einer Person fühlte. Sie drehte den Kopf, und ihr Blick fiel auf die große Gestalt von Lieutenant Worf. Die Ärztin seufzte laut und fragte sich, ob alle tausend Besatzungsmitglieder der *Enterprise* kommen würden, um ihr Beileid auszusprechen.

Worf trat halb um den Tisch herum und wandte sich ihr zu. »Doktor, ich ...«

Und plötzlich splitterten die emotionalen Barrieren in Beverly, und daraufhin gab es nichts mehr, das die Flut aus Emotionen zurückhielt. Zwar sprach sie leise, aber die einzelnen Worte folgten immer schneller aufeinander, bis sie kaum mehr wußte, was ihr über die Lippen kam. Doch *etwas* in ihr kannte jede einzelne Silbe. Sie brachten die vielen Sorgen einer Mutter zum Ausdruck, die Angst vor einer schrecklichen Realität: dem möglichen Tod des Sohnes.

Guinan, Will Riker und Geordi – sie hatten recht. Die Ärztin begriff nun, daß sie sich tatsächlich nach einer Möglichkeit gesehnt hatte, jemandem ihr Herz auszuschütten.

Aber dann fand die Flut aus Gefühlen ein jähes Ende, und ein schockierter Gedanke hallte durch den mentalen Kosmos: *Warum habe ich mich ausgerechnet Worf anvertraut?*

Sie schnappte nach Luft und musterte den Klingonen, der steif vor ihr stand und den Eindruck erweckte, sich an einen anderen Ort zu wünschen. Eine Sekunde später begriff Beverly, warum sie sich Worf geöffnet hatte und nicht den anderen. Im Gegensatz zu ihren übrigen Freunden wußte der Sicherheitsoffizier, was es bedeutete, einen Sohn zu haben. Kurz vor ihrer Ermordung durch einen klingonischen Verräter hatte Botschafterin K'eylahr Dr. Crusher in das Geheimnis eingeweiht: Worf war der Vater des kleinen Alexander.

Beverly hätte es nie für möglich gehalten, daß sich väterliche Instinkte in Worf regten. Doch er reagierte ebenso wie menschliche Eltern, erfuhr das Phänomen der Liebe. Und er zögerte nicht, dem Wohl des kleinen Sohns absoluten Vorrang zu geben.

Er hatte den Jungen zur Erde geschickt, damit er dort bei Pflegeeltern aufwuchs. Zwar behielt der Klingone seine Gefühle für sich, aber jene Selbstlosigkeit wies Beverly darauf hin, daß er genau wußte, wie sie nun empfand.

»Bitte entschuldigen Sie, Worf.« Die Ärztin lächelte verlegen. »Ich wollte Sie nicht damit belasten.«

Der Sicherheitsoffizier mied ihren Blick, holte tief Luft und sprach wie jemand, der fürchtete, das dünne Eis unter ihm könnte jeden Augenblick brechen. »Ich… ich bin gekommen, um Sie zu bitten, meine für die nächste Woche geplante Routineuntersuchung zu verschieben.«

Dr. Crusher errötete. »Oh«, sagte sie, und ihre Verlegenheit nahm schlagartig zu. Sie glaubte sich völlig entblößt, nackt bis ins Zentrum ihrer Seele. »Ja… äh… natürlich. Kein Problem.«

Sie senkte den Kopf und hätte sich am liebsten in Luft aufgelöst. Worf drehte sich wortlos um und verließ den Gesellschaftsraum.

Es dauerte nicht mehr lange, bis Worfs Dienst begann, und eigentlich hatte er schon jetzt die Brücke aufsuchen wollen. Doch angesichts der Begegnung mit Dr. Crusher beschloß er, noch einmal in sein Quartier zurückzukehren. Dort nahm er an der Kommunikationskonsole Platz.

»Computer… Ich möchte eine private Subraum-Nachricht aufzeichnen. Bestimmungsort: Erde. An Sergei und Helena Rotzenko… und Alexander. Die Adresse ist gespeichert.« Worf zögerte und atmete tief durch, bevor er fortfuhr: »Hallo, Vater und Mutter. Und ich grüße auch dich, Alexander. Wie geht es euch? Ich habe gerade etwas freie Zeit und nutze sie, um euch eine Nachricht zu schicken. Außerdem: Ich hab's nicht vergessen, Vater – herzlichen Glückwunsch zum Geburtstag ...«

KAPITEL 6

Bei anderen Gelegenheiten hatte Jean-Luc Picard unter weitaus eleganteren Umständen gespeist, aber er konnte sich kaum an ein Essen erinnern, das ihm so gut geschmeckt hatte.

Nach dem ziemlich mühsamen Fangen der Fische mußten sie ausgenommen und vorbereitet werden, und dabei verwendete der Captain improvisierte Werkzeuge aus Holz und Stein. Anschließend ging es darum, ohne besondere Hilfsmittel ein Feuer zu entzünden. Dies alles führte dazu, daß die Zubereitung der ersten Mahlzeit auf Domarus Vier viel Zeit in Anspruch nahm. An Bord der *Enterprise* dauerte so etwas höchstens einige Minuten. Man teilte dem Synthetisierer seine Wünsche mit, und kurze Zeit später konnte man dem Ausgabefach ein Tablett entnehmen.

Wichtig ist nur, daß ich es geschafft habe. Jean-Luc lächelte und beobachtete, wie ein aufgespießter Fisch über dem Lagerfeuer garte. Nach einer Weile beugte er sich vor und preßte eine pflaumengroße gelbe Frucht aus. Breiiger Saft tropfte auf den Fisch.

Picard kannte seine Abstammung und wußte, daß die Liebe der Franzosen zur guten Küche bis zu den Anfängen der Geschichtsschreibung zurückreichte. Als er die letzten Reste eines anderen Fisches verspeiste, fragte er sich nach dem Ursprung einer derartigen regionalen Besonderheit. Hieß der Grund kulturelle Indoktrination? Oder lag es im Blut, wie viele Franzosen behaupteten?

Nun, eigentlich spielte es keine Rolle. Warum sollte Picard keinen Gefallen daran finden, über die elementaren Bedürfnisse des Überlebens hinauszuwachsen und das Essen in etwas sehr Schmackhaftes zu verwandeln? *Ich hoffe nur, daß Fisch und Frucht keine giftigen Substanzen enthalten, die sich erst später auswirken ...*

»Riecht gut.«

Die Stimme ließ Jean-Luc zusammenfahren, und fast wäre ihm der Fisch ins Feuer gefallen. Unmittelbar darauf sah er Captain Arit in der Dunkelheit jenseits des Feuers. Erneut stand sie am Waldrand. *Sie kann verdammt leise sein.* »Sind Sie hungrig?«

Die Teniranerin kam etwas näher. blieb jedoch auf der anderen Seite des Lagerfeuers. »Nein.«

»Haben Sie etwas gegessen?« Picard gab sich alle Mühe, freundlich zu klingen, obgleich er weder Arit selbst noch ihren Motiven traute.

»Etwas Obst«, lautete die Antwort.

»Dies hier reicht für uns beide.«

»Ich brauche nicht viel.«

Arits Ankunft lenkte Jean-Luc lange genug von seinen kulinarischen Aufgaben ab, um dem angenehmen Aroma von bratendem Fisch eine gewisse Schärfe hinzuzufügen. Picard nahm den Spieß gerade noch rechtzeitig vom Feuer. Das Fleisch war an einer Stelle schon dunkelbraun, aber durchaus noch genießbar – nach dem schwierigen Fang wollte er auf keinen Fall etwas vergeuden. Er wich zurück und stellte fest, daß Arit näher gekommen war, ohne ein Geräusch zu verursachen. Nur noch drei Meter trennten ihn von der Fremden.

»Ich habe Ihnen nicht dabei geholfen, die Fische zu fangen«, sagte sie. »Ganz im Gegenteil: Ich habe Sie ausgelacht.«

»Und?«

»Warum sind Sie trotzdem bereit, die Mahlzeit mit mir zu teilen?« Der flackernde Schein des Feuers spiegelte sich in den hellgrünen Augen der Teniranerin wider.

»Es steht mehr Nahrung zur Verfügung, als ich verspeisen kann. Und ich halte es für sinnlos, etwas zu vergeuden.« Picard hob den Spieß. Arit nahm ihn und schuf sofort wieder eine Distanz von drei Metern.

Sie biß in den knusprigen Fisch und offenbarte dabei weitaus mehr Appetit, als sie zugegeben hatte.

»Sie überraschen mich, Picard«, sagte sie mit vollem Mund.

»Wieso?«

»Heute nachmittag schienen Sie kaum fähig zu sein, ohne Hilfe zu überleben.«

Jean-Luc verzog die Lippen zu einem Lächeln. »Nun ... Vielleicht hatte ich einfach ein bißchen Glück.«

»Wie ist es Ihnen gelungen, dem Fisch einen so guten Geschmack zu geben?«

»Mit Magie hat das nichts zu tun, wie ich Ihnen versichern darf. Ich komme von der Erde, aus einer Region namens Frankreich, und dort gilt die Kochkunst fast als eine Art Religion. In meiner Heimat sind berühmte Chefköche so etwas wie Hohepriester, die heilige Geheimnisse wahren.« Er spießte einen weiteren Fisch auf und würzte ihn mit dickflüssigem Fruchtsaft. »Wie dem auch sei: Eigentlich ist es gar nicht schwer, lecker schmeckende Mahlzeiten zuzubereiten. Möchten Sie es selbst einmal versuchen?«

Diese Frage schien Ärger in Arit zu wecken. Tiefe Falten formten sich in ihrer Stirn. »Das Kochen gehört nicht zu meinem Aufgabenbereich. Ich bin Raumschiff-Kommandantin.«

»Das eine schließt das andere nicht aus.«

»In *meiner* Heimat schon. Wir Teniraner gönnen uns

nicht den menschlichen Luxus, irgendwelche Hobbys zu pflegen.«

»Wir wissen kaum etwas voneinander, nicht wahr?« kommentierte Picard sanft und hoffte, das Gespräch in eine Richtung lenken zu können, die den Austausch nützlicher Informationen ermöglichte.

Es klappte nicht. Arit stand auf und versteifte sich, schien kampf- oder fluchtbereit zu sein. »Wenn Sie glauben, daß ich für etwas Essen alle unsere Geheimnisse preisgebe ...«

»Nein«, widersprach Picard sofort. »Damit sind nicht die geringsten Verpflichtungen verbunden.«

»Das sagen die Mächtigen immer zu den Schwachen.«

»Die Mächtigen? Wie kommen Sie darauf, daß wir mächtig sind?«

»Wir kennen die Föderation und Ihre Raumschiffe, Picard«, zischte Arit.

Jean-Luc drehte den Spieß überm Feuer und vergewisserte sich, daß der Fisch gleichmäßig briet. »Sie schienen sich nicht vor der *Enterprise* zu fürchten, als Sie das Shuttle bedrohten.«

»Ihre Präsenz bedroht *uns*«, erwiderte die Teniranerin scharf.

»Wir stellen keine Gefahr für Sie dar, Arit – so schwer es Ihnen auch fallen mag, das zu glauben.«

»Es fällt mir tatsächlich schwer.«

Picard richtete sich auf und entschied, direkter zu sein. »Ich möchte Sie daran erinnern, daß wir keine Gewalt anwendeten, obwohl unserem Shuttle Zerstörung drohte. Warum sind Sie so versessen auf diesen Planeten?« Arit warf ihren Spieß zu Boden und wandte sich dem Wald zu. Sofort bereute Jean-Luc die Unverblümtheit. »Worin auch immer Ihr Problem besteht: Vielleicht können wir helfen ...«

»Helfen?« wiederholte Arit zornig. »Hilfe führt zu

Verrat.« In diesen Worten erklang eine Gewißheit, die Picard sowohl tragisch als auch besorgniserregend fand. »Wir wollen Ihre Hilfe nicht.«

»Captain Arit!« rief Jean-Luc. Doch die Teniranerin schenkte ihm keine Beachtung mehr und verschwand im dunklen Wald.

Weder Picard noch die Kommandantin der *Glin-Kale* bemerkten den flimmernden Fleck aus karmesinrotem Licht, der hoch überm Lagerplatz schwebte.

Nach stundenlangen Reparaturarbeiten, die zum größten Teil ohne Erfolg bleiben, war die Stimmung beim Essen an Bord der *Onizuka* eher gedrückt. Wesley und Gina nahmen die Mahlzeit auf den vorderen Sitzen des achtern gelegenen Abteils ein, aber sie sprachen nicht miteinander, knabberten gedankenverloren an Notrationen. Data und Troi hatten ganz hinten Platz genommen. Der Androide brauchte natürlich keine Nahrung und analysierte die zuvor von den Sensoren ermittelten Daten.

Ken befand sich vorn in der Pilotenkanzel und war ganz auf seinen elektronischen Notizblock konzentriert. Gelegentlich schrieb er einige Worte. Er hörte überhaupt nichts, als Gina hereinkam.

»Was machst du da?«

Abrupt setzte sich Ken auf und stellte fest, daß ihm Gina über die Schulter zu. Aus einem Reflex heraus drehte er den Datenblock um und versuchte, sich zu entspannen. Dadurch wirkte er nur noch verkrampfter. »Nichts.«

»He, das ist keine Checkliste oder so«, sagte Gina neugierig. »Was hast du geschrieben?«

»Nur einige Notizen.«

»Für mich sah's nach einem Gedicht aus.«

Kens Miene verfinsterte sich. »Es ist *kein* Gedicht«, betonte er.

»Wie du meinst. Ich hab nur gefragt.« Gina zuckte mit den Achseln, blickte aus dem großen Bugfenster und betrachtete die im Scheinwerferlicht glitzernden Höhlenwände. »Sieht faszinierend aus.«

»Faszinierend?« Kens Tonfall wies deutlich darauf hin, daß er eine solche Beschreibung ihrer Umgebung für unangemessen hielt.

»Ja. Aber auf der Liste deiner bevorzugten Aufenthaltsorte stehen Höhlen ganz unten, was?« spottete die junge Frau.

»Du glaubst, mich zu kennen, nicht wahr?« entfuhr es Ken verärgert. »Aber da irrst du dich.«

Gina hob erneut die Schultern und ging.

Verdammt! Warum muß ich immer auf diese Weise reagieren? dachte Ken. *Ich hätte ihr zeigen können, was ich geschrieben habe. Warum auch nicht? Wofür fürchte ich mich eigentlich? Wenn Gina mich nicht kennt, wenn sie nicht weiß, wer und wie ich wirklich bin – wessen Schuld ist das? Meine!* Er ließ den Kopf hängen und wünschte sich, die letzten Minuten löschen zu können. Gina war nicht das erste Mädchen, das er so sehr mochte. Was keineswegs heißen sollte, daß es viele vor ihr gegeben hatte. Aber nie ergab sich etwas. *Nie.* Schlimmer noch: Die meisten der betreffenden Mädchen ahnte nicht einmal etwas von seinem emotionalen Engagement.

Ken wußte einfach nicht, wie er an sie herantreten sollte. In manchen Fällen erstarrte er innerlich und verhielt sich wie eine Art Roboter. Jene Mädchen waren es, die nichts von seinen Gefühlen wußten. Vielleicht existierte er nicht einmal für sie.

In einigen wenigen Fällen kam es zu Gesprächen, zu Kontakten, die auf gemeinsamen Interessen beruhten. Dann erwachte Hoffnung in ihm – die unweigerlich zur nächsten Katastrophe führte. Er gab sich *zuviel* Mühe, aufmerksam und freundlich und zuvorkommend zu sein. Mit einem solchen Verhalten weckte er kein Interesse an sich, sondern erzielte eine abschreckende Wirkung. Irgend etwas hinderte ihn daran, die richtige Mischung aus Eigeninitiative und Zurückhaltung zu finden.

Insbesondere dann, wenn es um jemanden wie Gina ging. Ab und zu hatte es einige angenehme Momente gegeben – *gerade genug, um mich erneut mit Hoffnung zu erfüllen,* dachte Ken bitter. Er sah aus dem Fenster und versuchte, in der Höhle die gleiche Schönheit wie Gina zu erkennen. Konnte man ein Gefängnis oder ein Grab schön finden?

Er wußte, daß er sich eine falsche Einstellung zu eigen machte, doch er konnte die Dinge nicht aus einem anderen Blickwinkel sehen. Oder?

Und überhaupt: Warum muß ich immer derjenige sein, der den ersten Schritt unternimmt? Ken begriff, daß solche Überlegungen zu nichts führten, aber trotzdem gab er sich ihnen immer wieder hin. Initiative ... Er stellte sich eine Abwechslung ganz besonderer Art vor: ein Mädchen, das ihn mochte und an *ihn* herantrat. Dann wäre alles viel einfacher gewesen. Er hätte sich führen lassen können, ohne dauernd überlegen zu müssen, ob er sich richtig verhielt. Die ideale Voraussetzung, um glücklich zu werden, glaubte er.

O nein, Gina kannte ihn nicht.

Natürlich wußte er, warum es ihm Mädchen gegenüber an Attraktivität mangelte. *Was sollten sie schon an mir mögen? Was habe ich jemandem wie Gina zu bieten?* Niedergeschlagen fragte er sich, ob auch Wesley gelegentlich so düstere Gedanken durch den Kopf gingen. Wahrscheinlich nicht.

Er drehte den Datenblock und las die wenigen Zeilen, die er mit einer erstaunlich krakeligen Handschrift geschrieben hatte. Der Text gefiel ihm nicht. *Wer hat behauptet, dich hätte die Muse geküßt?*

Im Heckabteil wandte sich Data vom Computerschirm ab. »Counselor …«, sagte er leise. »Ich habe versucht, ein Rätsel zu lösen, und vielleicht können Sie mir wichtige Informationen zur Verfügung stellen.«

»Wenn es um die Analyse der Sensordaten geht … Ich fürchte, dabei kann ich Ihnen kaum helfen.«

»Die Angelegenheit betrifft bestimmte Aspekte des menschlichen Verhaltens.«

»Ach?« Deanna hob die Brauen. »Welche Aspekte meinen Sie?«

Data neigte den Kopf ein wenig zur Seite. »Insbesondere Furcht. Und zwar vor dem Tod. In intellektueller Hinsicht verstehe ich die Angst als unmittelbare Folge des Selbsterhaltungstriebs. Leider sehe ich mich außerstande, die emotionale Bedeutung zu bewerten.«

»Bezieht sich Ihr plötzliches Interesse auf unsere gegenwärtige Situation?«

»Oh, es handelt sich nicht um ein ›plötzliches‹ Interesse. Ich befasse mich damit, seit ich zum erstenmal Gelegenheit bekam, Menschen zu beobachten – vor allem Menschen, die mit großen Gefahren konfrontiert werden. Außerdem habe ich viel über Leben und Tod gelesen.«

»Hat die Lektüre Ihre Fragen beantwortet?«

»Ja und nein. Der biologische Tod ist das Ende der Existenz, und ich verstehe durchaus, warum sich vernunftbegabte Wesen vor so etwas fürchten. In diesem Zusammenhang kann es kaum überraschen, daß praktisch alle humanoiden Kulturen in der einen oder anderen Form an ein Leben nach dem Tod glauben …«

»Meinen Sie damit Reinkarnation beziehungsweise die ewige Existenz der Seele?«

»Genau.« Data zögerte, und sein Gesicht gewann einen nachdenklichen Ausdruck. »Ich stelle den Versuch dar, menschliches Leben künstlich nachzubilden, was jedoch nicht heißt, daß ich ein Mensch bin. Es gibt

Unterschiede, die selbst durch gute Programmierung und hochentwickelte Technik nicht ausgeglichen werden können.«

»Ich nehme an, einer der Unterschiede betrifft die Seele, nicht wahr?«

Data nickte traurig. »Ein solches Konzept kann ich leider nicht für mich in Anspruch nehmen. Hinzu kommt: Zwar ist es durchaus möglich, daß meine Existenz irgendwann ein Ende findet, aber ich bin nicht mit dem Wissen eines zeitlich begrenzten Lebens geboren.«

»Nun, im Vergleich zu uns sind Sie praktisch unsterblich. Wenn Sie nicht zu schwer beschädigt werden und immer eine ausreichend moderne Reparaturtechnik zur Verfügung steht, so gibt es keine Beschränkungen für Ihre Lebenserwartung. Da fällt mir ein: Sie sind auf Selbsterhaltung programmiert. Unterscheidet sich das vom entsprechenden biologischen Trieb?«

»Aufgrund der Programmierung bin ich tatsächlich bestrebt, meinen Funktionskomplex zu erhalten. Dieser artifizielle ›Selbsterhaltungstrieb‹ zeichnet sich durch Kontinuität aus. Ich erlebe nicht jene verschiedenen Existenzphasen, die bei einem Menschen die Perspektive für das eigene Sein verändern. Zum Beispiel habe ich beobachtet, daß junge Menschen eher als ältere dazu neigen, Risiken einzugehen und sich Gefahren zu stellen.«

Deanna lachte leise. »Ich schätze, alle menschlichen Eltern teilen diese Erfahrung.«

»Doch ab einem gewissen Alter geben Menschen ihr sorgloses und unbekümmertes Verhalten auf.«

»Ja.« Deanna sah in die Ferne. »Ich bin nicht mehr aufs Dach unseres Schuppens geklettert.«

»Wie bitte?«

»Bei uns im Garten stand ein Schuppen, in dem wir verschiedene Dinge verstauten«, erklärte die Betazoidin. »Als Sechsjährige wollte ich unbedingt herausfinden, wie die Welt aussieht, wenn man sie vom Dach jenes Schuppens betrachtet. Deshalb besorgte ich mir eine Leiter und kletterte hoch.«

»Hatten Ihre Eltern nichts dagegen?«

»Mein Vater wollte mir sofort folgen, um mich herunterzuholen und zu bestrafen.«

»Und Ihre Mutter?«

»Sie reagierte anders.« Deanna schmunzelte. »Sie wußte, daß der Schuppen auf ein sechsjähriges Kind wesentlich größer wirkte, als er es in Wirklichkeit war. Vermutlich hätte ich mich selbst dann nicht verletzt, wenn ich heruntergefallen wäre. Mutter erlaubte mir damals, überall zu klettern – wenn ich einen Weg nach oben fand. Sie bezeichnete das als eine gute Übung fürs Leben.«

»Behielt sie recht damit?«

»Ja. Heute wünsche ich mir manchmal, ebenso mutig sein zu können wie damals. Junge Personen verschwenden kaum Gedanken an ihre eigene Sterblichkeit – es sei denn, man zwingt sie, darüber nachzudenken.«

»Mir geht es ähnlich, Counselor. Auch in meinem Denken spielt die eigene Sterblichkeit kaum eine Rolle. Vielleicht bin ich deshalb gar nicht in der Lage, die menschliche Natur zu verstehen – was wiederum meine Fähigkeiten beeinträchtigt, in kritischen Situationen wie der gegenwärtigen auch alle psychologischen Gesichtspunkte zu berücksichtigen.«

»Hm.« Troi runzelte die Stirn, als sie über Datas Dilemma nachdachte und nach einer Antwort suchte, die für den Androiden einen Sinn ergab. »Selbst mit ausgeprägten empathischen Fähigkeiten läßt sich nicht in jedem Fall feststellen, wie jemand empfindet.«

»Captain Picard scheint das immer zu wissen«, sagte Data.

»Er trägt große Verantwortung und hat gelernt, die Gefühle seiner Crew zu erkennen, indem er aufmerksam beobachtet. Nun, ich kenne keinen besseren Beobachter als Sie, Data. Solange Sie diese Fähigkeit haben, erkennen Sie die Ängste und übrigen Emotionen Ihrer Gefährten selbst dann, wenn es Ihnen an Verständnis dafür mangelt.«

»Danke, Counselor.« Data stand auf. »Wesley, sind Sie bereit, mit der Suche nach einem Höhlenausgang zu beginnen?« Er siezte den jungen Crusher noch immer.

»Und ob.«

Bei den zuvor durchgeführten Sensorsondierungen hatte sich folgendes herausgestellt: In der Höhle gab es keine direkten Gefahren, und sie enthielt eine atembare Atmosphäre. Ginas Strukturanalyse deutete auf stabiles Felsgestein hin – es bestand also nicht das Risiko eines Einsturzes. Mensch und Androide rüsteten sich mit Phasern, Tricordern und Taschenlampen aus, bevor Data die Luke öffnete. Sie hatten Sicherheitsleinen vorbereitet, aufgerollt in Spulen, die nun an den Gürteln hingen, und das Ende dieser Leinen banden sie an Befestigungspunkte neben dem Außenschott.

»Seien Sie vorsichtig«, sagte Troi und blieb in der offenen Luke stehen. »Kehren Sie zurück, wenn sich in den Tunneln ein Gefühl der Desorientierung einstellt.«

»In Ordnung, Counselor«, bestätigte Data. »Bei der ersten Erkundung beschränken wir uns auf eine Stunde. Versuchen Sie auch weiterhin, einen Kontakt mit der *Enterprise* herzustellen.«

Deanna nickte und schloß die Luke.

Wesley schwang die Taschenlampe in einem weiten Bogen und ließ den Blick durch die Kaverne schweifen. Durch die Fenster des Shuttles betrachtet, hatte sie recht groß ausgesehen, doch nun wirkte sie wesentlich kleiner, obwohl sie natürlich ebenso beschaffen war wie vorher. Die Höhle formte eine Art Kegel, und ihr Durchmesser betrug zwischen zehn und fünfzehn Meter. Eine unregelmäßig geformte und wie zerklüftet anmutende Decke erstreckte sich etwa dreißig Meter über dem Boden, und lange, speerartige Stalaktiten reichten von ihr herab.

Wesley versuchte, gelassen zu bleiben, aber er mußte immer wieder daran denken, daß sie im Innern eines fremden Planeten festsaßen und vermutlich von massivem Fels umgeben waren. Selbst wenn es ihnen irgendwie gelang, das Triebwerk und die Navigationssysteme wieder in einen funktionstüchtigen Zustand zu versetzen: Es gab nicht die geringste Möglichkeit, das Shuttle in den Weltraum zurückzusteuern. Eins schien auf geradezu niederschmetternde Weise klar zu sein: Wenn die Landegruppe diesen Ort verlassen wollte, so blieb ihr keine andere Wahl, als zu Fuß aufzubrechen.

Mehrere Tunneleingänge tauchten im Licht von Wesleys Taschenlampe auf. »Wo sollen wir beginnen, Commander?«

Data nahm eine kurze Sondierung mit dem Tricorder vor. »Der Stollen dort führt nach oben.«

Sie lösten die kleinen Arretierungsbolzen der Spulen und setzten sich in Bewegung. Die Rollen an den Gürteln surrten leise, und zwei Sicherheitsleinen schienen in die Länge zu wachsen, markierten ihren Weg.

»Äh ... Data ...«, begann Wesley, als sie die Höhle verließen und durch den Tunnel stapfen. Auch hier tastete das Licht der Taschenlampen über glitzernde Wände. »Ich habe gehört, worüber Sie mit Counselor Troi gesprochen haben.«

»Ach? Möchtest du jener Diskussion etwas hinzufügen?« Sie waren jetzt allein, und deshalb duzte der Androide den jungen Mann, so wie früher.

»Ja. Für gewöhnlich verschwenden junge Leute wie

ich kaum Gedanken an ihre Sterblichkeit, aber ich denke ab und zu über den Tod nach. Vielleicht liegt es daran, daß mein Vater recht jung starb – zu jenem Zeitpunkt bin ich ein kleiner Junge gewesen.«

»Aufgrund meiner Nachforschungen in Hinsicht auf das menschliche Verhalten kann ich deine Reaktion als völlig normal bezeichnen, Wesley. Du hast es direkt mit dem Tod zu tun bekommen, und das ist eine Erfahrung, die nur wenige deiner Altersgenossen teilen.«

Sie duckten sich, um einen buckelartigen Auswuchs in der niedrigen Decke zu passieren. »Manchmal frage ich mich, ob mein Vater damals jenes Alter erreicht hatte, in dem das Bewußtsein der eigenen Sterblichkeit den Blickwinkel für die Realität beeinflußt. Veranlaßte ihn die neue Perspektive dazu, Risiken zu meiden?«

»Angesichts meiner Kenntnisse der menschlichen Psychologie halte ich das für wahrscheinlich.«

Wes nickte. »Ich vermute es ebenfalls. Aber daraus ergibt sich die Frage: Wenn er sich auf keine Gefahren mehr einlassen wollte – warum traf er dann nicht die Entscheidung, den Dienst bei Starfleet zu quittieren?«

»Es ist unmöglich, alle Risiken zu eliminieren, Wesley. Der Wunsch deines Vaters, bei der Erforschung des Weltraums mitzuwirken, muß größer gewesen sein als seine Furcht vor dem Tod.«

Der Tunnel wurde schmaler und zwang sie, hintereinander zu gehen. Data übernahm die Führung. Das Licht der Taschenlampen tanzte über kalten, feuchten Fels, und das Geräusch ihrer Schritte hallte von den Wänden wider. Beklommenheit erfaßte Wesley, und er mußte ganz bewußt versuchen, prickelnde Angst zu unterdrücken.

Plötzlich hörte er etwas: ein dumpfes Knirschen, wie von langsam nachgebendem Gestein. Der junge Fähnrich drehte sich halb um und rechnete fast damit, daß ein Teil der Decke einstürzte, ihnen den Rückweg abschnitt. Er richtete den Lichtkegel seiner Taschenlampe nach oben, bewegte ihn hin und her. Nichts. *Deine Phantasie geht mit dir durch, Wesley Crusher ...*

Er zuckte heftig zusammen, als ihm ein eiskalter Wassertropfen auf die Stirn fiel. Kurze Zeit später merkte er, daß der Abstand zu Data auf einige Meter gewachsen war, und er beeilte sich, um zum Androiden aufzuschließen. *Hier möchte ich nicht allein unterwegs sein.*

In seinen Kindheitsträumen von der Erforschung unbekannter Welten hatte es nie klaustrophobische Aspekte gegeben, doch jetzt gewann er den Eindruck, daß die nahen Wände zunehmenden Druck auf ihn ausübten. Er fühlte das dringende Bedürfnis, die eigene Stimme zu hören.

»Data?«

»Ja?«

»Was ... was unternehmen wir, wenn überhaupt kein Ausgang existiert?«

»Irgendwie sind wir in die Höhle gelangt, und das bedeutet: Es muß auch eine Möglichkeit geben, sie wieder zu verlassen. Es kommt nur darauf an, sie zu finden.«

Die Worte des Androiden vermittelten Zuversicht, und Wesley klammerte sich an ihnen fest. Mit der ganzen Kraft seines Selbst wollte er glauben, daß der Androide recht hatte. »Sind Sie wirklich davon überzeugt?«

»Ich halte es für eine Gewißheit.«

KAPITEL 7

»Gina, *paß auf!*«

Deanna Troi befand sich im Innern des Shuttles, und ihr Puls raste jäh, als sie hörte, wie Ken Kolkers warnender Schrei laut in der Höhle widerhallte. Der Aufenthalt in den Kavernen fremder Welten war nie völlig risikolos, aber Data hatte die Ansicht geäußert, daß in unmittelbarer Nähe des Shuttles keine nennenswerte Gefahr bestand. Außerdem mußte auch die Moral der beiden jungen Akademie-Kandidaten berücksichtigt werden: Sie brauchten eine Ablenkung, durften nicht gezwungen sein, dauernd in der Raumfähre zu hokken.

Die Betazoidin sprang nun durch die offene Luke und fürchtete, mit den Konsequenzen eines Unfalls konfrontiert zu werden.

Statt dessen sah sie, wie Gina die Hände in die Hüfte stemmte und den Jungen anstarrte. »Was ist bloß *los* mit dir, Kenny?«

»Ich dachte, die Decke stürzt auf dich herab«, erwiderte Ken und ließ verlegen die Schultern hängen.

»Du hast einen *Einsturz* befürchtet?« Gina bemerkte Troi in der Luftschleuse des Shuttles und warf ihr einen verärgerten Blick zu. »Ich habe nur einige Proben für die Analyse aus der Wand gehämmert, und durch die Erschütterungen lösten sich kleine Steine aus der Decke. Was *er* für den Beginn eines Einsturzes hielt!« Sie schnaufte spöttisch.

»Ich war nur vorsichtig«, rechtfertigte sich Ken.

»Vorsichtig?«

»Ja. Und ich glaube, man kann gar nicht vorsichtig genug sein. Insbesondere in unserer derzeitigen Situation.«

Gina wandte sich ab und rollte mit den Augen. »O *Himmel!*«

Counselor Troi stellte erleichtert fest, daß keine Katastrophe drohte, und daraufhin kehrte sie ins Shuttle zurück. Sie fragte sich, ob Data und Wesley etwas gefunden hatten. Die für den ersten Erkundungsausflug vorgesehene Frist von sechzig Minuten war fast verstrichen. Data verspätete sich nie, und das bedeutete: Der Androide und Wes kehrten bald zurück.

Ken schüttelte verwirrt und verärgert den Kopf, richtete seine Aufmerksamkeit dann auf die eigenen Proben. Sie stammten von einigen beeindruckenden Stalaktiten, die wie gewaltige Zähne aus dem Maul eines finsteren Titanen ragten.

»Bitte entschuldige meine übertriebene Reaktion«, murmelte er nach fünf stillen Minuten.

»Schon gut.«

»Du denkst wahrscheinlich: ›Wesley wäre sicher nicht hysterisch geworden.‹«

Gina sah überrascht auf und schien in dieser Bemerkung kaum einen Sinn zu erkennen. »Warum sollte ich so etwas denken?«

»Keine Ahnung. Weil alle jungen Leute an Bord der *Enterprise* zu ihm aufsehen.«

»Weshalb sollten sie nicht zu ihm aufsehen? Er ist gescheit und verantwortungsbewußt. Darüber hinaus gibt er sich mehr Mühe als alle anderen in unseren Klassen. Aber er ist nicht perfekt, hat das auch nie behauptet. Wer weiß, wie er reagiert hätte? Wie dem auch sei: Ich habe überhaupt nicht an Wesley gedacht – bis du ihn erwähnt hast. Meine Gedanken galten allein den Proben. Und der Frage, wie wir diesen Ort verlassen können.« Sie griff nach einigen Gesteinssplittern und verstaute sie in einer Tasche.

Ken blinzelte verblüfft. »Es geht dir tatsächlich darum, diese Höhle zu verlassen? Ich habe vermutet, dir gefiele es hier.«

»Kenny ...« Gina seufzte. »Ich finde Höhlen sehr interessant. Aber ich möchte nicht den Rest meines Lebens in *dieser* verbringen.«

»Glaubst du, daß wir hier vielleicht ... sterben?«

»*Dir* droht der Tod – weil ich mich dazu hinreißen lassen könnte, dich umzubringen.« Die junge Frau zuckte mit den Schultern, als sie begriff, daß Ken keine beiläufige Frage gestellt hatte: Offenbar lag ihm viel daran, dieses Thema zu erörtern, das sie mit Unbehagen erfüllte. »Keine Ahnung. Ich habe noch nicht darüber nachgedacht.«

»Wirklich nicht?« erwiderte Ken. Es klang skeptisch.

Gina zögerte. »Nun, zumindest nicht sehr häufig. Ich bin davon überzeugt, daß wir früher oder später zur *Enterprise* zurückkehren.«

»Aber du *hast* daran gedacht, daß wir vielleicht hier drin sterben, oder?«

Gina seufzte erneut und bedauerte, entsprechende Überlegungen eingestanden zu haben. Jetzt *mußte* sie darüber nachdenken, und davon war sie keineswegs begeistert. »Ab und zu. Meine Güte, warum ist dieses Thema so wichtig für dich?«

»Weil du gesagt hast, daß du nicht gern an den Tod denkst.«

Gina starrte ihn groß an. »Lieber Himmel, wer denkt schon gern daran? Ich bin nicht so morbid wie du.«

»Von Morbidität kann keine Rede sein«, entgegnete Ken. »Der Tod gehört zum Leben.«

»Auch das Schnarchen gehört zum Leben, aber deshalb vergeude ich keine Zeit damit, ständig darüber nachzudenken.«

Das Geräusch von Schritten unterbrach ihre Diskussion. Data und Wesley kamen aus dem gleichen Tunnel, in dem sie zuvor verschwunden waren. Der neutrale Gesichtsausdruck des Androiden verriet nichts, aber die Enttäuschung in den Zügen seines Begleiters wies deutlich darauf hin, daß die Suche nach einem Ausgang ohne Erfolg geblieben war. Gina trat ihnen entgegen.

»Nichts?«

Wes schüttelte wortlos den Kopf.

Sie wandte sich an Data. »Es gibt noch viele andere Tunnel, Commander. Ich möchte zur nächsten Suchgruppe gehören. *Niemand* kennt sich mit Höhlen besser aus als ich. Mit anderen Worten: Ich bringe alle notwendigen Voraussetzungen mit, um einen Ausgang zu finden.«

»Das kann ich bestätigen, Sir.« Fähnrich Crusher nickte. »Nur ein kawarianischer Stachelhorn-Maulwurf käme in Höhlen besser zurecht.«

»Ach?« Dieser Hinweis schien den Androiden zu beeindrucken.

»Wesley ...« Gina genoß das unerwartete Lob. »Ein so nettes Kompliment hat mir noch niemand gemacht.«

Beverly Crushers Sohn gab sich entsetzt. »Wenn du dich *davon* geschmeichelt fühlst ...«

»Einverstanden, Gina«, sagte Data. »Beim nächsten Versuch, einen Ausgang zu finden, dürfen Sie mich begleiten.«

»Danke, Sir!« Die Akademiekandidatin klatschte erfreut in die Hände. »Ich bin soweit.«

»Die zweite Exkursion findet nach einer angemessenen Ruhephase statt«, sagte Data. »Ein langer, anstrengender Tag liegt hinter uns, was bedeutet: Sie brauchen Gelegenheit, Ihre psychisch-physischen Kräfte zu erneuern.«

Gina reagierte zunächst mit Enttäuschung, doch dann lächelte sie und erinnerte sich: Auf diese Weise hatte sie auch als kleines Mädchen empfunden, wenn die Eltern sie bei einem interessanten Spiel unterbrachen und zu Bett schickten. Die letzten Worte des Androiden entfalteten eine ähnliche Wirkung.

Doch das angenehme Gefühl der Nostalgie verflüchtigte sich rasch, und Gina fragte sich plötzlich: *Sehe ich meine Eltern jemals wieder?*

»Falls Sie es noch nicht bemerkt haben sollten, Commander Riker: Sie gehen unruhig auf und ab.« Chefingenieur LaForge beobachtete, wie der Erste Offizier einmal mehr am großen Fenster des Konferenzzimmers vorbeiging.

Riker wußte um seine Nervosität, aber diesmal gelang es ihm nicht, sie aus sich zu verdrängen. Er wußte genau, daß er unter den gegenwärtigen Umständen nicht stillsitzen konnte. Gewisse Reminiszenzen erwachten in ihm: Als Junge hatte er seine Lehrer fast zur Verzweiflung getrieben, weil er auf dem Stuhl dauernd hin und her rutschte. Später konzentrierte er sich darauf, jene Energie unter Kontrolle zu bringen und zu kanalisieren. Er lernte, die unklare Grenze zwischen Mut und Tollkühnheit zu meiden – einen Unterschied, der sich manchmal nur schwer feststellen ließ.

Riker lächelte schief und nahm Platz. »Ich fürchte, Geduld ist nicht gerade meine starke Seite, Geordi. Aber in dieser Hinsicht bin ich heute besser als früher. Wissen Sie, wer der geduldigste Mann ist, den ich kenne?«

»Captain Picard«, antwortete LaForge sofort. Er stellte keine Frage, sondern sprach eine Wahrheit aus, die niemand in Zweifel ziehen konnte. Er wußte Bescheid, ebenso wie alle anderen Besatzungsmitglieder der *Enterprise*.

»Er ist ein wahrer Meister«, pflichtete Riker dem Ersten Offizier bei. »Allerdings dauerte es eine Weile, bis ich das erkannte. Erinnern Sie sich daran, als wir den Dienst an Bord begannen? Manchmal ging's praktisch drunter und drüber. Bei solchen Gelegenheiten erstarrte ich in meinem Sessel auf der Brücke und dachte: *Verdammt, warum gibt der Captain nicht endlich den Befehl, die Phaser abzufeuern?* Aber er saß einfach nur ruhig da, als hätte er alle Zeit der Welt, um eine Entscheidung zu treffen.«

Geordi nickte. »Ja, ich weiß, was Sie meinen. Man braucht eine Weile, um sich an Captain Picards Unerschütterlichkeit zu gewöhnen. Gelegentlich denke ich daran, daß wir unter dem Kommando einer lebenden Legende arbeiten.«

»*Ich* habe ab und zu gedacht, daß er mehr eine Legende als lebendig ist. Nun, die aufmerksame Beobachtung des Captains verhalf mir zu einigen wichtigen Erkenntnissen.«

»Zum Beispiel?«

»Man muß nicht *sofort* handeln, um eine Wirkung zu erzielen. Und die erste Lösung, die einem in den Sinn kommt, ist nicht immer die beste.«

Und doch: Situationen wie die gegenwärtige konnten Rikers mühsam erworbene Geduld auf eine sehr harte Probe stellen. Inzwischen befand sich die *Enterprise* seit fast einem Tag im Orbit von Domarus Vier, und das Shuttle war nach wie vor verschwunden – ebenso wie der Captain. Riker und die übrigen Offiziere gingen bei den Ermittlungen auf der Grundlage von Vernunft und Rationalität vor, aber die erhofften Resultate blieben aus. Derzeit hätte Will seinen Rest von Ruhe gern gegen eine Inspiration eingetauscht.

Unglücklicherweise bot auch die letzte von Geordi durchgeführte Sensorsondierung keine Hinweise.

Riker betrachtete die entsprechenden Diagramme

auf dem Computerschirm. »Auf dem Planeten gibt es keine Organismen, die auch nur entfernte Ähnlichkeit mit humanoiden Lebensformen haben. Eigentlich sollte es ganz einfach sein, den Captain zu lokalisieren.«

Geordi seufzte. »Seit wir mit der Suche begannen, registrieren die Scanner eine langsame und ungleichmäßige Zunahme elektromagnetischer Emissionen, die von Domarus Vier ausgehen.«

»Konnten Sie den Ursprungsort feststellen?«

»Ich bin sicher, daß sich die Strahlungsquelle auf dem Planeten befindet. Aber Einzelheiten irgendeiner Art bleiben uns verborgen.«

»Warum?«

»Was auch immer es mit den Impulsen auf sich hat: Sie beeinträchtigen die Funktionsweise unserer Sensoren.«

Riker rieb sich die Augen. »Ein anstrengender Tag liegt hinter uns, Geordi. Solange Captain Picard vermißt wird, kann ich kaum schlafen. Schlafmangel führt bei mir zu Verdrießlichkeit. Und glauben Sie mir: Sie möchten *bestimmt* nicht, daß ich verdrießlich werde.«

»Ich glaube Ihnen, Commander.«

»Das sollten Sie auch. Nun, können Sie in Hinsicht auf die Sensoren irgend etwas unternehmen?«

»Wenn es möglich ist, den Intensitätszuwachs der elektromagnetischen Strahlung zu berechnen, so sind wir vielleicht zu einer Kompensation imstande. Aber zuerst muß das Emissionsmuster ausreichend genau analysiert werden, was Zeit und ...«

»... Geduld erfordert«, beendete Riker den Satz. In seiner Stimme erklang eine gehörige Portion Selbstironie. »Ich verstehe. Und ich verspreche Ihnen, mir Mühe zu geben.«

Seit fast zwei Stunden war es dunkel. Picard rollte sich auf den Rücken, und unter ihm knisterten die Blätter, die er zu einer improvisierten Matratze angehäuft hatte. Eine leichte Brise flüsterte in den Baumwipfeln am Rande der Lichtung, und das Lagerfeuer projizierte ein unstetes, flackerndes Glühen. Weit oben funkelten Myriaden Sterne am Himmel.

Natürlich waren die Konstellationen nicht denen ähnlich, die man von der Erde aus sehen konnte. Aber Picard beobachtete nicht zum erstenmal fremde, unvertraute Sternbilder, und außerdem wußte er aus eigener Erfahrung, daß es im All von Leben wimmelte. Er hatte keine Möglichkeit, den Orion oder den Großen Wagen zu erkennen, doch er reiste lange genug zwischen den Sternen, um sie alle – auch jene, deren Namen er nicht kannte – für Freunde zu halten.

Er hatte den Sternen nicht immer eine so positive Einstellung entgegengebracht. Picard lächelte, als er sich an den vierjährigen Jean-Luc erinnerte, der zum erstenmal außerhalb des Elternhauses schlief, draußen auf dem Hof, begleitet vom Spielgefährten Louis, dem Bruder Robert und Claude, Roberts Freund.

»Claude ...«, murmelte er. »Was für ein Unruhestifter.« Er schüttelte den Kopf. Claude beschrieb dem kleinen Jean-Luc die Sterne als Feuerkugeln, die nur darauf warteten, während des Schlafs herabzufallen und ihn zu verbrennen. *Wie hat mein großer Bruder darauf reagiert?*

Picard kam nicht sofort dazu, sich diese Frage zu beantworten. Plötzlich erbebte der Boden unter ihm, wie durch den einzelnen Schritt eines fernen Riesen. Stille folgte.

»Robert versuchte, mich davon zu überzeugen, daß in jedem Jahr Tausende von Kindern gefräßigen Sternen zum Opfer fallen.« Der Captain lachte leise – und schwieg abrupt, als sich das Beben wiederholte. Diesmal waren die Erschütterungen noch etwas stärker.

Und sie hörten nicht auf. Ein dumpfes Grollen

schwoll an, und von einem Augenblick zum anderen wußte Picard, was geschah: Seismische Energie suchte nach einem Ventil – ein Erdbeben begann. Steine rutschten und rollten über die Berghänge an zwei Seiten des Lagerplatzes, und Jean-Luc befürchtete, unter einem Erdrutsch begraben zu werden.

Er sprang auf, doch inzwischen war der Boden so sehr in Bewegung geraten, daß Picard sofort das Gleichgewicht verlor und fiel. Es donnerte und krachte um ihn herum, und ein Riß bildete sich, klaffte immer weiter auseinander. Jean-Luc trachtete verzweifelt danach, sich irgendwo festzuhalten, griff nach Grasbüscheln – die mit ihm zusammen in den planetaren Schlund rutschten. Die breite Bodenspalte nahm ihn auf, und Erde stürzte herab.

Das fast ohrenbetäubend laute Grollen verklang so plötzlich, wie es begonnen hatte. Picard versuchte, die Benommenheit abzustreifen und sich zu orientieren. Er hob die Lider und blinzelte, als ihm kleine Schmutzbrocken in die Augen fielen. Nach wie vor konnte er die Sterne sehen, und vorsichtig streckte er ihnen die Arme entgegen. Doch jede noch so geringe Bewegung sorgte dafür, daß noch mehr Erde ins Loch rutschte und sich der auf seinem Leib ruhenden Last hinzugesellte. *Ich muß still liegenbleiben. Und das bedeutet, ich bin hier drin gefangen.* Er kämpfte gegen eine drohende Panik an.

Wenige Sekunden später spürte er etwas Hartes und Grobes an der ausgestreckten Hand, und oben am Rand des Risses erklang eine Stimme.

»Greifen Sie danach, Picard.«

Arit ... Der Himmel schickt sie.

Ganz vorsichtig tastete er mit beiden Händen nach dem dicken Ast und schloß die Finger darum.

»Halten Sie gut fest.«

Dieser Aufforderung kam Jean-Luc bereitwillig nach.

Oben zog die Teniranerin, und er spürte, wie sich sein Körper allmählich aus der Umklammerung des Grabs löste. Die Beine schienen zunächst irgendwo steckenzubleiben, doch schließlich kamen sie ebenfalls frei. Mit den Knien hebelte sich Picard nach oben, während Arit auch weiterhin zog. Sie lag auf dem Bauch am Rand des Risses und wich zurück, als der Terraner aus dem Loch kletterte und sich zur Seite rollte, auf festen Boden.

Eine Zeitlang lagen sie nebeneinander und keuchten hingebungsvoll.

Nach einer Weile stemmte sich Picard auf einem Ellenbogen hoch, spuckte Schmutz und versuchte zu sprechen. Doch er konnte nur heiser flüstern: »Danke, Captain.«

»Jetzt sind wir quitt, Picard.«

»Quitt? Ich verstehe nicht ganz ...«

»Für die Nahrung«, erklärte Arit.

»Meinen Sie den Fisch, den ich Ihnen gegeben habe? Er verpflichtete Sie zu nichts.«

»Wer etwas empfängt, muß immer einen Preis dafür bezahlen.«

»In dem Fall stehe ich nun in *Ihrer* Schuld. Von mir erhielten Sie nur etwas zu essen – doch Sie retteten mir das Leben.«

Arit und Picard wußten nicht, ob sie sich in Sicherheit wähnen durften. Immerhin konnte es jederzeit zu Nachbeben kommen, durch die weitere Löcher und Risse entstanden. Aber die beiden Raumschiffkommandanten waren viel zu erschöpft, um aufzustehen – sie schliefen an Ort und Stelle ein.

Niemand von ihnen hörte das leise, atonale Klimpern, als zwei schimmernde Lichtflecke im Abstand von einem Meter über dem verheerten Lagerplatz materialisierten. Selbst wenn sie darauf aufmerksam geworden wären: Weder Arit noch Picard hätten wissen können, daß die beiden Lichtpunkte – der eine glühte in einem sanften Goldgelb, der andere in einem zornigen Karmesinrot – miteinander kommunizierten.

:Ich verurteile dein Verhalten, Mog,: ereiferte sich das goldene Licht.

:Ich habe nur so gehandelt, wie es uns bestimmt ist: Wir sollen die Welt gestalten. *Sie* hätten dabei nicht im Weg sein dürfen.:

:Du wußtest, daß sie sich in der betreffenden Region befanden,: lautete die Antwort des goldenen Glühens. **:Und jener Ort mußte noch nicht neu geformt werden.:**

:Willst du mir irgendeine Art von Schuld geben, Ko? Du bist ungerecht. Ich habe die fremden Dinge nicht hierhergebracht. Sie gehören ausgelöscht.:

:Nein! Sie dürfen auf keinen Fall zu Schaden kommen. Es handelt sich um Leben.:

Das karmesinrote Licht flackerte empört. **:Wie kannst du es wagen, sie als Leben zu bezeichnen? Sie sind nicht wie wir – sie kontaminieren die Welt. Nein, sie können kein Leben sein.:**

:Mit diesem Hinweis beweist du nur deine Ignoranz, Mog. Sie sind nicht wie wir, da stimme ich dir zu. Aber daraus läßt sich wohl kaum der Schluß ziehen, daß sie kein Leben sind.:

:Und warum haben wir sie nicht früher bemerkt, o Licht der Weisheit?: fragte Mog spöttisch. **:Blieben sie vielleicht in den Felsen versteckt?:**

:Vielleicht kommen sie von einer anderen Welt, Mog.:

:Das ist Blasphemie! Es gibt NICHTS außerhalb unserer Welt! Sie repräsentiert alles Existierende.:

:Glaubst du wirklich, Mog? Bist du tatsächlich davon überzeugt, alles zu wissen? Wie wundervoll muß es sein, sich nie dem Ungewissen stellen zu

müssen ... Nun, weißt du auch, was sich hinter der Dunkelheit erstreckt, die unser Blick nicht durchdringen kann? Viele von uns sind wie ich der Meinung, daß sich jenseits der Großen Finsternis zahlreiche Geheimnisse und Rätsel verbergen.:

:Du hättest die Dinge nicht hierherbringen dürfen,: beharrte Mog, und seine feurige Gestalt rotierte erneut.

:Die Entscheidung darüber steht allein mir zu,: erwiderte Ko. :Dies ist meine Gemeinschaft. Meine Gedanken führen.:

:Vielleicht sind die Ältesten anderer Ansicht – insbesondere dann, wenn sie erfahren, daß du von Dämonenwelten außerhalb der Großen Finsternis sprichst. Es gefällt ihnen ganz und gar nicht, wie du dich verhalten hast, bevor wir anderen aus dem Intervall erwachten. Damit meine ich den Umstand, daß du diese beiden Dinge aus ihren Behältern genommen sowie die anderen Dinge und ihren Behälter im Innern unserer Welt untergebracht hast ...:

:Es sind keine DINGE!: erwiderte Ko scharf. :Wir haben es mit Leben zu tun, und das werde ich beweisen.:

:Wie?: fragte Mog verächtlich. :Sie sind nicht intelligent genug, um mit uns zu sprechen.:

:Vielleicht benutzen sie eine andere Sprache. Ich finde heraus, wie sie miteinander kommunizieren, und dann erbringe ich den BEWEIS, daß du dich irrst, Mog.:

:Na schön. Dies ist deine Gemeinschaft, und deshalb gebe ich dir zwei Zyklen, Ko. Wenn es dir bis dahin nicht gelungen ist, den Dingen das Sprechen beizubringen, lösche ich sie aus, weil sie verderblich sind. Es gilt zu verhindern, daß sie unsere Welt noch mehr beschmutzen als bisher.:

:Nein!: protestierte Ko. :Zwei reichen vielleicht nicht aus.:

:Mehr als zwei Zyklen bekommst du nicht. Die Mehrheit der Ältesten unterstützt mich. Wenn du eine derartige Vereinbarung ablehnst, Ko, so werden wir gegen deinen Willen tätig und vernichten die Dinge JETZT SOFORT.:

:Dann bleibt mir nichts anderes übrig, als einverstanden zu sein. Wie dem auch sei: Ich löse mein Versprechen ein, Mog. Ich WERDE beweisen, daß du dich irrst. Und jetzt füge ich folgendes hinzu: Ich benötige dafür nicht einmal zwei Zyklen.:

Unmittelbar nach dem Streitgespräch, flackerte das karmesinrote Licht mehrmals und verschwand. Der Glanz des goldenen Lichtflecks trübte sich ein wenig, als er tiefer sank, den beiden Schlafenden entgegen – wie ein Stern, der sich vom hohen Firmament gelöst hatte. Ko fragte sich nach der Bedeutung dieser beiden Gestalten. Und sie überlegte, ob sie sich nicht zuviel vorgenommen hatte, ob sie tatsächlich innerhalb von nur zwei Zyklen das angestrebte Ziel erreichen konnte.

In einem Punkt konnte sie Mog nicht widersprechen: Die Mehrheit hielt ihre Ideen für blasphemisch. Die Mehrheit glaubte ohne irgendeine Einschränkung, daß ihre Welt alles war, daß außer ihr nichts anderes existierte. Allein die Vorstellung, daß ihr Glaube falsch sein oder nicht ganz der Realität entsprechen mochte, empfanden viele als entsetzlich. Aber nicht alle.

Es stimmte schon: Noch nie waren sie mit etwas konfrontiert worden, das ihren Glauben in Frage stellte. Dennoch zweifelten einige, unter ihnen Ko.

Wir sind von diesem Ort, hieß es in der Orthodie, dem Glaubenskanon. *Wir können die Welt nicht verlassen. Wir müssen hierbleiben, für alle kommenden Gemeinschaften. Das ist die Wahrheit. Woraus folgt: Warum sollte sich der Schöpfer die Mühe gemacht haben, andere Welten zu schaf-*

fen? Wenn sich uns keine Möglichkeit bietet, sie zu erreichen, so existieren sie gar nicht.

Es fiel Ko nicht leicht, gegen die Orthodie zu argumentieren. Trotzdem verharrte die Skepsis in ihrem Denken: ***Vielleicht gibt es Dinge, von denen wir einfach nichts wissen. Wie sollen wir es herausfinden, wenn wir keine Fragen stellen?***

Eine derartige Neugier war nicht willkommen. Dennoch hielt Ko an ihrer Absicht fest, neues Wissen anzustreben, Nachforschungen anzustellen. Sie schreckte auch nicht davor zurück, als sie die turnusmäßige Leitung der Gemeinschaft bekam. Allerdings: Wie sollte man die Orthodie auf die Probe stellen, sie testen? Immerhin war es eine unbestreitbare physikalische Tatsache, daß Ko und die anderen ihrer Art die Welt nicht verlassen konnten. Somit blieben externen Forschungen ein Wunschtraum.

Und nichts hatte jemals die Große Finsternis von der anderen Seite her durchdrungen.

Bis jetzt. Die lange Ruhe namens Intervall dauerte nach wie vor an, als irgend etwas Ko weckte. Sie erwachte, sah sich um und entdeckte bewegliche Dinge auf der Welt – Dinge, die sie für Leben hielt.

Als sie die Fremden fand, schickten sie sich bereits an, die Welt wieder zu verlassen. Ko wollte mit ihnen sprechen, doch sie verstanden nicht. Sie gaben Geräusche von sich, akustische Signale, die wiederum für Ko unverständlich blieben. Trotzdem zweifelte sie nicht daran, daß es eine Antwort geben mußte. Sie wünschte sich nichts mehr, als mit den Besuchern zu kommunizieren – aber wie?

Sie wollte ihnen auf keinen Fall Leid zufügen oder sie verletzen, sah sich deshalb außerstande, sie daran zu hindern, in die Große Finsternis zurückzukehren. Traurig beobachtete sie, wie die Dinge – das Leben – die Welt verließen. Und dann wurde ihr kleiner Behälter plötzlich von einem großen Behälter gepackt. Zwar fehlte eine Kommunikationsbrücke zwischen Ko und den seltsamen Organismen, aber sie fühlte die Farben der Feindseligkeit, die Tönungen und Schatten von Gefahr. Darin sah sie eine Bestätigung dafür, daß zwischen ihr und den fremden Lebensformen Gemeinsamkeiten existierten, trotz der vielen Unterschiede.

Kurz darauf traf noch ein großer Behälter ein. Die Farben wurden immer dunkler, und Ko ahnte Unheil für den Fall, daß sie noch länger wartete. Sie glaubte sich moralisch verpflichtet, sofort handeln zu müssen; leider blieb ihr keine Zeit, eine sorgfältige Situationsanalyse vorzunehmen und als Grundlage für eine Entscheidung zu verwenden. Sie gab dem ersten Impuls nach, dem Bestreben, jene Individuen zu retten, denen Gefahr drohte.

Ko nahm den kleinen Behälter und brachte ihn an einen sicheren Ort.

Von Anfang an ging es ihr allein darum, einen Kontakt mit dem anderen Leben herzustellen. Sie mußte lernen, die Besucher zu verstehen, und umgekehrt. Gab es daran etwas auszusetzen? Dies war keine hypothetische Debatte irgendeiner Art. Das fremde Leben befand sich hier, was bedeutete: Mog und alle anderen, die wie er dachten, mußten die Existenz von etwas akzeptieren, das sie bisher für unmöglich gehalten hatten.

Andererseits: Mog und seine Freunde konnten die Fremden *tatsächlich* auslöschen. Und sie würden nicht davor zurückschrecken, ihre Drohungen in die Tat umzusetzen. Um die Besucher zu retten, mußte Ko es innerhalb von zwei Zyklen schaffen, mit ihnen zu kommunizieren – um auf diese Weise einen Traum Wirklichkeit werden zu lassen.

KAPITEL 8

»Hallo, Ken. Brauchst du Hilfe?« Der schlanke Wesley Crusher beugte sich durch die offene Luke in der Flanke des Shuttles, blickte durch die Höhle und sah zu Ken, der einige zusätzliche Gesteins- und Mineralienproben nahm. Wes wartete auf eine Antwort und runzelte die Stirn, als die Stille andauerte. *Er muß mich gehört haben ...*

Aber manchmal ging Ken Kolker so sehr in etwas auf, daß er selbst einen Vulkanausbruch erst bemerkte, wenn die Lava an seinen Stiefelspitzen vorbeifloß. Wes sprang zu Boden und näherte sich dem Jungen, der aufs eine Knie gestützt saß und kleine Brocken aus einer blauen Mineralienader in der Wand schlug. »Kann ich dir helfen?«

»Ich habe dich beim erstenmal gehört«, brummte Ken, ohne aufzusehen.

»Oh. Nun, *brauchst* du Hilfe?«

»Nein.«

»Bist du sicher? Ich dachte ...«

»Wenn es meinem Wunsch entspräche, mir von jemandem helfen zu lassen, so hätte ich mit ›ja‹ geantwortet, oder?« erwiderte Ken. Seine Stimme klang nun wesentlich kühler als sonst.

»Ich glaube schon.« Wesley überlegte, ob er zum Shuttle zurückkehren sollte, entschied sich jedoch dagegen. Irgend etwas schien seinen Freund zu belasten. »Data und Gina müßten bald zurück sein. Glaubst du, daß sie einen Ausgang gefunden haben?«

Ken sah auch weiterhin auf die Steine. »Woher soll ich das wissen?«

»Stimmt was nicht? Wir können darüber reden – Zeit haben wir genug.«

»Alles ist in bester Ordnung.«

»Bist du sicher?« wiederholte Wesley und fragte sich, ob er tatsächlich insistieren sollte.

Ken schnaubte abfällig und hob den Kopf. »Du hast wirklich keine Ahnung, wie?«

Wes blinzelte überrascht, als er Kens Feindseligkeit spürte. »Keine Ahnung?« wiederholte er verwirrt. »Wovon?« Der Instinkt forderte ihn auf, das Gespräch zu beenden und die *Onizuka* aufzusuchen. Doch der Starfleet-Offizier namens Wesley Crusher lehnte es ab, diesen leichten Weg zu beschreiten. Man brauchte kein Genie zu sein, um zu erkennen: Hier gab es ein Problem, das gelöst werden mußte.

Ken schlug wieder Splitter aus der Wand. »Weißt du, welcher Spitzname mir manchmal für dich einfällt?«

»Nein.«

»TTABDE.«

Wesley runzelte die Stirn und fragte sich verwundert, was der Junge meinte. »Tehteh *was*?«

»T-T-A-B-D-E«, buchstabierte Ken. »Toller Typ an Bord der *Enterprise*.« Er stand auf und klopfte sich Staub von den Knien.

Wes war nicht sicher, ob er beleidigt oder verärgert sein sollte. Er fühlte eine Mischung aus beidem. »Warum?«

»Weil du ein Fähnrich mit Uniform bist.«

Wesley verschränkte die Arme, und seine Wangen röteten sich. »Es geschieht nicht zum erstenmal in der Geschichte von Starfleet, daß jemand wie ich vollwertiger Offizier wird.«

»Und die *Enterprise* spielt dabei gar keine Rolle?«

Ken zögerte und überlegte. Sollte er fortfahren oder besser schweigen? Er beschloß, noch deutlicher zu werden. »Vielleicht bist du zum Offizier geworden, weil sich deine Mutter und Captain Picard so gut verstehen.«

Zunächst war es Wesley nur darum gegangen, Ken dabei zu helfen, mit irgendeinem Problem fertig zu werden. Jetzt regte sich Zorn in ihm. Er versuchte, ruhig zu bleiben, sich nicht provozieren zu lassen. »Glaubst du das wirklich?«

Der Junge zuckte mit den Schultern, dachte einige Sekunden lang nach und seufzte. »Nein, eigentlich nicht. Du hast hart gearbeitet und dir deinen Rang verdient. Trotzdem bin ich neidisch.«

»Neidisch? Auf was?« Wesley schüttelte den Kopf, als seine Verwirrung wuchs.

»Frag Gina.«

»Was hat sie denn damit zu tun? Willst du etwa sagen, *Gina* sei neidisch auf mich?«

Ken lachte leise. »Meine Güte, Crusher ... Manchmal bist du enorm schwer von Begriff.«

»Ich behaupte nicht, immer den absoluten Durchblick zu haben. Wie wär's mit einem Hinweis?«

»Alle wissen, daß Gina dich anhimmelt.«

»Daß sie mich anhimmelt? *Darum* geht es? Gina und ich sind einfach nur Freunde.«

»Oh, natürlich.«

»Im Ernst«, betonte Wes.

»Ihre Aufmerksamkeit gilt vor allem dir. Wenn *ich* von Gina beachtet werden wollte, so müßte ich eine Möglichkeit für uns finden, die Höhle zu verlassen.«

»Vielleicht befindet sich dort ein Ausgang, Commander!« rief Gina über die Schulter hinweg. Sie ging einige Schritte vor Data durch einen schmalen Tunnel, der mehrere Dutzend Meter hinter ihnen vom Hauptstollen abzweigte. »Wir sollten noch nicht umkehren.«

Der Androide richtete den Lichtkegel der Taschenlampe nach vorn und sondierte mit dem Tricorder. »Ich fürchte, dieser Tunnel endet ebenfalls an einer massiven Wand. Außerdem suchen wir jetzt schon seit zwei Stunden, und Sie brauchen Gelegenheit, sich auszuruhen.«

»Ich bin gar nicht müde, Commander.« Gina drehte sich um, und in ihre Haltung fand eine Mischung aus Trotz und kindlichem Bitten Ausdruck. »Biiitte.«

»Es ist durchaus möglich, daß wir früher oder später einen Weg entdecken, der nach draußen führt, an die Oberfläche des Planeten«, sagte Data. »Aber nicht jetzt. Wir kehren zum Shuttle zurück.« Die Stimme des Androiden klang fest.

Gina ließ die Schultern hängen. »Ja, Sir.«

Wesley Crusher saß allein in der Pilotenkanzel des Shuttles und starrte ins Leere. Er hatte Ken in der Höhle gelassen und die Raumfähre aufgesucht, um über das Gespräch nachzudenken. *Sieht mich nur Kenny aus jener Perspektive?* fragte er sich. *Oder teilen andere Leute seinen Blickwinkel?*

»Wesley?«

Deanna Trois Stimme erklang hinter ihm, und der junge Fähnrich sprang abrupt auf, stieß dadurch mit dem Knie an die Konsolenkante. »Au!« entfuhr es ihm, als er sich zur Counselor umdrehte.

»Entschuldige«, sagte Deanna. »Ich wollte dich nicht erschrecken. Du hast ganz wie ein junger Mann ausgesehen, der über etwas grübelt. Möchtest du darüber reden?«

»Oh, es ist alles in Ordnung«, erwiderte Wesley und hob kurz die Schultern. Unmittelbar darauf schnitt er eine Grimasse und rieb sich das schmerzende Knie. »Das war's zumindest bis eben.«

»Willst du wirklich nicht darüber sprechen? Zufälligerweise sind meine anderen Beratungstermine für heute abgesagt werden.«

Wes lachte, obwohl ihm eigentlich gar nicht danach zumute war, und dann seufzte er. Counselor Troi lehnte sich an die Wand und hörte aufmerksam zu, während der junge Fähnrich die letzte Begegnung mit Ken schilderte.

Anschließend dachte die Betazoidin einige Sekunden lang nach. »Was belastet dich mehr – Kens Neid auf deinen Offiziersstatus oder die Sache mit Gina?«

»Ich trage die Uniform des Fähnrichs schon seit einer ganzen Weile und glaube, daß ich sie mir durch harte Arbeit verdient habe. Es gibt also keinen Grund, warum meine Altersgenossen neidisch sein sollten. Ich glaube auch gar nicht, daß es Ken darum geht. Diese Sache diente ihm nur als Vorwand.«

»Um das mit Gina zur Sprache zu bringen?«

Wes nickte. »Ja. Ich verstehe das einfach nicht, Deanna. Nie hätte ich gedacht, daß Mädchen etwas Besonderes in mir sehen.«

»Was *hast* du gedacht?«

»Wie meinen Sie das?«

»Wie siehst du dich selbst?«

Im Gesicht des jungen Mannes zeigte sich ein Hauch Verlegenheit. »Ich weiß nicht. Vielleicht halte ich mich für eine Art Bücherwurm. In der Gesellschaft von Mädchen spüre ich häufig Unbehagen – weil ich nicht weiß, was ich sagen soll. Manchmal wünsche ich mir, mehr wie Commander Riker zu sein.«

Die Counselor lächelte. »Ja, er kommt gut bei Frauen an. Aber in Hinsicht auf die Beziehungen zum anderen Geschlecht kannst du ebenfalls erfolgreich sein.«

»Ich? Das bezweifle ich. Nein, ich bin zu dünn,

und ... Und beim Sport lassen meine Leistungen zu wünschen übrig. Und man kann mich nicht gerade als Stimmungskanone bezeichnen. Oh, mir ist durchaus klar, daß es bei mir nicht nur negative Aspekte gibt, sondern auch positive, und ich falle keineswegs aus allen Wolken, wenn mich ein Mädchen mag. Aber daß jemand glaubt, mir lägen junge Frauen zu Füßen ...«

Counselor Troi nahm im anderen Sessel Platz, drehte ihn und sah Wesley an. »Alles ist relativ. Vielleicht sieht Ken so zu dir auf wie du zu Commander Riker.«

Der Fähnrich wölbte ungläubig die Brauen. »Soll das ein Witz sein?«

Deanna schmunzelte. »Nein. Ken und du ... Ihr habt ein Problem gemeinsam, das für euer Alter typisch ist.«

»Ich nehme an, es heißt Unsicherheit.«

»He, ich bin hier die Counselor«, scherzte Troi. »Nun, man braucht sich solcher Empfindungen nicht zu schämen – solange die richtige Perspektive gewahrt bleibt. Für junge Leute wie dich ist es völlig normal, oft daran zu denken, welchen Eindruck man auf andere Personen macht.«

»Gilt das auch für Betazoiden?«

»Warum nicht?«

»Sie sind Empathen und wissen immer, wie man auf andere Leute wirkt.«

Troi nickte. »Ja. Und ich versichere dir: Oft hätte ich es vorgezogen, *nicht* zu wissen, was andere Leute von mir halten.« Sie beugte sich etwas näher und fügte in einem verschwörerischen Tonfall hinzu: »Darf ich dir ein Geheimnis anvertrauen?«

»Ja«, erwiderte Wesley mit einer Mischung aus Neugier und Befangenheit.

»Als Kind war ich mir auf unangenehme Weise bewußt, nur zur Hälfte Betazoidin zu sein. Es bedeutete, daß meine empathischen Fähigkeiten immer geringer bleiben mußten als die der anderen Kinder. Eine Erkenntnis, die *mir* Unsicherheit bescherte.«

»Sind Sie damals verspottet worden, weil auch menschliches Blut in Ihren Adern fließt?«

»Manchmal. Nun, eigentlich war es gar nicht so schlimm, was die übrigen Kinder über mich dachten. Als viel größere Belastung erwiesen sich meine diesbezüglichen *Vorstellungen*. Mit anderen Worten: Ich dachte dauernd daran, was die anderen Kinder von mir denken *könnten*.« Troi schürzte die Lippen, als sie sich daran erinnerte. »Das Ergebnis bestand darin, daß ich mich zurückzog und schüchtern wurde. Doch man interpretierte meine Schüchternheit oft als Unnahbarkeit, was mich noch mehr isolierte. Ich wünschte mir nur, so akzeptiert zu werden, wie ich *bin*. Und in diesem Zusammenhang waren meine eigenen Ängste das größte Hindernis.«

»Sind Sie deshalb Counselor geworden?«

»Meine Kindheitserfahrungen sind sicher einer der Gründe. Ich wollte dafür sorgen, daß sich Personen besser verstehen.«

»Nun ... Wie soll ich mich Ihrer Meinung nach verhalten?«

»Patentrezepte gibt es nicht, Wesley. Du bist dir deiner Talente und individuellen Eigenschaften bewußt. Und du kennst auch deine Schwächen. Ich bin sicher, mit diesem Wissen kannst du alle Hürden auf dem Weg zum Erwachsenenalter überwinden. Außerdem hast du es gar nicht mehr weit. Sei einfach du selbst – dann stehen die Chancen gut, daß dich die anderen so sehen, wie du bist.«

»Das ist alles?«

»Im großen und ganzen«, sagte Deanna.

»He!« ertönte Kens Stimme in der Höhle. »Data und Gina kehren zurück.«

Wesley und Troi eilten zur Luke und sprangen nach

draußen. Ihre Hoffnung währte nicht lange: Ein Blick in Ginas Gesicht genügte, um festzustellen, daß die Suche erfolglos gewesen war.

»Kein Glück?« fragte Wesley.

»Leider ist der Ausgang nach wie vor hypothetischer Natur«, antwortete Data.

»Aber er existiert«, sagte Gina mit ernster, entschlossener Miene. »Ich *weiß* es. Und ich werde ihn finden.«

»Haben Sie etwas entdeckt?« fragte William Riker, als er die Brücke betrat und zur taktischen Station ging, an der Geordi und Worf standen. Der Klingone wich beiseite, und daraufhin bemerkte Riker die junge Frau hinter ihm. Sie trug die blaue Uniform der wissenschaftlichen Abteilung. Kastanienbraune Ponyfransen endeten dicht über ihren großen Augen.

»Lieutenant Casby, nicht wahr?« vergewisserte sich der Erste Offizier. »Sie sind Geologin, wenn ich mich recht entsinne.«

»Ja, Sir«, erwiderte die Wissenschaftlerin und errötete ein wenig. »Sie haben ein gutes Gedächtnis.«

»Jemanden wie Sie vergißt man nicht.«

Geordi räusperte sich. »Ich hoffe, Sie haben nicht geschlafen, als wir Sie benachrichtigten.«

»Nicht sehr tief.« Riker lächelte humorlos.

»Tut mir leid.«

»Worum geht›s?«

Geordi führte die Gruppe zu einer wissenschaftlichen Konsole im rückwärtigen Bereich der Brücke und berührte dort mehrere Schaltflächen. »Um das hier«, sagte er.

Ein dreidimensionales Gittermuster erschien im Projektionsfeld über der Konsole. Die eingeblendeten Datenkolonnen wiesen Riker darauf hin, das es sich um die Darstellung eines domaranischen Kontinents handelte.

Geordi bestätigte diese Vermutung und nannte weitere Einzelheiten: nördliche Hemisphäre, gemäßigte Klimazone. Ein blinkender grüner Punkt kennzeichnete den ursprünglichen Landeplatz des Shuttles.

»Sieht nach einer Ebene aus«, meinte Riker.

»Ein ausgedehntes Grasland«, erklärte Casby und trat vor. »Diese Beschreibung traf zumindest gestern zu, Sir.«

Der Erste Offizier kniff die Augen zusammen. »Was soll das heißen? Das Gelände kann heute wohl kaum anders beschaffen sein, oder?«

»Computer«, sagte die Geologin laut. »Bring die Darstellung auf den neuesten Stand.«

Sofort wich die Ebene einer kleinen Bergkette: Fünf Gipfel ragten empor und offenbarten eine ähnliche Struktur, die sich durch nicht allzu steile Hänge und abgerundete Flanken auszeichnete. Nirgends zeigten sich jene zerklüfteten Stellen, die auf natürliche Verwitterung und das Wirken normaler geologischer Kräfte hindeuteten.

Riker sah noch andere Veränderungen der Landschaft. Ein Tal verlief dort, wo sich am Tag zuvor Hügel erhoben hatten. Der gestern noch gerade Fluß schlängelte sich nun am Fuß der Berge entlang, die den wichtigsten und auffälligsten Unterschied bildeten.

»Casby ...«, brummte der Erste Offizier. »Behaupten Sie etwa, daß dieses Gebirge erst seit heute existiert?«

»Ja, Sir.«

»Das ist unmöglich! Berge entstehen nicht über Nacht.«

Geordi LaForge zuckte mit den Schultern. »Normalerweise nicht. Aber in diesem Fall schon. Computer, zeig uns beide Bilder. Voller Überblick.«

Das Resultat dieser Anweisung war ein simulierter topographischer Flug erst über die Ebene und dann über die Berge. Schon nach wenigen Sekunden zweifelte Riker nicht mehr daran, daß er in beiden Fällen die gleiche Region sah. Schließlich lehnte er sich ans Pult und verschränkte die Arme. »Es muß irgendeine Erklärung dafür geben. Liegt eine Fehlfunktion der Sensoren vor?«

Geordi schüttelte den Kopf. »An diese Möglichkeit haben wir sofort gedacht, Commander. Bei der Überprüfung stellte sich heraus, daß die Sensoren einwandfrei funktionieren.«

»Ich dachte, die elektromagnetischen Interferenzen verhindern eine genaue Sondierung.«

»Bis zu einem gewissen Ausmaß«, sagte LaForge. »Es hängt vom energetischen Niveau des sondierten Objekts ab. Die von Captain Picards Insignienkommunikator gesendeten Biosignale können wir nicht empfangen. Aber bei einem Erdbeben wird wesentlich mehr Energie frei.«

Riker sah zu Casby. »Erdbeben?« wiederholte er.

»Ja, Sir«, entgegnete die junge Frau. »Noch dazu ohne ersichtlichen Grund.«

»Ich verstehe nicht ganz ...«

»Nun, wir haben weder tektonische Instabilität noch vulkanische Aktivität festgestellt. Für das hier ...« – die Geologin klopfte auf den Bildschirm –, »... scheint überhaupt keine Ursache zu existieren. Für gewöhnlich entstehen solche Berge nur durch geologische Prozesse, die mindestens hunderttausend Jahre dauern.«

Riker betrachtete das graphische Muster und nickte langsam. »Sie glauben also, das Gebirge sei nicht natürlichen Ursprungs.«

»Ja, Sir.«

Worf hatte bisher geschwiegen, und nun räusperte er sich. »Commander ... Wenn Captain Picard einem solchen geologischen Chaos ausgesetzt ist, so befindet er sich zweifellos in Gefahr.«

»In der Tat«, pflichtete Riker dem Klingonen bei. »Und wenn Mutter Natur dafür keine Verantwortung trägt – wer steckt dann dahinter?«

Picards Uniform war schmutzig und an einigen Stellen gerissen, aber er achtete nicht darauf und sah zur Erdspalte, die ihn in der vergangenen Nacht fast verschlungen hätte. Die Morgenluft erwies sich als frisch und kühl genug, um den Atem kondensieren zu lassen. Jean-Luc hatte etwa fünf Stunden geschlafen und fühlte sich nicht richtig ausgeruht. Fast jeder Muskel in seinem Leib schmerzte, was ihn deutlich an den Kampf um Leben und Tod erinnerte. *Was gäbe ich jetzt für eine ordentliche Massage ...*

Zwar spürte er ein unangenehmes Stechen in der Schulter, aber er hob trotzdem den Arm, um die Augen zu abzuschirmen. Das gelbe Licht der gerade aufgegangenen Sonne brachte bereits erste Wärme, und Picard rechnete mit einem raschen Anstieg der Temperatur. Seine Aufmerksamkeit galt nun etwas, das sich als Silhouette am Horizont abzeichnete.

Berge ragten dort empor, wo sich am vergangenen Tag eine weite Ebene erstreckt hatte.

»Interessant«, erklang eine Stimme hinter Jean-Luc.

Er drehte sich um und sah Arit – sie erkletterte den Hang des Hügels, auf dem er stand. Das goldene Gesicht war schmutzig, ebenso die dunkle Mähne. »Gestern ist das ein Grasland gewesen«, sagte Picard. »Dort zeigten sich keine Berge.«

»Vielleicht blieben sie in Nebel oder hinter Wolken verborgen«, spekulierte die Teniranerin.

»Das halte ich für unwahrscheinlich. Der Himmel war fast völlig wolkenlos. Und außerdem beträgt die Entfernung nur einige Kilometer.«

Arit trat an Picards Seite und schnaufte verächtlich, als sie sich im heller werdenden Sonnenschein ebenfalls die Augen beschattete. »Glauben Sie etwa, daß die Berge dort innerhalb weniger Stunden entstanden sind?«

»In wissenschaftlicher Hinsicht halte ich eine solche Vorstellung für grotesk.« Kleine Erdbrocken klebten an Jean-Lucs Wange, und er strich sie fort. »Aber Domarus Vier scheint voller Überraschungen zu sein. Keine mir bekannte geologische Theorie könnte ein derartiges Phänomen erklären. Wie dem auch sei: Ich vermute eine Verbindung zwischen dem Beben während der vergangenen Nacht und jenen Bergen.«

Arit warf ihm einen skeptischen Blick zu. »Den Beweis dafür würde ich gern sehen.«

»Dann schlage ich vor, wir suchen danach.«

»Wollen Sie zum Gebirge?«

»Warum nicht? Derzeit warten keine dringenden Aufgaben auf uns. Außerdem lassen die Ereignisse der vergangenen Nacht den Schluß zu, daß wir besser zusammenbleiben sollten.«

»Zusammen ...« Arits Lippen teilten sich, und ein spitzer Zahn wurde sichtbar. »Wenn ich Ihnen gestern Gesellschaft geleistet hätte, als das Beben begann ... Dann wären wir beide ins Loch gestürzt. Es mag verkehrt sein, einen gemeinsamen Weg zu beschreiten.«

Picard zuckte mit den Achseln. »Wie Sie meinen. Ich bin jedenfalls entschlossen, mir die Berge aus der Nähe anzusehen.«

Es gab keine Ausrüstungsgegenstände, die er mitnehmen mußte, und deshalb kehrte Jean-Luc nicht zum Lage zurück. Er ging einfach weiter und den Hang hinunter, auf die neuen Berge zu. Die Bewegung tat ihm gut und verhinderte, daß er in der Kühle fröstelte. Nach einer Weile merkte er, daß Arit ihm folgte, in einem Abstand von etwa fünfzig Metern. Er schritt langsamer, um festzustellen, ob sie ihre eigene Geschwindigkeit der Veränderung anpaßte und die Distanz wahrte.

Die Kommandantin der *Glin-Kale* ging weiter wie vorher, und es dauerte nicht lange, bis sie zu Picard aufschloß. Schweigend setzten sie den Weg fort, bis …

Der Wind trug ihnen ein leises, seltsames Läuten entgegen, das aus der Ferne kam und dissonant klang. Jean-Luc gewann den Eindruck, daß es langsam lauter wurde und näher kam, so wie zuvor Arit.

Dann materialisierten Farben und glitten wie vom Wind getragen hin und her. Aus einem Reflex heraus wandte sich die Teniranerin zur Flucht, aber Picard hielt sie am Arm fest.

»Warten Sie«, sagte er.

»Lassen Sie uns von hier verschwinden«, erwiderte Arit. Sie riß sich los, lief jedoch nicht fort.

Jean-Luc verharrte an Ort und Stelle, drehte den Kopf von einer Seite zur anderen. Die bunt schimmernden Schlieren zerfransten, formten umhertastende Bänder und Streifen. Das Läuten ertönte nun auf allen Seiten und schwoll an, klang irgendwie beharrlich und drängend. Picard *fühlte* die Geräusche und wünschte sich, antworten zu können, irgendwie zu reagieren. Aber auf welche Weise?

Die Farben wogten näher heran, umhüllten die beiden Raumschiffkommandanten. Jean-Luc spürte eine gewisse Benommenheit und fragte sich, ob das Schillern tatsächlich existierte. Oder handelte es sich bei dem Wogen und Glühen, das aus Myriaden Funken zu bestehen schien, nur um optische Täuschungen? Die Realität verlor plötzlich an Konsistenz, und einen Augenblick später erfolgte ein Transfer. Picard und Arit verschwanden vom Planeten Domarus Vier, und zurück blieben schimmernde Farben, die in der kühlen Morgenluft hin und her trieben.

KAPITEL 9

Die Wirklichkeit gewann neue Stabilität, als buntes Wogen Picard und Arit in einem halbdunklen, schmutzigen Korridor absetzte. Die Umgebung deutete darauf hin, daß sie sich an Bord eines Raumschiffs befanden. *Aber zweifellos ist es nicht* mein *Schiff,* dachte Jean-Luc. Er beobachtete, wie ein Teil der Anspannung aus Arits Zügen wich, woraus er schloß, daß man sie zur *Glin-Kale* transferiert hatte.

Die Farben wogten nach wie vor, doch nach einigen Sekunden verblaßten sie, und das leise, glockenartige Klimpern verklang wie eine Frage, die ohne Antwort geblieben war.

Kurz darauf existierte das bunte Schimmern nicht mehr.

»Daheim«, seufzte Arit.

Kein besonders hübsches Zuhause, dachte Picard, als er sich umsah. Erschöpft und ausgezehrt wirkende Teniraner hockten im Korridor, drängten sich an den gewölbten Wänden zusammen, führten ihr ganzes Hab und Gut in Beuteln bei sich. Für Jean-Luc sahen sie wie Flüchtlinge aus. *Aber wovor fliehen sie?* überlegte er.

»Captain Arit«, begann er, »wir ...«

Das jähe Heulen einer Alarmsirene unterbrach ihn. Die Leuchtstangen in der Decke emittierten pulsierendes rotes Licht. Arit wirbelte um die eigene Achse und stürmte los.

»Hier entlang, Picard!«

Sie hasteten an den vielen Gestalten im Gang vorbei, und Jean-Luc hielt es für seltsam, daß außer ihnen niemand auf den Alarm zu reagieren schien. Die Gesichter offenbarten nur apathische Gleichgültigkeit – an Bord der *Glin-Kale* schien man an kritische Situationen gewöhnt zu sein.

Arit und Picard eilten um eine Ecke, sprinteten über eine Rampe und erreichten ein halb geöffnetes Schott. Die teniranische Kommandantin fluchte und zwängte sich durch die Öffnung. Picard folgte ihr und fand sich in einem Raum wieder, den er für die Brücke der *Glin-Kale* hielt. Bei jemandem, der zu klaustrophobischen Anfällen neigte, hätte dieses kleine Zimmer sicher zu einem Schweißausbruch geführt. Im Vergleich mit dem großen Kontrollraum der *Enterprise* schien dies kaum mehr zu sein als eine Abstellkammer. Sechs schäbig gekleidete Offiziere saßen an Konsolen, die wie zusammengeflickt anmuteten. In einigen Fällen fehlten Abdeckplatten, und Kabelbündel hingen aus den Pulten, stellten Verbindungen zu improvisierten Schaltkreis- und Prozessorkarten her.

Niemand schenkte Picard Beachtung, doch er fragte sich trotzdem, ob er nun ein Gefangener der Teniraner war.

Ein älterer Offizier, ausgerüstet mit einem Gehstock, stand auf dem Podium des Befehlsstands, direkt neben dem Kommandosessel. Er sah zu Arit, als sie die Stufen hinter sich brachte. Zwar heulte noch immer der Alarm, aber die Kommandantin nahm sich trotzdem Zeit, den Mann zu begrüßen, indem sie nach seinem Unterarm griff und kurz zudrückte.

»Freut mich, daß Sie zurück sind, Captain«, sagte Jevlin.

Arit lächelte schief. »Sie haben doch nicht gedacht, daß ich Ihnen auf Dauer das Kommando überlasse, oder?«

»Ich trete den Befehl über die *Glin-Kale* gern an Sie ab, glauben Sie mir.«

»Und die Crew ist wahrscheinlich froh darüber, daß die Verantwortung nicht mehr auf Ihren Schultern lastet«, spottete Arit. Dann wurde sie übergangslos ernst. »Warum der Alarm, Jevlin?«

»Er betrifft die Reaktorkammern, Captain ...«

»O nein – nicht schon wieder.«

»Ich fürchte doch. Die magnetischen Siegel werden instabil.«

Arit ließ sich in den Kommandosessel sinken, schloß die Augen und atmete mehrmals tief durch. Die Anspannung kehrte in ihre Züge zurück, begleitet von Hoffnungslosigkeit. »Ich schätze, das wär's dann. Chefingenieur Naladi meinte, weitere Reparaturen seien sinnlos, wenn die Schirmfelder versagen.«

»Wir müssen es wenigstens *versuchen*, Captain.« Der alte Offizier gab sich alle Mühe, zuversichtlich zu klingen – um zu verhindern, daß sich Arit ganz dem Pessimismus hingab. »Ich *bitte* Sie, Captain ... Nur wir sind von Tenira übrig. Wenn wir jetzt aufgeben ...«

»Oh, ich möchte nicht aufgeben, aber allem Anschein nach bleibt mir keine Wahl«, erwiderte Arit niedergeschlagen. »Alles deutet darauf hin, daß wir am Ende unserer Reise sind, alter Freund.«

Picard stand im rückwärtigen Bereich der Brücke, sah und hörte stumm zu. Er war noch immer nicht sicher, ob er ein Gefangener oder Gast an Bord war, aber das spielte derzeit keine Rolle. Die Teniraner glaubten sich in einer ausweglosen Lage, und das bedeutete: Sie brauchten dringend Hilfe. Jean-Luc traf eine Entscheidung und trat vor. »Wieviel Zeit bleibt Ihnen noch, bis die Schirmfelder der Reaktorkammern ganz instabil werden und ausfallen?«

Jevlin musterte ihn mit einem durchdringenden Blick. »Warum sollten wir Ihnen das sagen?«

»Weil wir vielleicht imstande sind, Ihnen zu helfen.«

»Weshalb haben Sie ihn mitgebracht, Captain?« wandte sich Jevlin an die Kommandantin.

Arit und Picard sahen sich kurz an. »Ich habe ihn nicht mitgebracht«, entgegnete die Teniranerin. »Ich weiß nicht einmal, was uns die Rückkehr ermöglichte. Und ich glaube, unter den gegenwärtigen Umständen sollten wir Picards Frage beantworten.«

»Captain!« Jevlin ließ seinen Gehstock auf den Boden pochen. »Wir dürfen ihm nicht trauen. Das *wissen* Sie doch. Kein Fremder hat unser Vertrauen verdient.«

Arit blickte zu Picard, und in ihrer Miene erkannte er so etwas wie kummervolle Hilflosigkeit. »Das ist unsere Art«, erklärte sie. »Sie war es nicht immer. Wir mußten uns ändern, den Argwohn zur Grundlage unseres Verhaltens machen.«

Picard schüttelte den Kopf. »Ich weiß nicht, was Ihrem Volk zugestoßen ist, Arit – weil Sie es vorzogen, mir nichts davon zu erzählen. Ich habe auch keine Ahnung, warum Sie es für richtig und angemessen halten, allen Fremden zu mißtrauen. Aber eins steht fest: Ihr Schiff befindet sich in einem kritischen Zustand. Ich wiederhole mein Angebot, Ihnen zu helfen. Und ich versichere Ihnen, daß Sie von mir und meiner Crew nichts zu befürchten haben.«

»Worte«, kommentierte Arit skeptisch. »Schön klingende Worte. Wir hören sie nicht zum erstenmal. Und immer entpuppten sie sich als Lügen.«

»Dann lassen Sie es mich folgendermaßen ausdrücken: Was haben Sie zu verlieren? Wieviel steht hier auf dem Spiel?«

Captain Arit runzelte die Stirn. Sie sah Picard tief in die Augen, hielt dort verzweifelt nach der Wahrheit Ausschau. »Fünftausend Leben. Der Rest dessen, was wir waren und … was wir sind.«

»Dieser Rest geht *ganz sicher* verloren, wenn Sie nichts unternehmen«, betonte Jean-Luc. »Möchten Sie im Weltraum sterben, an Bord der *Glin-Kale*, heimatlos?«

»Wir *haben* eine Heimat«, knurrte Jevlin. »Domarus Vier ist unser neues Zuhause. Wir beamen uns auf den Planeten und ...«

Picard brachte ihn mit einem strengen Blick zum Schweigen. »Sie wissen genau, daß Ihr Transporterpotential und die Zeit nicht genügen, um fünftausend Personen zu transferieren.«

»Da hat er recht, Jevlin«, warf Arit ein. »Beantworten Sie seine Frage: Wie lange dauert, bis wir mit einer Explosion der Reaktorkammern rechnen müssen?«

»Captain ...«, protestierte der Erste Offizier.

»Sagen Sie's ihm!«

Die jähe Schärfe in Arit Stimme überraschte Jevlin so sehr, daß er einen Schritt zurückwich. Sein Widerstand schmolz dahin. »Uns bleiben dreißig Minuten. Oder eine Stunde, wenn wir Glück haben.«

Picard wandte sich an die Kommandantin. »Wenn Sie sicheres Geleit garantieren, weise ich den Chefingenieur meines Schiffes an, mit einigen Spezialisten hierherzukommen. Vielleicht haben wir noch genug Zeit, um die *Glin-Kale* zu retten.« Er wußte: An Arits Stelle hätte er praktisch nichts unversucht gelassen, um die *Enterprise* vor der Vernichtung zu bewahren. Aufmerksam beobachtete er die Teniranerin und hoffte, daß sie den für Raumschiffkommandanten typischen Beschützerinstinkt besaß.

»Und welche Bedingungen stellen Sie dafür?« fragte Jevlin, der noch immer eine Falle witterte.

»Keine. Ich schlage nur vor, daß beide Seiten auf alle Feindseligkeiten verzichten und als Zeichen des guten Willens die Schilde senken.«

»Woher wollen Sie wissen, ob Sie *uns* vertrauen können? Woher wollen Sie wissen, daß wir Ihre Leute nicht gefangennehmen und als Geiseln verwenden?«

»Ich kann nicht sicher sein«, erwiderte Picard, ohne den Blick von Jevlin abzuwenden. »Aber ich bin bereit, ein Risiko einzugehen.«

Arit lehnte sich im Kommandosessel zurück, und in ihrem Gesicht zeichneten sich deutlich widerstreitende Empfindungen ab. Nach einigen Sekunden drehte sie den Sessel, wandte sich von Jean-Luc und dem Ersten Offizier ab.

»Offenbar haben Sie und Ihr Volk einen langen, beschwerlichen Weg hinter sich«, erklang Picards Stimme hinter ihr. »Sind Sie so weit gekommen, nur um hier zu versagen? Ihre Weigerung, meine Hilfe anzunehmen, wäre das Todesurteil für Ihr Volk.«

Arit schloß einmal mehr die Augen und hob die Hände vors Gesicht. Stumm und reglos saß sie da. Die Brückenoffiziere schwiegen wie ihre Kommandantin und warteten gespannt.

»Mögen die Götter mir verzeihen«, flüsterte die Teniranerin schließlich, stand auf und drehte sich zum menschlichen Captain um. »Bitte helfen Sie uns, Picard.«

Lieutenant Worf wandte sich von der taktischen Konsole über und hinter dem Kommandobereich der *Enterprise*-Brücke ab. »Commander Riker, die *Glin-Kale* setzt sich mit uns in Verbindung. Visueller Kontakt.«

Der Erste Offizier erhob sich. »Sehen wir uns die Sache an, Worf. Auf den Schirm.«

Der so einladend und ruhig wirkende Planet Domarus Vier verschwand aus dem Projektionsfeld und wich einem Abbild des teniranischen Kontrollraums. Riker hob überrascht die Brauen, als er dort Arit und Picard sah, die Seite an Seite standen und noch immer schmutzige Uniformen trugen.

»Captain!« entfuhr es ihm, und Erleichterung erklang in seiner Stimme. Er spürte, wie sich Worf hinter ihm vorbeugte. Dem klingonischen Sicherheitsoffizier lag zweifellos eine ganze Menge daran, daß Picard sicher zurückkehrte.

»Nummer Eins ...« Jean-Luc nickte kurz und deutete ein Lächeln an. Er schien sich seines recht ungewöhnlichen Erscheinungsbilds durchaus bewußt zu sein.

»Ist alles in Ordnung mit Ihnen, Sir?«

»Ja, Commander.«

»Ich bitte um Verzeihung, Sir, aber was *zum Teufel* machen Sie an Bord der *Glin-Kale?*«

»Die Zeit genügt nicht, um alles zu erklären. Befindet sich Mr. LaForge auf der Brücke?«

Geordi trat von seinen Instrumenten fort und näherte sich dem Ersten Offizier. »Da bin ich, Sir.«

»Gut. Commander LaForge, das Triebwerk des teniranischen Schiffes muß dringend repariert werden. Ich möchte, daß Sie mit Ihren besten Leuten hierherkommen und ...«

Riker wirkte plötzlich sehr wachsam. »Captain, die Umstände zwingen mich leider, Ihnen eine sehr direkte Frage zu stellen: Setzt man Sie irgendwie unter Druck?«

»Ich bin kein Gefangener, wenn Sie das meinen, Nummer Eins«, erwiderte Picard und vollführte eine beruhigende Geste. »Allerdings fehlt mir eine Möglichkeit, Ihnen das zu beweisen. Nun, Captain Arit und ich haben vereinbart, auf Feindseligkeiten jeder Art zu verzichten und als Zeichen des guten Willens die Schilde zu senken. Lassen Sie mich in diesem Zusammenhang auf folgendes hinweisen: In seinem gegenwärtigen Zustand stellt dieses Schiff keine Gefahr für die *Enterprise* dar.«

»Mr. Worf«, sagte Riker über die Schulter hinweg,

ohne sich vom großen Wandschirm abzuwenden, »Status der teniranischen Deflektoren?«

»Desaktiviert, Sir«, grollte der Klingone.

Riker kannte jenen besonderen Tonfall – Worf traute den Teniranern nicht. Auch der Erste Offizier neigte dazu, skeptisch zu bleiben. *Was geht hier vor*? dachte er. Eigentlich gab es keinen Grund, Picard *nicht* zu glauben, aber trotzdem verharrte Argwohn in Riker.

»Will ...«, drängte Picard, »ich verstehe Ihre Bedenken, aber die Zeit drängt.«

Jean-Lucs Stellvertreter gab noch immer nicht nach. »Fast vierundzwanzig Stunden lang wurden Sie vermißt, Captain. Und jetzt erscheinen Sie einfach so an Bord der *Glin-Kale*, ohne irgendeine Erklärung. Woher sollen wir wissen, daß man Sie keiner Gehirnwäsche unterzogen hat? In dieser besonderen Situation ist es meine *Pflicht*, mißtrauisch zu sein.«

»Da kann ich Ihnen nicht widersprechen«, gestand Picard, und in seinen Wangen zuckte es.

»*Befehlen* Sie mir, Geordi zu Ihnen zu schicken, Captain?«

»Nein, Nummer Eins.« Picard trat näher an den visuellen Übertragungssensor entgegen. »Die Entscheidung überlasse ich Ihnen.«

Diese Worte verringerten Rikers Anspannung. Aber er zögerte auch weiterhin. »Können Sie zur *Enterprise* zurückkehren, Sir?«

»Ich denke schon.« Picard drehte sich zu Arit um und lächelte entschuldigend. »Mein Erster Offizier ...«

»... nimmt seine Pflichten offenbar sehr ernst, was ich nur begrüße«, sagte die Teniranerin ernst. »Commander Riker, leider brauchen wir tatsächlich Hilfe. Captain Picard ist keinem Zwang ausgesetzt und kann jederzeit sein Schiff aufsuchen. Darüber hinaus dürfte

Ihnen inzwischen klar sein, daß wir die Schilde gesenkt haben. Wenn Sie weitere Beweise benötigen... Beamen Sie Ihren Kommandanten an Bord.«

»Bitte halten Sie sich für den Transfer bereit, Captain«, sagte Riker.

Jean-Luc sah Arit an. »Innerhalb von fünf Minuten schicke ich Ihnen die versprochenen Techniker.«

»Es liegt ganz bei Ihnen, ob Sie die in Aussicht gestellten Spezialisten schicken oder nicht«, sagte die teniranische Kommandantin. »Mir bleibt nichts anderes übrig, als unser Schicksal zu akzeptieren, wie auch immer es beschaffen sein mag.«

Picard runzelte die Stirn und wandte sich wieder dem Bildschirm zu. »Also gut, Nummer Eins. Beamen Sie mich an Bord.«

Der Erste Offizier schaltete das Interkom ein. »Riker an Transporterraum. Haben Sie den Transferfokus auf Captain Picard gerichtet?«

»Aye, Sir«, bestätigte O'Brien. »Der Transfer kann jederzeit eingeleitet werden.«

»Halten Sie sich in Bereitschaft.« Riker holte tief Luft und ließ den Atem langsam entweichen. »Na schön, Captain – ich bin überzeugt. Geordi ist zu Ihnen unterwegs.« LaForge eilte bereits zum Turbolift. »Obgleich es mir noch immer lieber wäre, wenn Sie zur *Enterprise* zurückkehrten, Sir.«

»Ich weiß, Nummer Eins. Dennoch halte ich es für besser, zunächst hierzubleiben. Das bietet mir Gelegenheit, mit Captain Arit zu sprechen.«

»Zeit zum Essen!« rief Deanna durch die offene Luke des Shuttles.

Wesley und Gina arbeiteten in verschiedenen Bereichen der Höhle, sammelten ihre Werkzeuge ein und schritten zur *Onizuka*. In der Raumfähre legten sie ihre Ausrüstung beiseite und begaben sich zur rückwärtigen Kammer. Dort warteten Data und die Counselor mit erwärmten Notrationen.

»Woher wollen Sie wissen, daß es Zeit zum Essen ist?« fragte Gina und nahm Platz.

»Die Chronometer zeigen zwölf Uhr an«, erklärte Data. »Und mittags wird eine Mahlzeit eingenommen, nicht wahr? Wir versuchen, einen normalen Tageszyklus beizubehalten.«

Wesley kaute und schluckte. »Ich glaube, Gina hat nur eine rhetorische Frage gestellt, Data.«

»Ach, glaubst du? Hier unten gibt es weder Tag noch Nacht, und ...« Die junge Frau unterbrach sich abrupt, und ihr Blick wanderte umher. »Wieso ißt Kenny nicht mit uns zusammen? Was macht er dort vorn?« Sie deutete in Richtung Pilotenkanzel.

Troi stand auf, und Besorgnis zeigte sich nun in ihrem Gesicht. »Ich wußte gar nicht, daß er sich hier im Shuttle befindet. Bis eben dachte ich, er leistet euch draußen Gesellschaft.«

»Er war tatsächlich in der Höhle«, erwiderte Wesley. »Aber ich nahm an, er kehrte hierher zurück.«

Data sah vorn nach. »Hier ist er nicht.«

Troi trat durch die Luke und sprang auf den Boden der Höhle. Der Androide folgte ihr, ebenso Wes und Gina. Mit Taschenlampen schwärmten sie aus, suchten sowohl in den Ecken der Kaverne als auch bei den Tunnelzugängen. Immer wieder riefen sie Kens Namen.

Nur die Echos der eigenen Stimmen antworteten ihnen.

Schließlich trafen sie sich am Shuttle. »Offenbar hält er sich nicht mehr in der Nähe auf«, meinte Data.

Wesley trat nach einem Stein. »*Verdammt!* Ich kann einfach nicht glauben, daß er sich dazu hinreißen ließ!«

»Wozu?« fragte Data.

»Vermutlich ist er allein aufgebrochen, um nach einem Ausgang zu suchen.«

»Was?« entfuhr es Gina. Sie lachte ungläubig. »Mister Ich-kann-Höhlen-nicht-ausstehen hat auf eigene Faust mit einer Entdeckungsreise begonnen?«

Counselor Troi wandte sich an Wesley. »Wie kommst du darauf?«

»Ken hat davon gesprochen, aber wie sollte ich ahnen, daß er es ernst meinte? Lieber Himmel, ich hätte es nicht für möglich gehalten, daß er etwas so Dummes anstellt.«

»Was hat er gesagt, Fähnrich?« erkundigte sich der Androide.

»Er sagte, Gina würde ihm nur Beachtung schenken, wenn er ganz allein einen Weg zur Oberfläche des Planeten findet.«

Die junge Akademiekandidatin reagierte mit einer Mischung aus Verblüffung und Verlegenheit. »Er hat *was* gesagt?«

»Ich hab's nicht für eine echte Absichtserklärung gehalten«, fuhr Wesley fort. »Nur für eine Bemerkung.«

»Nein, nein, nein«, platzte es aus Gina heraus. »Du *mußt* dich irren.«

Wes seufzte. »Ich wünschte, das wäre der Fall.«

Das goldene Funkeln sank aufs Blütenblatt einer großen Blume, die sich zusammen mit tausend anderen in der sanften Brise hin und her neigte. Ko wollte allein sein, um nachzudenken.

Doch schon kurze Zeit später erschien ihr karmesinroter Widersacher über dem Hügel. **:Die Zeit wird knapp,:** sagte Mog.

:Noch ist die Frist nicht verstrichen,: erwiderte Ko und verschwand mit einem auf Ärger hindeutenden gelben Gleißen.

Mog glitt über die Blumen hinweg und bedauerte,

daß er Ko nicht mehr verspotten und darauf hinweisen konnte, daß ihre Bemühungen letztendlich ohne Erfolg bleiben mußten. Wieso weigerte sie sich, die Wahrheit als solche zu erkennen? Weshalb gab sie sich derartigen Illusionen hin? Wieso glaubte Ko, daß jenseits der Großen Finsternis anderes Leben existierte? Solche Ansichten stellten nicht nur einen profanen Angriff auf die Orthodie dar, sondern waren auch schlicht und einfach unsinnig. Mog führte die Gemeinschaft derjenigen an, die sich gegen Kos gefährliche Ideen sträubten. Mit anderen Worten: Seine Pflicht bestand darin, die Welt zu schützen.

Vielleicht hätte er nicht bereit sein dürfen, Ko zwei Zyklen für den Versuch zu gewähren, mit den *Dingen* zu kommunizieren. Vielleicht wäre es besser gewesen, sie sofort nach dem von Ko herbeigeführten Transfer auszulöschen. Nun, er brauchte nicht zu warten; er konnte das Fremde jederzeit vernichten.

Doch Mog entschied, geduldig zu sein. **Soll Ko ihren Versuch unternehmen. Er kann nur dazu führen, daß sie vor der ganzen Gemeinschaft den guten Ruf verliert.** Gab es eine bessere Möglichkeit, um sicherzustellen, daß in Zukunft niemand mehr der Orthodie zu widersprechen wagte?

Und wenn Ko ihr Versagen eingestehen mußte ... Dann konnte Mog die *Dinge* vernichten.

KAPITEL 10

Arit wanderte unruhig durch ihre kleine Kabine an Bord der *Glin-Kale,* während Picard am Tisch saß und sie stumm beobachtete. Es fiel ihm nicht schwer, ihren inneren Konflikt zu verstehen, denn er betraf den elementarsten Instinkt eines jeden Raumschiffkommandanten: Es ging Arit um die Sicherheit von Schiff und Besatzung.

Aber Jean-Luc wußte auch: In jedem Captain lauerte die Angst, daß die Rettung des Raumschiffs und der Crew einen zu hohen Preis verlangen mochte. Es war der Alptraum eines Kommandanten, daß er alles opfern mußte, um einem wichtigeren Prinzip gerecht zu werden. Der Selbsterhaltungstrieb bildete die Basis in der Existenz eines jeden Lebewesens. Was war schwieriger als der Versuch, darüber hinauszuwachsen?

Picard hatte sich mehr als nur einmal einem solchen Dilemma ausgesetzt gesehen. Den Umstand, daß er nach wie vor lebte und über diese Problematik nachdenken konnte, verdankte er nicht nur der eigenen Tüchtigkeit, sondern auch einer gehörigen Portion Glück.

Aber es gab auch etwas, das Picard trotz der besonderen Empathie zwischen zwei Kommandanten nicht verstand: Wieso hatte Arit die Vernichtung der *Glin-Kale* und den Tod aller Personen an Bord in Erwägung gezogen, anstatt sofort die Hilfe der *Enterprise* in Anspruch zu nehmen? Solange es die Teniraner ablehnten, den Hintergrund ihrer gegenwärtigen Situation zu erläutern, blieb Jean-Luc auf Mutmaßungen und Spekulationen angewiesen. Ganz offensichtlich brauchten sie dringend einen Planeten, auf dem sie sich niederlassen konnten. Aber was hatte sie in eine Lage gebracht, die sie zwang, ums nackte Überleben zu kämpfen?

Picard stellte sich vor, ziellos durch den Weltraum unterwegs zu sein, ohne einen Ort, der die Bezeichnung ›Zuhause‹ verdiente. Er entsann sich daran, vor vielen Jahren Berichte über die frühen Phasen der interstellaren Raumfahrt gelesen zu haben. Als die ersten Menschen zu anderen Sonnensystemen reisten, neigten sie dazu, die Bedeutung des Begriffs ›Heimat‹ zu erweitern. Sie assozierten damit keine Länder, Regionen oder Städte, sondern den ganzen Planeten Erde. Oder den Mars. Oder einen Mond beziehungsweise ein Habitat im Sol-System.

Doch manche Leute – unter ihnen Picard – widersetzten sich dem Verlust jener speziellen Identität, die sich auf das Wissen gründete, von einem ganz bestimmten Ort zu stammen. Zwar hatte er den größten Teil seiner Jugend dem Versuch gewidmet, das Heimatdorf und sogar den Planeten Erde zu verlassen, aber Jean-Luc gewann nie den Eindruck, ohne Wurzeln zu sein. Er reiste durchs All, weil das seinem Wunsch entsprach. Und an Bord der jeweiligen Raumschiffe gelang es ihm immer, sich zu Hause zu fühlen.

Aber ganz gleich, wieviel Zeit er im Kosmos verbrachte: Seine wahre Heimat blieben die Weinberge des kleinen französischen Ortes Labarre. Er war immer bestrebt gewesen, die Rolle des modernen Weltbürgers zu spielen, der Zukunft und Fortschritt willkommen hieß. Doch insgeheim erfüllte es ihn mit Erleichterung und Dankbarkeit, daß sein wesentlich konservativer eingestellter Bruder Robert das alte Anwesen im ursprünglichen Zustand bewahrte.

Auf diese Weise hatte Picard vor allem im vergangenen Jahr empfunden, als er sich nach der gefährlichen Konfrontation mit den Borg in Labarre von diversen Verletzungen erholte. Zwanzig Jahre waren seit dem letzten Besuch verstrichen. Zwei lange Jahrzehnte: Robert heiratete Marie, und sie schenkte ihm einen Sohn namens René. Zwanzig Jahre: Picard erkletterte die Karriereleiter und wurde zum Captain des ersten Raumschiffs der mächtigen Galaxis-Klasse.

Trotz all dieser Veränderungen existierte ein Ort, der vom Wandel verschont geblieben war. Ein Ort, der mehrere Generationen von Picards hervorgebracht hatte. Ein altes Steinhaus mit breiten Dielen und abgewetzten Teppichen – es bot einen Komfort, den Jean-Luc sonst nirgends fand. Er sehnte sich nicht ständig danach, nicht einmal sehr oft; ihm genügte das Wissen, daß ein solcher Ort existierte.

Jenes Haus weckte ein altmodisches, vielleicht sogar sonderbares Gefühl in ihm – immerhin schienen viele andere Menschen überhaupt nichts dabei zu finden, alle Brücken hinter sich abzubrechen, um auf fremden Welten eine neue Heimat zu finden. Wie dem auch sei: Picard wäre nicht bereit gewesen, dieses Empfinden gegen irgend etwas einzutauschen.

Vielleicht konnte er die teniranische Perspektive nur verstehen, wenn er sich vorstellte, Labarre zu verlieren. In gewisser Weise war es sinnlos zu versuchen, sich in Arits Lage zu versetzen. Er hielt das Leben für eine Priorität, die viele Möglichkeiten bot. *Die Nicht-Existenz scheint in diesem Zusammenhang eine Art Sackgasse zu sein,* dachte Picard in einem Anflug von Galgenhumor. Er war froh, daß Arit letztendlich beschlossen hatte, sich helfen zu lassen.

»Wenn es eine Möglichkeit gibt, Ihr Triebwerk zu reparieren – Commander LaForge findet sie bestimmt«, sagte Jean-Luc sanft, um in Arit eventuelle Zweifel an der Richtigkeit ihrer Entscheidung auszuräumen.

»Und wenn eine Reparatur nicht möglich ist? Was dann?« Die Kommandantin blieb am ovalen Fenster stehen und blickte zum Planeten.

Picard fragte sich, was ihr jene so friedlich wirkende Welt bedeutete. Sah sie darin die letzte Chance für Erlösung? Oder stellte Domarus Vier das letzte Glied in einer langen Kette aus Enttäuschungen dar? Eine Frage schob sich immer wieder ins Zentrum von Picards Aufmerksamkeit: Warum weigerte sich Arit so hartnäckig, ihm den Grund für die aktuelle Situation der Teniraner zu erklären?

Er stand auf und trat ebenfalls zum Fenster. »Wissen Sie ...«, begann er vorsichtig, »in den Datenbanken der Föderation gibt es kaum Informationen über den teniranischen Echelon.«

»Es ist eine große Galaxis.«

»Stimmt. Aber wir beide leben darin, und ob es Ihnen gefällt oder nicht: Derzeit stecken wir im gleichen Gespinst aus Rätseln und Geheimnissen.«

Arit drehte sich um und starrte Picard an. Schmerz glomm in ihren Augen. »Im gleichen Gespinst? Das bezweifle ich. Was steht für Sie auf dem Spiel? Ein Raumschiff und seine Besatzung. *Wir* ringen um unsere *Existenz*.«

»Genau darum geht es mir«, sagte Jean-Luc. »Wenn wir mehr über Ihre Lage wüßten, so könnten wir Ihnen besser helfen ...«

»Unsere Lage geht nur uns etwas an«, erwiderte Arit, doch ihre Stimme klang jetzt nicht mehr so scharf. »Wenn Ihre Datenbanken nur wenige Informationen über uns enthalten, so entspricht das vielleicht unserem Wunsch.«

»Warum?« beharrte Picard. »Warum versuchen Sie,

alles Teniranische mit einem Schleier der Geheimhaltung zu...«

Er unterbrach sich, als das Schott mit lautem Zischen aufglitt. Ein kleines Mädchen kam herein, und es sah Arit so ähnlich, daß es ihre Tochter sein mußte.

»Keela«, sagte die Kommandantin streng, »ich habe dich aufgefordert, in deinem Zimmer zu bleiben.«

»Ich weiß, Mutter. Aber vielleicht möchte Captain Picard Tee trinken.«

Jean-Luc bemerkte die präzise Ausdrucksweise des Mädchens. Andere Kinder versuchten auf diese Weise, die Erwachsenen nachzuahmen, aber Keela schien schlicht und einfach frühreif zu sein. Er sah sie an und lächelte freundlich. »Wir sind uns noch nicht vorgestellt worden. Ich bin Captain Jean-Luc Picard.«

»Von der *Enterprise*«, sagte Keela. »Ich weiß.«

»Und woher weißt du das, Keela?«

Arit lachte leise, und Picard beobachtete zum erstenmal, wie der Ernst wenigstens vorübergehend aus ihren Zügen wich. »Meine Tochter scheint immer bestens darüber informiert zu sein, was an Bord der *Glin-Kale* geschieht.«

»Es ist mir ein Vergnügen, dich kennenzulernen, Keela.«

»Sie haben ein hübsches Schiff, Captain«, meinte die kleine Teniranerin und siezte Picard sogar.

»Danke.«

»Ich würde es mir gern einmal ansehen. Glauben Sie, das ist möglich?«

Picards Blick wanderte kurz zur Mutter, um anschließend zur Tochter zurückzukehren. »Vielleicht. Die Entscheidung liegt bei deiner Mutter. Mal sehen.«

Arit räusperte sich. »Du hast dem Captain Tee angeboten. Solltest du nicht die notwendigen Vorbereitungen treffen?«

Keela neigte den Kopf zur Seite und schnitt eine Grimasse, wirkte dadurch auf so komische Weise erwachsen, daß Picard fast laut gelacht hätte. »Es *ist* schon alles vorbereitet, Mutter. Ich hole den Tee.« Und mit diesen Worten kehrte das Mädchen ins Nebenzimmer zurück.

»Ihre Tochter scheint recht selbstbewußt zu sein.«

»Und ob.« Arit seufzte wie eine resignierte Mutter. »Haben Sie Kinder, Picard?«

»Äh, nein.« Unbehagen erfaßte Jean-Luc. »Nein, ich habe keine Kinder. Warum fragen Sie?«

»Aus keinem besonderen Grund. Es ist nur ... Die meisten Erwachsenen wissen nicht recht, was sie von Keela halten sollen, und Sie kamen sofort gut mit ihr zurecht.«

»Eine Fähigkeit, die ich erst vor relativ kurzer Zeit erworben habe. Ich hatte kaum Kontakte zu jungen Leuten – bis ich das Kommando über die *Enterprise* bekam. Wir haben Familien an Bord. Während der letzten vier Jahre bekam ich es immer wieder mit Kindern zu tun, was nicht ohne Einfluß auf mich blieb.« Jean-Luc fügte diesem Hinweis ein schiefes Lächeln hinzu.

Kurz darauf kehrte Keela zurück und trug ein Tablett, auf dem drei Keramiktassen und eine Kanne aus dem gleichen Material standen. Als das Mädchen zum Tisch trat, piepte Picards Insignienkommunikator, und Geordis Stimme klang aus dem winzigen Lautsprecher.

»LaForge an Captain Picard.«

»Hier Picard. Haben Sie inzwischen einen Eindruck gewonnen?«

»Mehr als nur das, Sir. Es ist uns gelungen, die Abschirmfelder in den Reaktorkammern wieder zu stabilisieren, woraus folgt: Es besteht keine unmittelbare Gefahr mehr. Aber wenn Sie meine Meinung hören wollen: Das Triebwerk wird nur noch von Spucke und Kaugummi zusammengehalten.«

»Ich glaube, der teniranische Ausdruck lautet ›von Fäden und Wünschen‹«, kommentierte Picard.

»Na schön«, brummte Geordi. »Dann erlauben Sie mir bitte folgenden Hinweis: Das Triebwerk dieses Schiffes hängt an einem Faden.«

»Sind Sie imstande, aus dem Faden ein Seil zu knüpfen?«

»Ich glaube schon, Sir. Aber ich kann nicht versprechen, daß die Aggregate anschließend wie neu sind. Vergleichen Sie den Antrieb mit einer Katze, die ihr neuntes Leben begonnen hat.«

»Doch Sie können das Triebwerk wieder in einen funktionstüchtigen Zustand versetzen, oder?«

»Ja, Sir. Mit einer Wahrscheinlichkeit von achtzig Prozent. Wenn es wieder einsatzfähig ist, so empfehle ich den Teniranern *dringend*, für eine Generalüberholung zur nächsten Basis zu fliegen. Abgesehen davon sind wir soweit. Wir warten nur noch auf Ihre Anweisung.«

»Beginnen Sie, Mr. LaForge.« Picard zögerte kurz. »Gute Arbeit.«

»Danke, Captain. Aber mit dem Lob sollten Sie besser bis zum erfolgreichen Abschluß der Reparatur warten.«

»He, Gina ...«

Die junge Frau saß auf dem Höhlenboden und lehnte mit dem Rücken am einen Antriebsstutzen des Shuttles. Ein Zeichenblock ruhte in ihrem Schoß, und Wesley sah, daß sie eine Kohlezeichnung von der Kaverne angefertigt hatte. Die Skizze war ebenso düster wie Ginas Stimmung.

»Was dagegen, wenn ich mich setze?« fragte der Fähnrich.

Sie zuckte mit den Schultern. »Wenn du auf feuchtkaltem Felsgestein sitzen willst – meinetwegen. Ist Data zurück?«

Wes schüttelte den Kopf. »Nein. Wenigstens bedeutet es, daß er noch nicht aufgegeben hat.«

»Und daß die Suche nach Kenny bisher ohne Erfolg geblieben ist.« Gina kaute auf der Unterlippe und starrte zu Boden. »Data hätte mir erlauben sollen, ihn zu begleiten.«

»Welchen Unterschied macht es, wenn zwei Personen die gleichen Tunnel durchstreifen?«

»Er hätte mir die Möglichkeit geben sollen, in einem anderen Bereich Ausschau zu halten. Dadurch wären die Erfolgschancen verdoppelt worden.«

»Hast du im Ernst erwartet, daß dir Data erlaubt, allein das Tunnellabyrinth zu durchstreifen? Das hätte uns gerade noch gefehlt: nicht nur ein Verirrter, sondern gleich zwei.«

Gina warf Wesley einen herausfordernden Blick zu. »Glaubst du wirklich, *ich* könnte mich in einer Höhle verirren? Das ist völlig ausgeschlossen!«

»Und wenn schon«, murmelte Wes. »Darum geht's gar nicht.«

»Ach?« erwiderte die junge Frau verärgert. »Und *worum* geht es?«

Der Fähnrich setzte zu einer Antwort an, überlegte es sich dann anders und hob die Schultern. »Ich ... ich weiß es nicht.«

Plötzlich ließ Gina die Schultern hängen, und ihre Aggressivität verwandelte sich in tiefen Kummer. »Ich hatte keine Ahnung, daß er mich mag. Glaubst du wirklich, daß er nur deshalb allein losgezogen ist, um mich zu beeindrucken? Himmel, ich kann mir nicht vorstellen, daß jemand etwas so Dummes anstellt. Und wenn ihm etwas zustößt ... Dann fühle ich mich für den Rest meines Lebens schuldig.«

»Schuldgefühle haben keinen Sinn. Immerhin bist du nicht für Ken verantwortlich.«

Gina hob ruckartig den Kopf und sah Wesley an. »Das stimmt. Eigentlich sollte ich mich überhaupt nicht schuldig fühlen. Ich habe ihm nicht gesagt, saß er aufbrechen soll, oder? Nein, ich habe ihm nicht gesagt, daß er zu einem Helden oder so werden soll. Niemand kann von mir behaupten, daß ich mit einer solchen Aufforderung an ihn herangetreten bin, oder? *Oder?*«

Sie wartete auf eine Reaktion, hoffte vielleicht, daß Wesley ihr zustimmte und noch einmal betonte, daß sie keine Schuld traf. Aber er schien von irgend etwas hinter ihr abgelenkt zu sein. Gina drehte den Kopf, um festzustellen, was die Aufmerksamkeit des Fähnrichs geweckt hatte.

Ein kleiner goldener Lichtfleck glitzerte in der Dunkelheit. Die beiden jungen Leute standen langsam auf und näherten sich dem Glühen. Das funkelnde Objekt schwebte ihnen entgegen, und nach zwei oder drei Metern verharrte es wieder. Gina blätterte zu einer leeren Seite ihres Blocks und begann zu zeichnen. Sie und Wesley sprachen leise miteinander.

»Was mag das sein, Wes? Vielleicht ein Insekt? Eine Art Glühwürmchen?«

»Ich weiß es nicht. Aber ich würde gern Aufschluß gewinnen.« Beverly Crushers Sohn wich in Richtung Shuttle zurück. »Behalt das Ding im Auge – ich hole einen Tricorder.«

Wesley ging mit kurzen, behutsamen Schritten zur Raumfähre, ohne dabei den Blick vom Glitzern abzuwenden. Neben der Luke klopfte er an die Außenhülle. »Deanna ...«, sagte er und hob die Stimme nur ein wenig, »bitte geben Sie mir einen Tricorder.«

Einige Sekunden später erschien Counselor Troi in der Luftschleuse und reichte ihm das Gerät. »Stimmt was nicht?«

»Dort draußen befindet sich ein funkelndes Etwas, und ich möchte es sondieren.« Er sah kurz auf den Tricorder hinab, um ihn zu justieren, und als er den Kopf wieder hob… Gina zeichnete nicht mehr, ließ enttäuscht die Schultern hängen. »Oh, Mist!«

Wes eilte zu der jungen Frau, gefolgt von Troi.

»Was ist passiert?« fragte er.

»Es… verschwand einfach.«

Die Betazoidin trat vor. »Was verschwand einfach?«

Gina reichte ihr den Block, und Troi betrachtete die hastig angefertigte Zeichnung. Wesley hatte von einem ›funkelnden Etwas‹ gesprochen, und genau das zeigte die Darstellung: eine schimmernde, nicht genauer definierte Erscheinung.

Troi gab den Block zurück. »Wie hat sich das Objekt verhalten?«

»Es schwebt einfach nur«, erwiderte Wesley.

»Es manifestierte sich von einem Augenblick zum anderen«, fügte Gina hinzu. »Eine Zeitlang hing es mehrere Meter über dem Höhlenboden, wirkte wie ein herabgefallener Stern. Und dann verschwand es.«

Troi sah sich in der dunklen Höhle um, als sie in den empathischen Äther horchte und die Präsenz anderer Lebensformen festzustellen versuchte. Nach einigen Sekunden schüttelte sie den Kopf. »Ich empfange keine mentalen Signale.«

»Hoffentlich kehrt das Etwas zurück«, sagte Wesley. »Vielleicht bekommen wir dann die Chance, Daten zu gewinnen.«

»Du hast bis eben am Kommunikationssystem gearbeitet, nicht wahr?« fragte Gina.

»Ja, und ich glaube, ich habe dabei einige Fortschritte erzielt.«

»Ich schlage vor, du setzt die Arbeit zusammen mit Counselor Troi fort. Ich bleibe hier draußen und gebe euch sofort Bescheid, wenn der Glitzerer zurückkehrt.«

Wesley nickte. »Einverstanden. Klingt nach einer guten Idee.«

»Bleiben Sie in der Nähe des Shuttles«, sagte Deanna fest. »Gehen Sie nicht fort.«

»Keine Sorge. Wenn Sie mich brauchen... Ich bin hier in der Höhle.«

Gina wartete, bis Wesley und Deanna Troi wieder im Shuttle waren. Dann ging sie um die *Onizuka* herum, drehte sich dabei mehrmals um die eigene Achse und ließ ihren Blick durch die Höhle wandern. Als sie sicher sein konnte, daß sich keine schimmernden Dinge in der Kaverne befanden, schlich sie zu einer Tunnelöffnung und verschwand in der Finsternis.

Während der nächsten Stunde saß Counselor Troi in der rückwärtigen Kabine des Shuttles und befaßte sich dort mit den bisherigen Bewertungen der drei Akademiekandidaten, während Wesley in der Pilotenkanzel versuchte, das Funktionspotential des stark in Mitleidenschaft gezogenen Kom-Systems zumindest teilweise wiederherzustellen.

Deanna wußte, daß sie sich nur die Zeit vertrieb. Die Bewertungen hatten nicht gerade absolute Priorität. Nach der Rückkehr zur *Enterprise* würde sie ausreichend Gelegenheit bekommen, die entsprechenden elektronischen Akten auf den neuesten Stand zu bringen. Und wenn sie auch weiterhin in dem Planeten festsaßen, wenn sie hier ihr Leben beschließen mußten... Nun, dann spielte alles andere kaum eine Rolle.

Die Betazoidin dachte daran, daß jetzt praktisch alle Ressourcen der *Enterprise* für die Suche nach der *Onizuka* und ihrer Besatzung genutzt wurden. Troi hatte an mehreren Suchaktionen teilgenommen und wußte daher, wie einfallsreich ihre Kollegen sein konnten, wenn das Leben von Besatzungsmitgliedern auf dem

Spiel stand. Sie würden nichts unversucht lassen, um die Landegruppe zu lokalisieren und das Rätsel des Transfers ins Innere des Planeten zu lösen.

Aber Deanna wußte auch: Manchmal blieben trotz aller Anstrengungen die erhofften Resultate aus. Einerseits konzentrierte sie sich auf die Wahrscheinlichkeit der Rettung, doch andererseits mußte sie auch die *Möglichkeit* berücksichtigen, daß keine Hilfe eintraf.

Unterdessen hockte Wesley in der Pilotenkanzel, ersetzte defekte Schaltkreise im Kommunikationssystem und stellte sich vor, *vermißt zu sein.*

Wir sind nicht vermißt, überlegte er. *Wir wissen genau, wo wir uns befinden. Aber wenn uns die* Enterprise *nicht findet, wenn wir es irgendwie schaffen, an die Oberfläche des Planeten zu gelangen ... Dann sind wir gezwungen, den Rest unseres Lebens auf Domarus Vier zu verbringen. Für die Crew der* Enterprise *werden wir weiterhin vermißt sein, obwohl wir keineswegs tot sind.* Es war eine gespenstische Vorstellung, bei der es dem jungen Fähnrich kalt über den Rücken lief.

Das Schott glitt beiseite, und Data betrat die Raumfähre. Zwei neugierige, erwartungsvolle Blicke richteten sich auf ihn – der eine stammte von Deanna im Heck der *Onizuka,* der andere von Wesley im Bug des Shuttles.

Niemand begleitete den Androiden.

Troi preßte die Lippen zu einem dünnen Strich zusammen. »Sie haben Ken nicht gefunden.« Es war eine Feststellung, keine Frage.

»Nein«, bestätigte Data. Angesichts der niedergeschlagen klingenden Stimme konnte man kaum glauben, daß er keine echten Gefühle hatte.

Wes sank neben dem Kom-Pult zu Boden. »Gina ist sicher ziemlich deprimiert, nicht wahr?«

Data neigte verwundert den Kopf zur Seite. »Warum sollte sie deprimiert sein?«

»Weil Sie ohne Ken zurückgekehrt sind.«

»Davon weiß sie nichts. Ich hatte noch keine Gelegenheit, mit ihr zu sprechen.«

»Sind Sie ihr nicht draußen in der Höhle begegnet?« fragte Wesley überrascht.

»Nein«, entgegnete der Androide. »Ich nahm an, sie im Shuttle zu treffen, aber allem Anschein nach ist sie nicht hier.«

»Sie blieb draußen«, sagte Troi. »Und sie versprach, in der Nähe des Shuttles zu bleiben.«

»Ich fasse es nicht.« Wesley stand auf, schüttelte sowohl verärgert als auch empört den Kopf. »Ich fasse es einfach nicht.«

»Was ist los?« fragte Data.

»Ich verstehe.« Deanna stöhnte. »Gina hat beschlossen, Ken auf eigene Faust zu suchen, nicht wahr?«

Wesley antwortete mit einem wortlosen Nicken. Schließlich wandte er sich an Data. »Sie wollte Ihnen bei der Suche nach Ken helfen, Commander. Weil sie sich schuldig fühlte.«

»Eine faszinierende menschliche Reaktion«, kommentierte der Androide. »Unsere Situation wird dadurch noch komplexer und schwieriger. Wir müssen jetzt nicht nur einen Weg zur Planetenoberfläche finden, sondern auch die beiden verschwundenen jungen Leute.«

KAPITEL 11

Die *Glin-Kale* umkreiste Domarus Vier antriebslos, während LaForge und seine Assistenten versuchten, das Triebwerk zu reparieren. Geordi versetzte sich in die Lage des teniranischen Chefingenieurs, und ihm war alles andere als wohl dabei zumute, in die Domäne eines Kollegen vorzustoßen. Naladi hatte die vier Techniker von der *Enterprise* mit unverhohlenem Mißtrauen empfangen, mußte sich jedoch an Captain Arits Befehl halten, der lautete: *Lassen Sie die Besucher im Maschinenraum arbeiten.*

Naladi schickte die meisten Angehörigen seiner Sektion fort, wie um zu vermeiden, daß zu viele Personen Zeugen seiner Demütigung wurden. Geordi achtete von Anfang an darauf, immer wieder den Rat der anwesenden Teniraner einzuholen und ihnen jeden einzelnen Schritt zu erklären, damit sie nicht nur wußten, was geschah, sondern auch das Gefühl bekamen, ebenfalls eine wichtige Rolle bei den Instandsetzungsbemühungen zu spielen. Während sie an Dingen herumbastelten, die eigentlich ausgetauscht werden mußten, hoffte LaForge auf ein Phänomen, das er schon mehrfach erlebt hatte: die interstellare Bruderschaft der Chefingenieure.

Seine Zuversicht zahlte sich aus. Nach nur einer Stunde arbeiteten Geordi und Naladi Seite an Seite.

Inzwischen waren Picard und Arit zur Brücke zurückgekehrt, um dort festzustellen, daß Jevlin und die übrigen Offizier wie gebannt zum Wandschirm starrten. Das Projektionsfeld zeigte zahllose Lichtstreifen, die vor dem Bug des teniranischen Schiffes schimmerten. Das Wabern und Wogen schuf einen seltsamen Widerschein im Kontrollraum der *Glin-Kale.*

Trotz der jüngsten Erlebnisse fühlte sich Picard von dem Licht angezogen. »Faszinierend«, murmelte er. »Ja, wirklich faszinierend.«

»Ich käme auch mit etwas weniger Faszination zurecht«, erwiderte Arit und blieb einen Schritt hinter Picard stehen.

Er drehte sich zu ihr um. »Möchten Sie gar nicht wissen, was es damit auf sich hat?«

»Neugier ist ein Luxus, den ich mir derzeit nicht leisten kann, Picard.«

Jean-Luc glaubte, einen Hauch Neid in Arits Stimme zu hören, als wünschte sie sich, ebenso zu empfinden wie er. »Dann verfügen Sie über mehr Selbstbeherrschung als ich. Schon in meiner Kindheit fiel es mir schwer, dem Reiz eines Rätsels oder den Verlockungen des Unbekannten zu widerstehen.« Das flackernde Licht spiegelte sich in Picards Augen.

»Nach unseren Erfahrungen birgt das Unbekannte häufig Gefahren«, sagte Arit, und bei diesen Worten fiel ein Schatten auf ihre Züge.

»Wer dabei nur an die Gefahren denkt, bringt es als Forscher nicht weit.«

»Selbst früher sind wir Teniraner nie in dem Sinne vom Forschergeist erfüllt gewesen. Und heute ... Nun, heute suchen wir einfach nur einen Ort, der Sicherheit bietet und den wir als unsere Heimat bezeichnen können.«

Das Schott zischte und knarrte, öffnete sich nur zur Hälfte. Geordi und seine Triebwerksspezialisten – zwei Frauen und ein Mann – betraten die Brücke.

»Ich könnte das reparieren«, bot sich LaForge an und deutete mit dem Daumen zum widerspenstigen Schott.

»Damit werden wir auch allein fertig«, brummte Jevlin.

»Ihr Bericht, Commander LaForge«, sagte Picard schnell, um einer Auseinandersetzung vorzubeugen.

»Nun, Sir, wir haben uns alle Mühe gegeben. Und Ihre Leute im Maschinenraum sind durchaus nicht auf den Kopf gefallen, Captain Arit. Das Wissen Ihrer Fachleute in bezug auf den Antrieb der *Glin-Kale* sowie unsere moderne Technik ... Diese Kombination sorgte dafür, daß wir alles zusammenflicken konnten. Das Schiff wird sicher keine Geschwindigkeitsrekorde brechen, aber es wird Sie zum gewünschten Ort bringen – wenn er nicht allzuweit entfernt ist.«

»Danke, Commander LaForge«, erwiderte Arit.

»Gern geschehen, Captain.«

Die Kommandantin wandte sich an Picard. »Ich nehme an, Sie verlassen uns jetzt«, sagte sie schroff.

Jean-Luc hatte nicht damit gerechnet, einfach so fortgeschickt zu werden, und er hob überrascht die Brauen. »Eigentlich habe ich gehofft, daß unsere Hilfe mehr Vertrauen zwischen uns schafft.«

Jevlin schob sich vor. »Ich wußte es, Captain Arit – alles hat seinen Preis.«

»Bei allem Respekt – Sie irren sich«, widersprach Picard. »Ich habe betont, mit unserem Angebot, Ihnen zu helfen, seien keine Bedingungen verbunden. Und das stimmt auch. Ich dachte allerdings, daß Sie jetzt vielleicht bereit sind, uns mehr vom teniranischen Volk und den Gründen zu erzählen, die Sie nach Domarus Vier brachten.«

»Ich möchte nicht undankbar erscheinen, Picard«, antwortete Arit kühl, »aber wenn wir über unsere Vergangenheit schweigen möchten, so ist das unsere

Sache. Wir sind keineswegs verpflichtet, Ihre Neugier zu befriedigen.«

»In der Tat.« Der teniranische Erste Offizier klopfte mit seinem Gehstock aufs Deck. »Überlassen Sie uns den Planeten.«

Picards Züge verhärteten sich. Die Dinge entwickelten sich in eine Richtung, die ihm nicht gefiel. Während der letzten beiden Stunden hatte er geglaubt, die Grundlage für gegenseitiges Verstehen zu schaffen, doch die Teniraner schienen entschlossen zu sein, an ihrem Argwohn festzuhalten.

»Dann sind wir wieder bei unserem ungelösten Konflikt«, sagte er ruhig. Seine Stimme brachte Beharrlichkeit zum Ausdruck, vermittelte die Botschaft, daß er nicht so ohne weiteres nachgeben wollte. »Unser Shuttle ist nach wie vor verschwunden, und unter den gegenwärtigen Umständen haben Sie nicht das Recht, einfach so Anspruch auf den Planeten zu erheben. Die jüngsten Ereignisse lassen vermuten, daß auf Domarus Vier intelligente Lebensformen existieren. Auch um Ihrer eigenen Sicherheit willen sollten Sie mit uns zusammenarbeiten, um festzustellen, ob die Welt unter uns bereits bewohnt ist.«

»Etwa von den bunten Energiestrukturen?« spottete Jevlin. »Sie beweisen überhaupt nichts. Und Sie können uns keine Befehle erteilen. Falls Sie es trotzdem versuchen, so bleibt uns vielleicht keine andere Wahl, als Sie gefangenzunehmen und ...«

Arit unterbrach ihren Ersten Offizier mit einer gebieterischen Geste. »Manchmal geht das Temperament mit Jevlin durch, Captain Picard«, sagte sie und versuchte nun, ebenso ruhig zu sprechen wie vorher Jean-Luc. »Wir hindern Sie natürlich nicht daran, die *Glin-Kale* zu verlassen, und unser Dank begleitet Sie zur *Enterprise*. Aber wir sind bereit, nötigenfalls um unser Recht zu kämpfen, den Planeten zu besiedeln.«

»Ich bezweifle, ob Kampf die Lösung für Ihr Dilemma ist, Captain Arit. Und ich schätze, Sie glauben es ebenfalls nicht. Es gibt Alternativen.«

»Für *Sie*, Picard. Aber nicht für uns. Wir haben beschlossen hierzubleiben, und in diesem Zusammenhang möchte ich mich ganz klar ausdrücken: Nach all dem, was hinter uns liegt, sind wir tatsächlich bereit, für eine neue Heimat zu sterben. Wenn die *Enterprise* das Mittel der Gewalt verwendet, um zu versuchen...«

»Das ist ausgeschlossen«, sagte Picard sofort. »Aber wenn es auf Domarus Vier hochentwickelte intelligente Lebensformen gibt, so halten die Fremden Sie vielleicht für Eindringlinge. Möglicherweise setzen jene Unbekannten Gewalt gegen Sie ein – auf eine Weise, die wir uns derzeit nicht einmal vorstellen können.«

»Wenn das der Fall ist... Nun, dann endet alles hier und jetzt, Picard.«

»Arit, ich kann einfach nicht glauben...«

Picard bekam keine Gelegenheit, den Satz zu beenden. Plötzlich wogten schillernde Farben auf der Brücke, umhüllten ihn und die Teniranerin. Eine Sekunde später verschwand das Gleißen ebenso plötzlich, wie es entstanden war – und nahm die beiden Kommandanten mit.

»Schilde hoch!« rief Jevlin. »Verteidigungspriorität!«

Lieutenant Worf stand an der taktischen Konsole im Kontrollraum der *Enterprise* und knurrte.

»Was ist los, Mr. Worf?« fragte Riker, der im Kommandosessel saß. Er drehte den Kopf.

Der Klingone runzelte die Stirn. »Das teniranische Schiff hat gerade die Deflektoren aktiviert, Sir.«

»*Wie* bitte?« Riker stand ruckartig auf. »Schalten Sie unsere eigenen Schilde ein. Und stellen Sie eine Verbindung zur *Glin-Kale* her.«

»Schilde sind eingeschaltet, Commander. Und ein Kom-Kanal ist geöffnet.«

Der Erste Offizier näherte sich dem Wandschirm, blieb nach zwei Schritten stehen und nahm eine herausfordernde Haltung an. »*Enterprise* an *Glin-Kale*. Hier spricht Commander Riker. Sie haben die mit Captain Picard getroffene Vereinbarung verletzt, indem Sie Ihre Deflektoren aktivierten.«

Jevlin erschien im großen Projektionsfeld. Der alte Teniraner stand mitten auf der Brücke, und sein Blick huschte immer wieder nach rechts und links, als er versuchte, trotz des Durcheinanders den Überblick zu wahren. Damit verriet er jene Erregung, die er aus der Stimme verbannte. »Dafür gibt es gute Gründe«, sagte er und trachtete danach, trotzig zu klingen.

Im Hintergrund sah Riker Geordi und seine drei Begleiter. Allem Anschein nach wurden sie nicht bedroht. *Aber wo ist der Captain? Verdammt – ich hätte nicht zulassen dürfen, daß er an Bord des teniranischen Schiffes blieb.* »Ich möchte mit Captain Picard reden.«

»Das ist leider nicht möglich, Commander. Bitte erlauben Sie mir, mit Captain Arit zu sprechen.«

Riker wölbte eine Braue. »Ihre Kommandantin befindet sich nicht an Bord dieses Schiffes.«

»Dann sind sie beide fort. Allein die Götter wissen, was aus ihnen geworden ist.«

»Geordi ...«

LaForge trat vor. »Ja, Commander?«

»Sagt Jevlin die Wahrheit?«

»Ich fürchte, ja, Sir. Bunte Energiestrukturen manifestierten sich auf der hiesigen Brücke, nahmen Captain Arit und Captain Picard mit.«

»Bis zur Rückkehr der Kommandantin bleiben Ihre Techniker an Bord unseres Schiffes«, zischte Jevlin. »*Glin-Kale* Ende.«

Die grimmige Miene des teniranischen Ersten Offiziers war gerade erst vom Wandschirm verschwunden, als im Kontrollraum der *Enterprise* Farben schimmerten, begleitet von leisem Klimpern. Worf setzte übers Geländer des Oberdecks hinweg, um Riker besser zu schützen als zuvor Picard.

Aber diesmal manifestierte sich das seltsame Energie-Phänomen nicht mit der Absicht, jemanden zu entführen. Statt dessen setzte es Picard und Arit vor dem Projektionsfeld an der Wand ab – und verflüchtigte sich.

Picard gewöhnte sich allmählich an die plötzlichen Ortswechsel. Innerhalb weniger Sekunden erholte er sich von der Überraschung, strich den Uniformpulli glatt und reagierte auf die verblüfften Blicke der Brückenoffiziere, indem er ihnen stumm zunickte. Dann wandte er sich an die sprachlose teniranische Kommandantin. »Captain Arit – willkommen an Bord der *Enterprise*.«

In den ganzen sechzehn Jahren ihres Lebens hatte sich Gina Pace nicht vor dem Unbekannten gefürchtet, das hinter der nächsten Ecke oder in den Schatten jenseits ihres Blickfelds lauerte. Als Kind verschwendete sie kaum einen Gedanken an diese ausgeprägte Furchtlosigkeit – sie hielt es für völlig normal, Neugier den Vorrang zu geben.

Doch jetzt ging sie aufs Erwachsenenalter zu, und dadurch präsentierten sich ihr neue Perspektiven. Gelegentlich überlegte Gina, warum manche Leute – zum Beispiel Ken Kolker – das Unbekannte ganz anders sahen als sie, weshalb sie eine Last aus Ängsten trugen, von der sie verschont blieb. So sehr sie auch darüber nachdachte – ihr Verhalten änderte sich dadurch nicht. Auch weiterhin folgte sie ihrem Instinkt und hielt an folgender Überzeugung fest: Ganz gleich, was hinter der nächsten Kurve wartete – es war die Reise wert und würde sie nicht umbringen.

Derzeit glaubte sie, daß sich Kenny ›hinter der nächsten Kurve‹ befand. Gina eilte durch das Labyrinth aus Tunneln und Höhlen, fest dazu entschlossen, den Jungen zu finden.

Sie folgte dem Verlauf einer Passage, die schließlich so schmal und niedrig wurde, daß die junge Frau auf allen vieren kriechen mußte. Der Lichtkegel ihrer Taschenlampe schnitt durch die Dunkelheit und zeigte weiter vorn eine Abzweigung. Gina entschied sich für den linken Tunnel und stellte zufrieden fest, daß er ihr schon nach einigen Metern genug Platz bot, um wieder aufzustehen. *Vielleicht ist das ein gutes Omen.*

Oder auch nicht. Sie ließ den Lichtstrahl der Lampe hin und her wandern. Überall strich er über massives Gestein …

»Hier geht's nicht weiter«, erklang eine Stimme in der Finsternis, und Gina zuckte unwillkürlich zusammen.

Kenny!

Erneut bewegte sie die Taschenlampe, und schließlich fand sie ihn. Er hockte auf einem flachen Felsvorsprung an der Wand, hob die eine Hand, um die Augen vor dem blendenden Licht abzuschirmen.

»Entschuldige«, sagte Gina und senkte die Lampe.

»Schon besser.« Ken schaltete die eigene Taschenlampe ein, und dadurch ergab sich genug Licht für die kleine Höhle. »Wie hast du mich gefunden?«

Gina zuckte mit den Schultern. »Ich *habe* dich gefunden, und nur darauf kommt es an. Wie geht's dir?«

»Ja, da hast du vermutlich recht. Ich habe Hunger. Und ich bin müde.« Der Gesichtsausdruck des Jungen verriet Unsicherheit. »Außerdem fühle ich mich ein wenig dumm. Abgesehen davon ist mit mir alles in Ordnung.«

Gina trat näher und schüttelte den Kopf. »Was hat dich bloß dazu getrieben, eine solche Nummer abzuziehen?«

»Ich habe keine ›Nummer abgezogen‹«, erwiderte Ken. Aber angesichts seiner besonderen Situation protestierte er nur halbherzig. »Ich ... ich wollte einen Weg an die Planetenoberfläche finden.«

»Ach«, kommentierte Gina. Und nach einer kurzen Pause: »Ging es dir wirklich darum, mich zu beeindrucken?«

»Nein!« entfuhr es Ken. Dann seufzte er und ließ den Kopf hängen. »Wenn das meine Absicht war, so ging der Schuß wohl nach hinten los.«

»Vielleicht. Vielleicht auch nicht.«

Der Junge sah erstaunt auf. »Was soll das heißen? Es ist alles verpatzt. Ich habe einem ausdrücklichen Befehl zuwidergehandelt und mich verirrt. Kann's überhaupt noch schlimmer kommen?«

»Nun, vielleicht siehst du die Dinge zu schwarz. Womit ich keineswegs sagen will, daß du richtig gehandelt hast.«

»Ja, nur zu – tritt mich, während ich am Boden liege.«

»Ich möchte nur auf folgendes hinweisen: Dein Verhalten war ... süß. Dumm, ja. Aber auch süß.«

»Im Ernst?« Kens Miene erhellte sich ein wenig.

»Ja.« Gina lächelte, streckte die Hand aus und half dem Jungen auf die Beine. »Wir sollten jetzt besser zurückkehren. Die anderen sind bestimmt ganz außer sich geraten, als sie feststellten, daß noch jemand fehlt.«

Ken brauchte einige Sekunden, um zu verstehen, was die junge Frau meinte. »Was? Hast du mit der Suche nach mir begonnen, ohne um Erlaubnis zu fragen? Hast du dich ebenso verhalten wie ich?«

Dieser Vergleich schien Gina nicht zu behagen. »Davon kann wohl kaum die Rede sein. Immerhin habe *ich* mich nicht verirrt. Komm jetzt.«

»Vielleicht haben Sie recht, Jevlin. Vielleicht sollte ich tatsächlich zur *Glin-Kale* zurückkehren. Aber dazu bin ich noch nicht bereit.«

Captain Arit saß im Konferenzzimmer und blickte zum Kom-Schirm in der Mitte des Tisches – der Monitor zeigte ihr das Gesicht des teniranischen Ersten Offiziers. Picard, Riker und Dr. Crusher schwiegen.

»Woher soll ich wissen, daß man Sie nicht gefangengenommen hat, Captain?«

»Ich bin ebensowenig gefangen wie zuvor Picard an Bord unseres Schiffes. Nun, wir müssen bestimmte Dinge besprechen, und zwar *jetzt*.«

»Captain, unser Volk ist bereit, sich auf Domarus Vier niederzulassen ...«

»Das geschieht nur mit meiner Genehmigung. Und inzwischen bin ich nicht mehr so sicher, ob sich der Planet dazu eignet, unsere neue Heimat zu werden.«

Jevlin erhob sich und pochte mit seinem Gehstock auf den Boden. »Glauben Sie etwa den Unsinn, den Captain Picard über intelligentes Leben auf Domarus Vier behauptet hat?«

»Intelligentes Leben? Wer weiß ... *Etwas* passiert dort unten, und nur ein Narr würde das eigene Volk auf einen Planeten schicken, der vielleicht große Gefahren bereithält. Ich mag vieles sein, Jevlin – aber eine Närrin bestimmt nicht.«

Sie sah, wie sich der Erste Offizier fügte und wieder in den Kommandosessel der *Glin-Kale* sank. »Vermutlich möchten Sie, daß ich den Transfer der Techniker zulasse, nicht wahr?«

»Ich schätze, Captain Picard würde sich über die Rückkehr seiner Leute freuen, ja«, sagte Arit. Etwas schärfer fügte sie hinzu: »Wenn es Ihnen keine Mühe macht, Jevlin ...«

»Die Schilde werden jetzt gesenkt, Captain. Ihr Chefingenieur und seine Begleiter können die *Glin-Kale* jederzeit verlassen.«

Riker klopfte auf seinen Insignienkommunikator. »Transporterraum.«

»Hier O'Brien«, klang es aus dem kleinen Lautsprecher.

»Beamen Sie Geordi und seine Gruppe an Bord.«

»LaForge und die Techniker sind praktisch schon hier, Commander. O'Brien Ende.«

Picard faltete die Hände auf dem Tisch, »Danke, Captain. Es freut mich, daß Sie beschlossen haben, bei uns zu bleiben und die Situation zu diskutieren. Das Schicksal der Teniraner ruht in Ihren Händen – ich bin sicher, Sie haben die richtige Wahl getroffen.«

Arit hob skeptisch die Brauen. »Das muß sich erst noch herausstellen.«

KAPITEL 12

»Ein so weit verzweigtes Tunnelsystem habe ich noch nie zuvor gesehen«, sagte Gina, als sie Ken durchs Labyrinth geleitete. »Ich kann mir kaum vorstellen, daß es natürlichen Ursprungs ist.«

»Ich habe darüber nachgedacht. Natürlich habe ich in dieser Hinsicht weitaus weniger Erfahrung als du, aber es scheint eine Art System dahinterzustecken. Allerdings ist die Struktur so komplex, daß ich sie nicht einmal ansatzweise verstehe. Deshalb war ich nur *ein wenig* nervös, als ich mich verirrte.«

»Eine Art System«, wiederholte Gina. »Und aus diesem Grund hast du geglaubt, daß dich früher oder später jemand findet?«

»Ja.«

Ein sondierender Blick richtete sich auf den Jungen. »Du bist also nicht in Panik geraten?«

»Nein. Oh, ich hatte Angst, wenigstens zu Anfang, aber es war nicht annähernd so schlimm, wie ich dachte. Es fühlte sich sogar irgendwie *friedlich* an, und ich verglich dieses Empfinden mit dem … Tod.«

Sie bückten sich, um eine besonders niedrige Stelle im Tunnel zu passieren. Gina warf dem Jungen dabei einen fragenden Blick zu. »Ich verstehe nicht ganz …«

»Ich meine: Vielleicht ist das mit dem Tod vergleichbar … durch einen Tunnel zu gehen, der immer schmaler wird. Kühle Dunkelheit herrscht dort, und man ist ganz allein …«

»Es gibt Berichte von Leuten, die dem Tod sehr nahe waren oder angeblich aus dem Jenseits zurückkehrten. In den entsprechenden Schilderungen ist immer wieder die Rede von einem hellen Licht am Ende eines Tunnels. Hier stammte das einzige Licht von diesem Ding ...« Gina hob kurz die Taschenlampe. »Nun, was hast du am Ende gefunden?«

»Nichts. Vielleicht liegt's daran, daß ich noch lebe. Vielleicht konnte ich deshalb gar nicht das Ende des Tunnels erreichen. Oder es existiert überhaupt nicht.« Ken schwieg einige Sekunden lang. »Ach, zum Teufel ...«

»Nein, lieber nicht«, spottete Gina. »Den Aufenthalt in der Hölle kann nur jemand angenehm finden, dem Feuer und Schwefel gefallen.«

Sie ließen eine schmale Passage hinter sich, und Ginas zielstrebige Schritte deuteten darauf hin, daß sie den Weg ganz genau kannte. »Übrigens ...«, sagte sie nach einer Weile. »Du hast vergessen, dein Notizbuch mit den Gedichten zu verstauen.«

»Tatsächlich?«

»Aha! Du *hast* also ein Gedicht geschrieben, als ich dich neulich in der Pilotenkanzel überraschte.«

»Na und?« erwiderte Ken verärgert.

»Und nichts.«

»Hast du darin geblättert und gelesen?« Kenny breitete sich innerlich darauf vor, ausgelacht zu werden.

»Nein, ich hab das Notizbuch zu den anderen Sachen gelegt, ohne es zu öffnen«, sagte Gina.

»Du hast *kein einziges Wort* gelesen?« fragte Ken. Jetzt schien er fast beleidigt zu sein. »Warum?«

»Ich hatte den Eindruck, daß du niemanden an deinen Werken teilhaben lassen wolltest. Das habe ich respektiert. Obwohl ich sehr neugierig gewesen bin. Ich meine, du bist nicht gerade der Dichter-Typ.« Sie traten an einem kleinen, etwa fünfzehn Zentimeter tiefen

Teich vorbei, in dem sich Wasser sammelte, das über die eine Tunnelwand rann.

»Nun, früher konnte ich mit Poesie überhaupt nichts anfangen«, sagte Ken. »Aber dann nahm ich an einem Computerprojekt teil, bei dem es um die Analyse von Reimen ging.«

Gina schien da kaum einen Zusammenhang zu sehen. »Und daraufhin hast du begonnen, selbst Verse zu schreiben?«

»Ja. Was findest du so seltsam daran? Glaubst du nicht, daß die Wissenschaft viel Kunst enthält und umgekehrt?«

»Keine Ahnung. Darüber habe ich noch nie nachgedacht.« Es überraschte Gina, ein so bemerkenswert innovatives Konzept von Ken zu hören. *Vielleicht steckt mehr in ihm, als ich bisher für möglich hielt ...* »Eins finde ich sonderbar.«

»Was?«

»Warum hast du was dagegen, daß jemand deine Gedichte liest?«

»Ich weiß es nicht«, antwortete Ken und hob kurz die Schultern. »Wie du eben schon sagtest: Die Leute sehen mich nicht an und denken: ›He, das ist ein *Dichter*.‹«

»Ich zeichne und male schon seit vielen Jahren. Aber damals, als ich klein war, schloß ich mich dazu immer in meinem Zimmer ein. Später, als ich zur Schule ging, rührte ich während des Kunstunterrichts keinen Finger.«

»Im Ernst?«

»Ja. Unsere Lehrerin gab sich alle Mühe, aber sie konnte mich einfach nicht dazu bewegen, in der Klasse zu malen. Ich war damals überaus stur und lehnte es ab, die anderen Kinder meine Sachen sehen zu lassen.«

Ken musterte Gina verwirrt. »Aus welchem Grund?«

»Oh, ich weiß es nicht genau. Ich hatte mir einfach

in den Kopf gesetzt, daß die Bilder *mir allein* gehörten, daß sie etwas Privates darstellten. Ich wollte sie mit niemandem teilen.«

»Und wodurch hat sich deine Einstellung geändert?«

Gina lächelte. »Durch meine Oma. Sie fand eins meiner Bilder – es zeigte einen Berg in der Nähe unseres Heimatortes. Nun, du weißt ja, daß manche Leute die Zeichnungen ihrer Kinder in der Küche aufhängen und so.«

»Ja.«

»Meine Oma stattete das Bild mit einem prächtigen Holzrahmen aus. Angeblich gefiel es ihr so gut, daß sie damit eine Wand ihres Schlafzimmers schmücken wollte. Um es noch einmal zu sehen, bevor sie einschlief. Und um es sofort nach dem Erwachen wieder zu betrachten. Großmutter nahm mir das Versprechen ab, ihr alle meine Bilder zu zeigen. Damals begriff ich: Was auch immer mein späterer Beruf sein sollte – ich wollte gleichzeitig Künstlerin sein und malen.«

»Eine hübsche Geschichte.«

»Ja.« Gina blickte Ken in die Augen. »Wenn andere Leute dich nicht als Dichter sehen, so liegt es vielleicht daran, daß du dich ihnen nicht als Dichter zeigst. Möglicherweise solltest du das ändern.«

»Sie wiesen selbst darauf hin, Picard: Sie haben auf dem Planeten nichts entdeckt, das sich als intelligentes Leben identifizieren ließe.« Arit schritt um den geschwungenen Tisch im Konferenzzimmer der *Enterprise*, ging am Captain, Riker und Dr. Crusher vorbei.

Jean-Luc hob die gefalteten Hände zum Kinn. »Zumindest fand ich keinen schlüssigen Beweis. Aber es gibt gewisse Indizien, finden Sie nicht auch?«

Die Teniranerin blieb stehen und griff nach der Rückenlehne ihres Sessels. »Ich räume nur folgendes ein: Eine uns unbekannte Kraft ist auf dem Planeten präsent und wirkt sich in seiner unmittelbaren Nähe aus. Weitere Feststellungen lehne ich aufgrund mangelnder Daten ab.«

»Mit allem Respekt, Captain...«, sagte Riker. »Sie klingen wie ein Anwalt.«

Arit maß den Ersten Offizier mit einem nachdenklichen Blick. »Vielleicht deshalb, weil ich das Recht meines Volkes verteidigen muß, auf einem unbewohnten Planeten zu siedeln, der ganz offensichtlich niemandem gehört. Auf einer Weilt, die Sie uns vorenthalten wollen.«

Picard schüttelte den Kopf. »Niemand will Ihnen etwas vorenthalten, Captain. Und Ihre Streitlust bringt uns nicht weiter. Wir ...« Er unterbrach sich, als das Interkom summte. Die Stimme des Chefingenieurs ertönte.

»LaForge an Captain Picard.«

»Hier Picard. Haben Sie die Vorbereitungen für detailliertere Sensorsondierungen abgeschlossen?«

»Genau darum geht es, Sir. Wir brauchen eine weitere Stunde.«

Jean-Luc verzog das Gesicht. »Wenn ich mich recht entsinne, wollten Sie inzwischen fertig sein.«

»Ja, Captain. Aber wir mußten die ursprünglichen Analysen unterbrechen, weil es auf Domarus Vier zu einem sehr intensiven Energiezyklus kam.«

»Was meinen Sie damit?« fragte Arit verwundert.

»Als Zyklus bezeichne ich die Produktion *und* Nutzung von Energie.«

»Mr. LaForge...«, sagte Picard langsam. »Haben Sie eine Ahnung, was auf dem Planeten geschieht?«

»Noch nicht, Sir. Aber wir geben uns alle Mühe, zusätzliche Daten zu gewinnen.«

»Na schön. Melden Sie sich im Konferenzzimmer, wenn Sie soweit sind. Picard Ende.« Er sah Arit an, die inzwischen Platz genommen hatte. »Kommen wir zur Sache, Captain. Ich möchte das vermißte Shuttle sowie die Landegruppe finden – und Sie benötigen eine Welt für Ihr Volk. Ich glaube, daß wir beide Ziele erreichen können, und deshalb habe ich Sie gebeten, Ihren Aufenthalt an Bord der *Enterprise* zu verlängern.«

»Ich bin nur geblieben, weil ich den gleichen Standpunkt vertrete.«

»Nun, *das* klingt nach einem vielversprechenden Anfang.«

»Ein Anfang«, betonte Arit und rieb sich müde die Augen. »Mehr wollen wir gar nicht. Nur die Chance für einen neuen Anfang.«

Beverly bedachte die Teniranerin mit einem durchdringenden Blick. »Warum lassen Sie sich nicht von uns helfen? Gemeinsam könnten wir bestimmt eine geeignete neue Heimat für Sie finden.«

»Es ...« Arit ließ zischend den Atem entweichen und teilte dabei die Lippen. Dadurch zeigte sich ein langer, spitzer Eckzahn. »Es fällt uns nicht leicht, unsere Schwächen einzugestehen. Das würden Sie bestimmt verstehen, wenn Ihnen unsere jüngere Geschichte bekannt wäre.«

»Ihre jüngere Geschichte können wir nur dann in Erfahrung bringen, wenn Sie uns davon erzählen«, sagte Beverly mit einer gewissen Anteilnahme.

»Ich möchte Ihnen nicht zu nahe treten, Captain Arit«, fügte Riker hinzu, »aber über Ihre Schwächen wissen wir bereits Bescheid. Der Zustand Ihres Schiffes ist kein Geheimnis für uns.«

»Mag sein, Commander. Aber das alles ändert nichts am zentralen Kern der Kontroverse zwischen uns: Sie stehen unseren Zielen ablehnend gegenüber.«

»Ganz im Gegenteil«, widersprach Picard und hob den Zeigefinger. »Wir möchten natürlich vermeiden, daß es bei und auf Domarus Vier zu Aktivitäten kommt, die uns an einer Lokalisierung des Shuttles und seiner Besatzung hindern. Doch abgesehen davon betreffen unsere Einwände gegen Ihre Kolonisierungsbestrebungen nur einen Punkt: Zunächst sollte festgestellt werden, ob auf dem Planeten bereits intelligente Lebensformen existieren. Nun, Sie haben natürlich recht, wenn Sie sagen, daß uns Ihre Vergangenheit nichts angeht ...«

Arit unterbrach den Captain der *Enterprise* und schüttelte den Kopf so, als wollte sie ihre Gedanken dadurch an den richtigen Platz rücken. »Auch Commander Riker hat recht – Sie kennen unsere Schwächen bereits. Und ich muß zugeben: Sie haben dieses Wissen nicht zu Ihrem Vorteil genutzt.« Die Kommandantin lachte leise und ironisch. »Selbst wenn Sie uns feindlich gesinnt wären ... Unsere Besitztümer können wohl kaum von Interesse für Sie sein. Ich empfinde es geradezu als Erleichterung, mich folgender Erkenntnis zu stellen: Wir Teniraner haben überhaupt nichts mehr, das es zu verteidigen lohnt.«

Arit atmete tief durch und zögerte kurz an dem inneren Scheideweg, bevor sie eine Abzweigung wählte. »Sie hatten ebenfalls recht, Captain Picard. Mit Ihrer Vermutung, daß wir einen langen und beschwerlichen Weg hinter uns haben.«

»Sind Sie jetzt bereit, uns davon zu berichten?«

»Ja, ich denke schon.« Arit nickte und schien fast froh zu sein, diese besondere Bürde mit jemandem zu teilen. »Plötzliche Veränderungen unserer Sonne bewirkten klimatische Katastrophen auf unserem Heimatplaneten. Fruchtbares Ackerland verwandelte sich in leblose Wüsten. Es kam zu gewaltigen Überschwemmungen und verheerenden Stürmen. Nichts konnte dagegen unternommen werden. Unsere Wissenschaftler versuchten vergeblich, eine Lösung für das Problem zu finden. Nur einen positiven Aspekt gab es: Zum Glück blieb genug Zeit, um die Evakuierung der meisten Bürger von Tenira zu planen.«

»Wie groß war die Bevölkerung?« fragte Dr. Crusher.

»Nicht sehr groß, wenn man sie mit denen anderer Welten vergleicht – etwa zehn Millionen Individuen.«

»Das ist nicht viel«, staunte Riker.

»Die Landmassen auf Tenira waren recht klein, was uns schon recht früh zu strenger Geburtenkontrolle veranlaßte.«

Picard runzelte die Stirn. »Zehn Millionen Personen sind zwar eine kleine Bevölkerung, aber ihre Evakuierung dürfte trotzdem erhebliche Probleme bereiten. Wo wollten Sie so viele Flüchtlinge unterbringen?«

»Wir waren bereit, uns zu teilen und auf verschiedenen Welten niederzulassen, mit der Absicht, daß sich die Nachkommen der Auswanderer irgendwann auf einem einzigen Planeten einfanden, um dort das neue teniranische Volk zu bilden. Doch einer unserer Handelspartner – die Ziakk – bot uns eine Welt in ihrem Sonnensystem an. Es handelte sich um einen wilden, ungezähmten Planeten, bewohnbar nur für Leute, die bereit waren, hart zu arbeiten.«

»Und man bot Ihnen die Welt einfach so an?« fragte Dr. Crusher.

»Diesen Eindruck hatten wir zunächst. Die Ziakkaner wollten den Planeten entwickeln, wiesen jedoch darauf hin, bei ihnen gäbe es nicht genug Personen mit der Opferbereitschaft von Pionieren.«

Riker trank einen Schluck Kaffee. »Sie gingen also auf das Angebot ein?«

»Ein altes teniranisches Sprichwort lautet: ›Das verhungernde Tier kann nicht wählen, welche Abfälle es frißt.‹ Ich halte das für eine angemessene Beschreibung unserer Situation. Mit der ziakkanischen Offerte schienen unserer Gebete erhört worden zu sein – ein Ort für *alle* Teniraner.«

»Aber irgend etwas ging schief«, vermutete Picard.

»Ja, Captain. Wie sich herausstellte, wollten die Ziakkaner keine Partner, sondern Sklaven. Teniraner unterwerfen sich niemandem«, brachte Arit stolz hervor. Einige Sekunden lang starrte sie ins Leere und erinnerte sich an das Grauen. »Wir erklärten unsere Unabhängigkeit – und die Ziakkaner erklärten uns den Krieg. Einen biologischen Krieg. Wir hatten weder Zeit noch Mittel für eine angemessene Verteidigung. Innerhalb von sechs Monaten starben die meisten von uns, und zu den Opfern gehört auch mein Mann.«

»Versuchter Völkermord«, flüsterte Beverly Crusher entsetzt.

»Und fast wäre der Versuch erfolgreich gewesen. Die Überlebenden begriffen, daß sie keinen Sieg erringen konnten – sie flohen. Heute sind nur die *Glin-Kale* und ihre fünftausend Passagiere noch übrig.«

Die Ärztin erblaßte, als sie sich die schreckliche Tragödie der Teniraner vorstellte. »Fünftausend von zehn Millionen ... Das ist unglaublich.«

»Aber wahr. Jetzt verstehen Sie vielleicht, warum Domarus so große Bedeutung für uns hat.«

Einige Sekunden lang herrschte Stille, und dann seufzte Picard leise. »Die Föderation wird Ihnen helfen, eine neue Heimat zu finden, Captain – wenn nicht hier, dann woanders. Ich verspreche Ihnen: Sie sind nicht zu einer endlosen Reise durchs All verdammt.«

»Sollten wir uns nicht beeilen, zum Shuttle zurückzukehren, Gina?«

»Ach, komm schon, Kenny. Ich möchte dir etwas ganz Besonderes zeigen. So was sieht man nicht jeden Tag, und außerdem ist es kein großer Umweg.«

Die beiden jungen Leute kletterten in einem sehr steilen Bereich des Tunnels. Hier mußten sie gut aufpassen, um nicht auszurutschen und zu fallen. Als Ken

Bedenken selbst gegen einen kleinen Umweg anmeldete, lösten sich einige Steine unter seinem rechten Stiefel. Instinktiv streckte er die Hand aus und hielt sich an der Wand fest.

»Mir bleibt gar nichts anderes übrig, als dir zu folgen«, klagte er.

Gina lächelte souverän. »Stimmt haargenau.«

»*Was* willst du mir zeigen?«

»Laß dich überraschen.«

Ken lauschte. »Klingt nach einem Wasserfall.«

Sie erreichten die höchste Stelle der Passage, und dahinter ging's hinab. Das Geräusch von herabstürzendem Wasser schwoll an, wurde zu einem Donnern. Ganz plötzlich verharrte Gina, und Ken stieß gegen sie.

»Sei *vorsichtig*, Kenny!« rief sie, um das Tosen zu übertönen.

Sie richtete den Lichtkegel der Taschenlampe nach unten. Der Pfad endete einen knappen Meter vor ihnen an einem schmalen Sims. Ken schnappte unwillkürlich nach Luft, als sein Blick weiterglitt, in einen tiefen schwarzen Abgrund.

Dann hob Gina die Lampe, und der Junge staunte atemlos.

Vor und über ihnen öffnete sich eine gewaltige Höhle, in deren Wänden sich Mineralienadern in allen Farben des Spektrums erstreckten. Sie bildeten auffallende geometrische Muster, erweckten dadurch den Eindruck, *geplant* worden zu sein. Die Decke dieser Grotte blieb Dutzende von Metern weiter oben in der Dunkelheit verborgen. Ein silbernes Band aus Wasser strömte etwa zwanzig Meter entfernt über einen anderen Sims und verschwand in bodenloser Tiefe.

»Nun?« fragte Gina. »Was hältst du von meiner Entdeckung? Unglaublich, nicht wahr?« Voller Genugtuung beobachtete sie, wie Kenny immer wieder verblüfft blinzelte und nach den richtigen Worten für eine Antwort suchte. Es schien ihm jetzt gar nichts mehr auszumachen, sich in einer Höhle aufzuhalten. Seine Züge offenbarten die gleiche Ehrfurcht, die Gina empfunden hatte, als sie diese erhabene Schönheit zum erstenmal sah.

»Das ist... *Donnerwetter!*« brachte Ken nach einer Weile hervor.

Gina lachte. »Du drückst dich sehr klar aus, wenn dich irgend etwas beeindruckt.« Und dann seufzte sie. Nie zuvor in ihrem Leben hatte sie etwas gesehen, das sich mit den Wundern dieser unterirdischen Welt vergleichen ließ. Es bereitete ihr Kummer zu wissen, daß sie nicht genug Zeit hatte, um die vielen Kavernen gründlich zu erforschen. Wenn es ihr gelang, genug Mut aufzubringen... Dann konnte sie Captain Picard bitten, später nach Domarus Vier zurückzukehren. *Vorausgesetzt natürlich, wir finden einen Weg zur Oberfläche des Planeten.* »Wenn ich doch nur Gelegenheit bekäme, dies alles zu zeichnen...«

»Wir haben schon genug Zeit verloren und sollten uns beeilen.« Ken zögerte und beobachtete etwas, das sich direkt über dem Wasserfall befand. »Was ist das dort?«

»Was meinst du?«

Er hob den Arm, und Gina blickte in die entsprechende Richtung. Kurz darauf wußte sie, was Kens Aufmerksamkeit geweckt hatte: zwei matt schimmernde Lichtflecke. Der eine glühte in einem goldenen Gelb, der andere in einem kühlen Blau. Sie schwebten dicht über dem Sims des Wasserfalls. »Oh, ich fasse es nicht! Zwei von ihnen!«

»Von ihnen? Hast du so etwas schon einmal gesehen?«

»Ja. In der Nähe des Shuttles ist Wesley und mir eine

Art Funken aufgefallen, und er hatte große Ähnlichkeit mit diesen Erscheinungen.«

»Was hat es damit auf sich?«

»Keine Ahnung.« Gina trat an den Rand des Felsstegs heran und bedauerte es, sich den Lichtflecken nicht weiter nähern zu können. »Jener andere Funken verschwand, bevor wir Gelegenheit bekamen, ihn mit einem Tricorder zu sondieren.«

»Woraus auch immer sie bestehen – sie stellen ein äußerst interessantes Phänomen dar«, erklang Datas Stimme. Die beiden Akademiekandidaten zuckten zusammen.

»Commander!« platzte es aus Gina heraus. Sie preßte sich die Hand an die Brust. »Wenn Sie kein Androide wären, könnte man glauben, daß Sie ziemlich sauer auf uns sind.«

»Eine derartige emotionale Reaktion halte ich durchaus für angemessen«, erwiderte Data. »Der Umstand, daß Sie auf eigene Faust Ausflüge unternahmen, wird sich nicht positiv auf Ihre individuellen Bewertungen auswirken.«

Das plötzliche Eintreffen des Androiden hatte Ken so sehr überrascht, daß es ihm die Sprache verschlug. Jetzt fand er die Stimme wieder und streckte die Hand aus. »He, seht nur!«

Data und Gina hoben die Taschenlampen, und zunächst erweckten die beiden Lichtflecken den Eindruck, völlig reglos zu sein. Doch nach wenigen Sekunden begannen sie mit einem Tanz, der immer hektischer wurde, bis menschliche Augen keine Einzelheiten mehr wahrnehmen konnten. Dabei ließen sie bunte Streifen zurück, die zu einer Helix verschmolzen. Die gleißenden Bänder rasten hin und her, glitten über die Wände der Höhle, prallten von ihnen ab. Es hatte den Anschein, als könnte die Spirale jeden Augenblick zerfallen, aber die ganze Zeit über wahrte sie ihre grundlegende Form. Kurz darauf formte sich eine zweite Helix, dann eine dritte, eine vierte und so weiter.

Ken, Gina und Data beobachteten fasziniert, wie sich immer mehr Spiralen bildeten und Verbindungen eingingen, ein vibrierendes Gitter formten, das *lebendig* zu sein schien. Es füllte das Zentrum der Höhle und tastete über die Wände, sparte nur jenen Bereich aus, in dem die Außenweltler standen. Ein dumpfes Läuten und Klimpern begann, wurde rasch lauter und schriller, bis es das Donnern des Wasserfalls übertönte und die beiden jungen Leute zwang, sich die Ohren zuzuhalten.

Der Androide hingegen hörte auch weiterhin zu. Gina wußte, daß exzessiver Input bei ihm zur Aktivierung interner Filter führte, die seine Schaltkreise vor Beschädigungen bewahrten. In diesen Augenblicken bedauerte sie, nicht ebenfalls über solche Schutzvorrichtungen zu verfügen.

Mit der akustischen Explosion einher ging eine jähe Intensivierung des Lichts. Von einer Sekunde zur anderen erstrahlten die Energie-Helices in grellem Weiß. Ken senkte aus einem Reflex heraus die Lider, aber Gina hielt die Augen offen, weil sie glaubte, hinter dem Funkeln etwas *Unmögliches* zu sehen.

Die Wände der Höhle bestanden aus massivem Fels, aber jetzt schienen sie sich zu *verflüssigen*. Trotzdem stieg die Temperatur nicht an – nach wie vor herrschte Kühle in der Kaverne. *Was geschieht hier?*

Schließlich mußte auch Gina vor dem Licht kapitulieren, und sie schloß ebenfalls die Augen. Doch das Gleißen durchdrang die Lider. Sie hob die Hände vors Gesicht und wandte sich ab, sank auf die Knie und rollte sich zusammen.

Stunden schienen zu verstreichen, obgleich in Wirklichkeit nur wenige Sekunden vergingen. Schließlich merkte sie: Das Schimmern hatte nachgelassen. Gina setzte sich auf und wagte es, die Augen wieder zu öffnen, sah jedoch nur undurchdringliche Schwärze – nach dem blendenden Glanz mußten sich ihre Pupillen erst wieder an die Finsternis gewöhnen. Das Herz pochte ihr bis zum Hals empor, als sie voller Ungeduld darauf wartete, daß sich ihr Einzelheiten der Umgebung offenbarten.

»Alles in Ordnung mit dir?« fragte der neben ihr hockende Ken. Seine Stimme zitterte.

»Ja, ich glaube schon. Und du?«

»Alles klar, glaube ich. Sind deine Augen okay?«

»Noch nicht ganz.« Gina begriff plötzlich, daß sie viel zu laut sprach. Es toste kein Wasserfall mehr in der riesigen Grotte – völlige Stille herrschte. *Was hat das zu bedeuten?* fuhr es der jungen Frau durch den Sinn.

Sie fühlte Datas festen Griff am Arm, als ihr der Androide auf die Beine half. Er nahm ihre Taschenlampe und schaltete sie ein, erleuchtete einen möglichst großen Teil der Höhle.

Endlich paßten sich Ginas Augen den geänderten Lichtverhältnissen an. Neugierig blickte sie sich um und stellte schaudernd fest, daß die Kaverne jetzt *ganz anders* aussah. Die Wände, das Muster der Mineralienadern darin ... Alles hatte sich verändert.

Der Wasserfall war verschwunden, *und nichts deutete darauf hin, daß er jemals existiert hatte.*

Kos Drehungen wurden langsamer, als sie sich einer betrüblichen Erkenntnis stellte: Das fremde Leben verstand noch immer nicht. Nach wie vor konnte sie keine Kommunikation bewerkstelligen, die zu gegenseitigem Verstehen führte.

Ihr Begleiter fühlte Kos Enttäuschung und versuchte, sie zu trösten. **:Du hast dir alle Mühe ge-**

geben. Vielleicht hat Mog recht. Vielleicht sind die Dinge nicht intelligent.:

:Das kann ich unmöglich glauben, Tef. Nein, die Besucher sind intelligent. Sie MÜSSEN es sein.:

Über eine spezielle Beobachtung schwieg Ko. Durch den längeren Aufenthalt in unmittelbarer Nähe der mysteriösen Fremden hatte sie den Eindruck gewonnen, daß der größte von ihnen *anders* war. Er unterschied sich von den beiden kleineren, die ihm untergeordnet zu sein schienen. Von dem Großen empfing Ko kühlere Farben, die weniger Variationen aufwiesen. Er offenbarte ein ähnliches Verhalten wie die beiden anderen Fremden, und nur deshalb war Ko bereit, ihn ebenfalls für Leben zu halten.

Vielleicht bietet dieser Unterschied einen Ansatzpunkt, dachte sie. Ko lehnte es ab, die Hoffnung aufzugeben, hielt auch weiterhin daran fest. Aber gleichzeitig wußte sie: Die Zeit wurde allmählich knapp.

Gina und Ken starrten sich verblüfft an. Erst nach einer ganzen Weile merkten sie, daß jene beiden Lichtflecke, die offenbar alle Veränderungen in der Höhle eingeleitet hatten, über ihnen schwebten. Sie flogen langsam im Kreis, und Ginas Blick folgte ihnen, während sie sich wie in einem Tanz um die eigene Achse drehte. Kurze Zeit später sausten die Funken empor und verschwanden.

Die junge Frau taumelte, als ihr schwindelig wurde. Data legte ihr die Hand auf die Schulter, um zu verhindern, daß sie das Gleichgewicht verlor.

»Commander...« Furcht verlieh Kens Stimme einen heiseren Klang. »Was auch immer es mit den Lichtflecken auf sich hat: Wenn sie massiven Fels neu strukturieren und dadurch die Beschaffenheit des Tunnellabyrinths ganz nach Belieben verändern können...

Vielleicht haben sie auch den Rückweg zur Höhle mit der *Onizuka* versperrt.«

»Eine solche Möglichkeit läßt sich keineswegs ausschließen, Mr. Kolker«, erwiderte Data. »Deshalb erscheint mir Eile angebracht.«

Gina holte tief Luft. »Mit anderen Worten … Nehmen wir die Beine in die Hand.«

KAPITEL 13

Jean-Luc Picard hob ein langes Brot, das frisch aus dem Backofen kam: außen knusprig, innen weich. Er brach ein Stück ab und reichte es Arit. Ein aus vielen einzelnen Aromen bestehender Duft füllte die kleine *Boulangerie*: hier Gebäck und Törtchen, dort warmes Brot. Picard atmete tief durch und lächelte.

Der Bäcker hinter dem Tresen erwies sich als breitbrüstiger Mann mit weißem Haar und einem dichten Schnurrbart, der aus irgendeinem Grund dunkel geblieben war. Wie üblich klebte hier und dort Mehl an seinen geröteten Wangen. Als kleiner Junge hatte sich Jean-Luc gefragt, ob es in Henris Haus überall solche Mehlflecken gab, ob auch seine Frau und die Schar Kinder derartige weiße Streifen an den Armen und im Gesicht trugen. Der alte Bäcker griff nach einem geradezu riesigen Handschuh und zog stolz ein weiteres Tablett mit Broten aus dem Backofen. In der Hitze bildeten sich kleine Schweißtropfen auf seiner Stirn.

»Wie schmeckt's, Jean-Luc?« fragte er und wischte die Feuchtigkeit mit dem Ärmel fort.

»Ausgezeichnet – *c'est toujours delicieux,* Henri«, antwortete Picard. Er schmunzelte und fügte hinzu: »Kann ich beim nächsten Mal bezahlen?«

Henri lachte so laut und hingebungsvoll, daß Bauch und Doppelkinn wackelten. »So wie damals, nicht wahr, Jean-Luc? *Toujours un petit polisson!*«

»Was hat er gesagt?« fragte Arit leise. Sie fühlte sich ein wenig ausgeschlossen.

»Er meinte, ich sei immer ein kleiner Schlingel gewesen. Als Junge kam ich jede Woche hierher, nahm einen Laib und fragte, ob ich beim nächsten Mal bezahlen könnte. Henri lehnte nie ab.«

»Und *haben* Sie beim nächsten Mal bezahlt?«

»Nein«, erwiderte Picard verlegen. »Aber Henri und mein Vater waren gute Freunde. Ich bin sicher, Henri bekam die eine oder andere Flasche von unserem Wein.« Er öffnete die Tür, wodurch die kleine Glocke darüber fröhlich läutete.

»Merci, Henri. Au revoir.«

Der Bäcker winkte. *»Au revoir, Jean-Luc*. Auf ein baldiges Wiedersehen. Und ein Gruß an die Familie.«

Die beiden Raumschiffkommandanten schritten über die kopfsteingepflasterte Straße des kleinen Dorfes, das sich in ein Tal zwischen Hügeln schmiegte.

»Wie lautet der französische Ausdruck für ›Brot‹?« fragte Arit.

»Pain«, sagte Picard und verschluckte dabei fast das »n«. Er nickte anerkennend, als die Teniranerin das Wort wiederholte. »Gut.«

»Dies ist also Brot.« Arit kaute nachdenklich und schluckte.

Jean-Luc reichte ihr den Rest des Laibes und biß von seinem eigenen Stück ab. Sie passierten Fußgänger und Radfahrer, schlenderten an Geschäften mit Markisen vorbei. Schließlich besuchten sie ein Straßencafé und nahmen dort an einem Tisch Platz. Eine hübsche junge Kellnerin mit rabenschwarzem Haar und blauen Augen brachte zwei Gläser und eine Flasche Rotwein. Sie sah Picard an und lächelte bezaubernd, bevor sie einschenkte und dann zu einem anderen Tisch ging.

Jean-Luc sah aufs Etikett. »Kein hervorragender Jahrgang, aber auch nicht schlecht.« Er probierte den

Wein und behielt die dunkle Flüssigkeit einige Sekunden lang im Mund, bevor er schluckte. »Nun, was halten Sie von meinem Heimatdorf?«

Arit trank einen Schluck. »Es ist eine erfrischende Ablenkung – und genau das sollte es auch sein, nicht wahr?«

Picard hob und senkte die Schultern. »Ich bekenne mich schuldig. Ihrem Schiff droht keine unmittelbare Gefahr mehr, und während wir darauf warten, daß Commander LaForge die Analysen beendet... Ich dachte mir, wir könnten die Gelegenheit nutzen, um ein wenig auszuspannen.«

»Was ich durchaus begrüße. Unsere Kontroverse besteht nach wie vor, und um eine Lösung zu finden, kann es wohl kaum schaden, einmal auf andere Gedanken zu kommen.« Arit sah sich um und schüttelte verwundert den Kopf. »Es fällt mir schwer zu glauben, daß wir uns noch immer an Bord Ihres Raumschiffs befinden. So etwas wie die Technik des Holo-Decks erlebe ich jetzt zum erstenmal. Alles wirkt vollkommen real.«

»In gewisser Weise ist es das auch. Bei diesem Ambiente handelt es sich um die perfekte Nachbildung des Dorfes Labarre. Auf diese Weise bot sich mir mein Heimatort vor einigen Monaten dar, als ich ihn zum letztenmal besuchte. Alle Einzelheiten stimmen, bis hin zu Henri und der reizenden Kellnerin.«

Arit blickte sehnsüchtig in die Ferne. »Heimat«, seufzte sie. »Könnte Ihr Holo-Deck auch meinen Heimatort zeigen?«

»Es ist imstande, jede gewünschte Umgebung zu präsentieren. Es kommt nur darauf an, daß dem Computer genug Daten für eine vollständige Matrix zur Verfügung stehen. Warum fragen Sie?«

»Oh, aus keinem besonderen Grund.« Arit zuckte kurz mit den Schultern. »Wissen Sie, meine Tochter kennt Tenira überhaupt nicht. Sie wurde nach der Auswanderung geboren und hat keine Ahnung, woher wir kommen und wie es auf unserer Ursprungswelt aussah …«

Die Stimme der Teniranerin verklang. Picard spürte ihre Niedergeschlagenheit, kam jedoch nicht dazu, mitfühlende Worte an sie zu richten. Das Interkom summte, und die Stimme des Ersten Offiziers ertönte. »Riker an Captain.«

Jean-Luc klopfte auf seinen Insignienkommunikator. »Hier Picard. Ich höre, Nummer Eins.«

»Geordi hat die Analyse beendet und ist auf dem Weg zur Brücke.«

Picard trank das Glas Wein aus und erhob sich. »Wir sind gleich bei Ihnen.«

»Korrelation abgeschlossen«, meldete die Computerstimme. Auf dem Bildschirm erschien ein Diagramm, und eine grüne Indikatorlinie deutete auf die energetische Aktivität hin, zu der es auf Domarus Vier gekommen war, während sich die *Enterprise* im Orbit des Planeten befand.

Geordi LaForge sah jene Personen an, die am Tisch des Konferenzzimmers saßen: Riker, Beverly Crusher, Worf, Picard und die teniranische Kommandantin warteten darauf, daß er Einzelheiten nannte. Der Chefingenieur strich mit der Fingerkuppe über die grüne Linie und begann dort, wo sie fast völlig flach war.

»Als wir in die Umlaufbahn schwenkten, registrierten die Sensoren praktisch nur normale Hintergrundstrahlung.« Die Indikatorlinie neigte sich sanft nach oben. »Hier begann etwas – die energetischen Emissionen nahmen zu.«

»Warum?« fragte Riker.

»Keine Ahnung, Commander«, antwortete Geordi. Sein Finger glitt nach rechts und verharrte dort, wo eine jähe Zacke aus der Linie wuchs. Ein blinkender roter Punkt markierte die entsprechende Stelle. »Und dann das hier. Die plötzliche Zunahme der energetischen Aktivität geht mit dem Erscheinen des ersten chromatischen Phänomens einher, das unser Shuttle verschwinden ließ.«

Die übrigen Bereiche der graphischen Darstellung deuteten auf eine kontinuierliche Zunahme des Energie-Outputs hin. Gelegentliche Zacken kennzeichneten jäh erhöhte Aktivität, und dazwischen erstreckten sich relativ flache Abschnitte. Geordi betonte, daß sich die Phasen intensiver energetischer Emissionen in immer kürzeren Abständen wiederholten.

Tiefe Falten fraßen sich in Dr. Crushers Stirn. »Wie die Wehen am Ende der Schwangerschaft«, kommentierte sie.

Picard bedachte sie mit einem erstaunten Blick. »Glauben Sie, auf dem Planeten steht eine Geburt bevor, Doktor?«

»Ich habe nur einen Vergleich angestellt, Captain.«

»Commander LaForge ...«, ließ sich Arit vernehmen. »Alle energetischen Aktivitätsschübe sind mit blinkenden roten Punkten markiert. Ich nehme an, damit wird auf besondere Ereignisse hingewiesen, zum Beispiel die wiederholten Transfers von Captain Picard und mir selbst.«

»Sie haben recht.« Geordi deutete auf eine Zacke in der Mitte: Sie überragte alle anderen und war auch ein ganzes Stück breiter. »Zu diesem Zeitpunkt erfolgte auf Domarus Vier das von Ihnen erlebte Erdbeben. Die Emissionen blieben während der ganzen Nacht vergleichsweise stark.«

»Also gibt es einen Zusammenhang mit der von heute auf morgen entstandenen Bergkette«, warf Riker ein.

»Genau, Sir«, bestätigte der Chefingenieur.

Picard rieb sich nachdenklich das Kinn. »Mr. LaForge, sind Sie der Meinung, daß die Manifestationen chromatischer Energie jene Ereignisse verursacht haben?«

»In bezug auf Ursache und Wirkung lassen sich noch keine Schlüsse ziehen, Captain«, erwiderte Geordi. »Aber es kann wohl kaum mehr ein Zweifel daran bestehen, daß eine Verbindung existiert.«

Picard sprach etwas lauter. »Computer: Berechne die Wahrscheinlichkeit für einen kausalen Zusammenhang.«

»Die Wahrscheinlichkeit beträgt zweiundneunzig Komma vier sechs Prozent.«

»Hypothese: Die von Chefingenieur LaForge genannten Ereignisse sind der Versuch einer bisher unbekannten und auf Domarus Vier beheimateten Lebensform, mit uns zu kommunizieren. Bestätigung oder Ablehnung.«

Die übrigen Anwesenden wölbten die Brauen – Picards Vermutung überraschte sie. Der Computer brauchte nur eine Sekunde, um die notwendigen Analysen durchzuführen und eine Antwort zu formulieren.

»Für eine Deduktion, die alle anderen Möglichkeiten ausschließt, liegen nicht genug Daten vor.«

»Na schön«, brummte Picard und winkte. »Dann berechne auch in diesem Fall die Wahrscheinlichkeit.«

»Sie beträgt sechsundachtzig Komma zwei zwei acht sechs Prozent für die Richtigkeit der Hypothese.«

»Glauben Sie wirklich, es steckt ein ganz bewußter Kommunikationsversuch dahinter, Jean-Luc?« fragte Beverly.

Picard schwieg einige Sekunden lang und überlegte. »Es mag kaum mehr sein als eine Ahnung, aber ... Ja, ich glaube tatsächlich, daß auf Domarus Vier Intelligenzen am Werk sind.«

»Intelligenzen von welcher Art?« erkundigte sich die Ärztin.

»Wenn die betreffenden Lebensformen irgendwelche Ähnlichkeiten mit uns aufwiesen, hätten wir inzwischen Spuren von ihnen gefunden«, sagte Riker. »Woraus folgt: Sie müssen völlig anders sein.«

Picard nickte. »Der Ansicht bin ich ebenfalls. Nun, wenn wir von dieser Annahme ausgehen, so erscheint es mir alles andere als abwegig, daß die fremden Intelligenzen irgendwann und irgendwie versuchen, einen Kontakt mit uns herzustellen.« Er legte eine Pause ein und sah sich am Tisch um. »Was meinen Sie?«

»Wenn die rein theoretisch existierenden Wesen völlig anders sind als wir ...«, überlegte Arit laut. »Dann dürfen wir kaum hoffen, daß sich unsere Kommunikationsmethoden ähneln.«

»Womit wir bei der Frage wären, die Sie eben dem Computer stellten«, wandte sich Beverly an Picard. »Findet tatsächlich ein Versuch statt, mit uns zu kommunizieren? Ein Versuch, den wir bisher nicht als solchen erkannt haben?«

Picard stand auf und ging zum Computerschirm. »Wenn wir die Dinge aus dieser Perspektive sehen und dabei Geordis Diagramm berücksichtigen, so läßt sich folgendes feststellen: Die Phasen der intensiven energetischen Emissionen fanden unmittelbar im Anschluß an Aktivitäten der *Enterprise* und *Glin-Kale* statt. In manchen Fällen folgten sie entsprechenden Erwägungen, mit denen wir uns befaßten.« Er deutete auf Captain Arit und sich selbst, wandte sich dann wieder dem Projektionsfeld zu. »Hier kam es zur ersten Konfrontation, bei der es um unser Shuttle ging.« Jean-Lucs Zeigefinger berührte einige andere Stellen. »Hier, hier und hier eskalieren die verbalen Feindseligkeiten. Jedem Zwischenfall schließt sich das Erscheinen eines chromatischen Energiefelds an, und darauf wiederum folgen Transfers: entweder auf den Planeten oder zwischen den beiden Schiffen.«

»Picard...« Arit beugte sich vor. »Soll das etwa heißen, daß jene Intelligenzen *uns* verstehen, obgleich wir überhaupt nichts von ihnen wissen? Und sie verstehen uns nicht nur, sondern mischen sich auch in unsere Angelegenheiten?«

»So hat es den Anschein.«

Beverly pfiff leise durch die Zähne. »Das finde ich ziemlich beunruhigend.«

Jean-Luc sah sie an. »Beunruhigend? Aus welchem Grund, Doktor?«

»Etwas, das wir weder sehen noch lokalisieren können, das uns vielleicht in die Ohren schreit, ohne daß wir's hören... Es versucht dauernd, sich uns irgendwie mitzuteilen, aber wir reagieren nicht. Nun, wenn ich mich in die Lage solcher Geschöpfe versetze... Früher oder später würde ich vermutlich die Geduld verlieren. Und wer die Geduld verliert, kann aggressiv werden.«

»Da stimme ich Ihnen zu, Dr. Crusher«, grollte Worf, der damit seinen ersten Diskussionsbeitrag leistete.

Das kurze Blitzen in Beverlys Augen wies den Captain darauf hin, daß es ihr nicht sonderlich gefiel, den gleichen Standpunkt zu vertreten wie der klingonische Sicherheitsoffizier. Wenn es um Begegnungen mit fremden Wesen ging, so neigte Dr. Crusher dazu, eine freundschaftliche Hand auszustrecken, während Worf aufgrund seiner Instinkte und besonderen Pflichten lieber die Faust ballte.

»Bitte erläutern Sie Ihre Meinung, Mr. Worf«, sagte Picard.

»Die besonderen Kräfte oder Mächte auf dem Planeten stellen möglicherweise eine große Gefahr für die *Enterprise* dar. Falls wir es wirklich mit intelligenten Lebensformen zu tun haben, die wir nicht verstehen, so geraten wir vielleicht in eine sehr schwierige Situation, wenn jene Geschöpfe eine feindselige Haltung uns gegenüber einnehmen.«

Arit schlug mit der flachen Hand auf den Tisch. »Diesem Standpunkt schließe ich mich an, Picard.«

Jean-Luc preßte die Lippen zusammen und überlegte. »Hm. Ich schätze die Tugend der Vorsicht. Andererseits fürchte ich, daß uns diesmal gar keine andere Wahl bleibt, als ein Risiko einzugehen. Wenn wir das Rätsel lösen, die *Onizuka* finden und feststellen wollen, ob sich Domarus Vier als neue Heimat für die Teniraner eignet, so brauchen wir vor allem mehr Informationen.«

»Und wie sollen wir mehr Informationen bekommen?« fragte Arit.

»Indem wir weitere Kommunikationsversuche stimulieren. Je mehr Aktivität die Fremden entfalten, desto leichter wird es für uns, Schlüsselelemente für ein gegenseitiges Verstehen zu entdecken.«

Skepsis zeigte sich in Arits Miene. »Was meinen Sie mit dem Hinweis auf eine ›Stimulierung‹ von Kommunikationsversuchen?«

»Ich glaube, ich weiß, worauf Sie hinauswollen, Sir«, sagte Riker. »Wenn wir die Lebensformen auf Domarus Vier zu weiteren chromatischen Energieausbrüchen veranlassen können ...«

»Das sollte nicht weiter schwer sein«, ließ sich Geordi vernehmen. »Wir wissen inzwischen, worauf es dabei ankommt.«

»Dadurch ergibt sich für uns Gelegenheit, die Reaktionen der Fremden zu untersuchen und ein Bedeutungsmuster in ihnen zu erkennen«, sagte Picard. »Irgendwelche Kommentare oder Einwände?« Als alles still blieb, stand der Captain auf. »Dann sollten wir sofort mit der Planung unserer Strategie beginnen. Und denken Sie daran: Das Leben der Landegruppe wie der fünftausend Teniraner hängt vom Ergebnis unserer Bemühungen ab.«

KAPITEL 14

»Erzähl mir von der *Enterprise,* Mutter«, bat die kleine Keela. »Ist sie hübscher als die *Glin-Kale?*«

Arit blickte auf ihre neugierige Tochter hinab und spürte, wie sich ein für Mütter typisches Gefühl in ihr regte: eine Mischung aus Erheiterung und Ärger. »Ja, Keela. Ich fürchte, sie ist sogar *viel* hübscher als die *Glin-Kale.*« Sie versuchte, sich wieder auf die Arbeit zu konzentrieren, insbesondere auf das Bemühen, den Schreibtisch in Ordnung zu bringen. Dutzende von Datenscheiben lagen dort: Dinge dieser Art schienen ein gespenstisches Eigenleben zu führen und sich auf geheimnisvolle Weise zu vermehren, wenn Arit mit anderen Angelegenheiten beschäftigt war.

Sie wußte, welche Informationen die einzelnen Module enthielten: Berichte von Sektionsleitern, die einmal mehr darauf hinwiesen, welche Systeme defekt waren oder kurz vor dem Ausfall standen; Mangel an Ersatzteilen, wodurch Reparaturen fast unmöglich wurden; unzureichend ausgebildetes Personal.

Lohnte es überhaupt, solchen Berichten auch weiterhin Beachtung zu schenken? Die *Glin-Kale* befand sich inzwischen in einem so schlechten Zustand, daß sich niemand wunderte, wenn irgendein Bordsystem versagte – es war die Regel, nicht die Ausnahme.

»Gibt es dort mehr Platz als bei uns?«

»Hm?« fragte Arit geistesabwesend. »Was hast du gesagt?«

»Oh, ich *bitte* dich.« Keela trommelte mit den Fingern auf den Schreibtisch, ganz in der Art ihrer Mutter. Einer der beiden langen und spitzen unteren Eckzähne ragte über die Oberlippe, als das Mädchen eine verärgerte Grimasse schnitt. »Du hörst überhaupt nicht zu.«

»Tut mir leid. Ja, an Bord der *Enterprise* gibt es tatsächlich mehr Platz als hier bei uns. Viel mehr. Vielleicht bekommst du bald Gelegenheit, dir alles selbst anzusehen.«

Von einem Augenblick zum anderen gab Keela das übertrieben erwachsene Gebaren auf und klatschte erfreut in die Hände. »Im Ernst? Wann?«

»Jetzt noch nicht.« Jevlin kam herein, hob das Mädchen hoch, umarmte es und setzte es wieder ab. »Lauf und spiel, Keela«, fügte Arit hinzu. »Ich muß einige wichtige Dinge mit Jevlin und Valend Egin erörtern.«

»Egin!« ächzte der Erste Offizier. »Haben Sie ihn ebenfalls hierhergebeten?«

»Ja. Weil er der einzige überlebende Valend ist. Die Tradition verlangt Höflichkeit …« Arit zögerte, beugte sich vor und flüsterte, damit ihre Tochter die nächsten Worte nicht hörte. »Ganz gleich, was wir von ihm halten. *Geh* jetzt, Keela.«

»Ja, Mutter.« Das Mädchen seufzte und zog sich ins Nebenzimmer zurück.

Als sich die Tür hinter Keela schloß, erlaubte sich Jevlin einen Fluch, der von Herzen kam. Dann nannte er den Namen des Valend so, als sei auch er ein Fluch. »*Egin*. Wo steckt er, zum Teufel? Der Kerl ist so verdammt eingebildet, daß er sich dauernd Verspätungen erlaubt.«

Egin, einziger Überlebender des teniranischen Regierungsrates, stand vor dem Spiegel in der Ankleidenische seines Quartiers. Mit einem alten goldenen

Kamm brachte er das silbergraue Haar in Ordnung und bedauerte, daß es nicht mehr so dicht war wie früher. Anschließend öffnete er eine Samtschatulle, entnahm ihr ein offizielles Medaillon und hängte es sich um.

»Fertig. Nun, wie sieht dein Großvater aus, Vik?« Der Valend drehte sich zu einem schlaksigen Teenager um, der eine an den Schultern zu eng sitzende Jacke und eine Hose mit zu kurzen Beinen trug. Er wirkte wie jemand, der die abgelegte Kleidung des älteren Bruders auftrug. Wie alle anderen an Bord der *Glin-Kale* mußte er sich mit dem zufriedengeben, was zur Verfügung stand.

Der Junge grinste breit und offenbarte dadurch eine Zahnlücke. Wie ehrfürchtig tastete er nach dem großen goldenen Medaillon. »Du siehst wie der Erste Valend aus, Großvater.«

Egin räusperte sich und versuchte, noch würdevoller zu wirken. »Glaubst du, die Kommandantin dieses Schiffes wird mich mit dem gebührenden Respekt behandeln?«

»Das sollte sie besser.«

»Ja, das *sollte* sie. Leider kann sie ziemlich dickköpfig sein.« Egin seufzte und deutete zur Tür. »Begleite mich, Vik.«

Sie verließen die Kabine, und der Junge blieb dicht neben seinem Großvater, während sie durch einen mit Flüchtlingen überfüllten Korridor schritten. Als sie an ihnen vorbeikamen, standen die Leute auf, um den Ersten Valend zu grüßen. Vik strahlte voller Stolz.

Eine alte Frau griff nach Egins Hand und hielt sie fest. »Was geschieht jetzt, Valend? Haben wir nicht einen Planeten erreicht, der zu unserer neuen Heimat werden könnte?« Andere heruntergekommen wirkende und schäbig gekleidete Emigranten näherten sich, berührten Egin an Armen, Händen und Schultern. Offenbar hofften sie, aus der Aura seines Amtes Trost zu beziehen.

»Ja«, sagte eine jüngere Frau, die ein unterernährtes Kind an sich drückte. »Jener Planet, den man durch die Fenster sehen kann … Gehört er uns?«

Andere müde, erschöpfte Stimmen erklangen, und Egin hörte ernst zu. Dann schob er die wie flehentlich ausgestreckten Hände sanft beiseite und hob die Arme, woraufhin es fast sofort still wurde.

»Ich glaube, wir haben unser gelobtes Land erreicht, jene Zuflucht, von der wir viele Jahre lang träumten.«

Die in unmittelbarer Nähe stehenden Teniraner jubelten, doch Egin winkte ab. »Allerdings gibt es an Bord dieses Schiffes gewisse Leute, die vor Furcht gelähmt sind, die eingeschüchtert wurden von Fremden mit eigenen Plänen. Wenn ich schon vor Jahren der Erste Valend gewesen wäre, so hätte ich die fatale Vereinbarung mit den Ziakk nicht zugelassen. Ich …«

»Sorgen Sie dafür, daß wir eine neue Heimat bekommen«, sagte die Mutter. Sie interessierte sich nicht für den Ausflug in die Vergangenheit, mit dem Egin beginnen wollte, um sich selbst zu loben. Ihr ging es um Wichtigeres. »Mein Kind braucht ein Zuhause.«

Egin vollführte die Geste des Segnens, indem er der Frau die Hand auf die Stirn legte. »Das gilt für uns alle. Und bald bekommen wir eins. Ich bin gerade unterwegs zu einer Besprechung, bei der vielleicht über unser Schicksal befunden wird.«

»Dann gehen Sie«, entgegnete die alte Frau. »Gehen Sie mit unseren Gebeten. Gehen Sie mit Gott.«

Jevlin ließ sich langsam in Arits Schreibtischsessel sinken und lehnte den Gehstock an die Wand. »Wir können nicht den ganzen Tag warten, Captain. Bitte berichten Sie von den Geschehnissen an Bord der *Enterprise*.«

»Sie sind ebenso ungeduldig wie Keela«, tadelte Arit. »Wir müssen warten, bis Egin ...«

Als die Kommandantin den Namen nannte, stolzierte der Erste Valend herein. »Eigentlich hätten Sie in *mein* Quartier kommen sollen, Arit.«

»Dies ist keine Audienz, sondern eine verdammte Besprechung«, brummte Jevlin. »Setzen Sie sich.«

»Ich wollte damit nur auf folgendes hinweisen: Meine Kabine bietet mehr Platz und Komfort.« Er strich mit dem Finger über den staubigen Metallrahmen des Stuhls, bevor er Platz nahm. »Außerdem ist mein Quartier wesentlich sauberer.«

Als sich Egin und der Erste Offizier am Schreibtisch gegenübersaßen, schilderte Arit die Ereignisse an Bord der *Enterprise*.

»Sie haben von unserer Vergangenheit erzählt?« entfuhr es Jevlin. »*Warum*, Captain?«

»Warum nicht? Es lohnt nur dann, ein Geheimnis zu wahren, wenn sich dadurch Vorteile ergeben. Das ist hier nicht der Fall.«

»Sie haben unsere militärischen Schwächen verraten«, sagte Egin vorwurfsvoll.

Arit und Jevlin warfen ihm finstere Blicke zu, wenn auch aus verschiedenen Gründen. »Darauf wollte ich gerade hinweisen«, murmelte der Erste Offizier. Es schien ihm nicht sehr zu gefallen, Egin beizupflichten.

»Wenn man fürchtet, militärische Schwächen zu verraten ...« Die Stimme der Kommandantin klang nun schärfer, was wachsenden Ärger auf die beiden Männer vermuten ließ. »Derartige Sorgen haben nur dann einen Sinn, wenn man eine Beeinträchtigung der Siegchancen beim Kampf fürchtet. Nach Picards Besuch an Bord der *Glin-Kale* dürfte ihm klar sein, daß unser Schiff der *Enterprise* hoffnungslos unterlegen ist. Wenn *Sie* das nicht begriffen haben, so sind Sie beide Narren.«

Egin hob den Zeigefinger. »Jetzt gehen Sie zu weit, Arit. So können Sie nicht mit dem Ersten Valend reden.«

»Oh, da irren Sie sich. Ich kann so mit ihm reden, wie es mir paßt. Und deshalb sage ich: Halten Sie die Klappe, Egin.«

Jevlin lachte leise und schnaufend.

»Das gilt auch für Sie, Jev«, fügte Arit hinzu und durchbohrte ihn mit einem strengen Blick. Anschließend setzte sie den Bericht fort, erzählte von der Diskussion mit Picard und seinen Offizieren. Sie erklärte die Wahrscheinlichkeit dafür, daß intelligentes Leben auf Domarus Vier existierte und Kommunikationsversuche unternahm. Während ihrer Ausführungen wurde immer deutlicher, daß sie Picards Situationsbewertungen im großen und ganzen zustimmte.

Jevlin und Egin hingegen nutzten die erste Gelegenheit, um zu protestieren. Sie übten heftige Kritik und versuchten dabei, sich gegenseitig zu übertönen.

Zuerst trachtete die Kommandantin danach, mit ruhiger Besonnenheit zu reagieren. Doch der Zorn in ihr brodelte immer heißer. Schließlich griff sie nach Jevlins Gehstock, holte damit aus und schmetterte ihn auf den Tisch – das laute Krachen ließ beide Männer zusammenzucken und überraschte sie so sehr, daß sie schwiegen. Was Arit die Möglichkeit gab, wieder alles unter Kontrolle zu bringen.

»Beschränken Sie sich jeweils auf einen Einwand. Sie zuerst, Jevlin.« Als er zögerte, bohrte sie ihm den Gehstock in die Rippen. *»Jetzt.«*

»Woher wollen Sie wissen, daß es Picard nicht nur darum geht, uns von Domarus Vier fernzuhalten?«

»Ich weiß es nicht«, erwiderte Arit schlicht, was dazu führte, daß Jevlin sie verblüfft anstarrte. »Sie sind dran, Egin.«

Der Valend stand auf. »Welche Beweise haben wir

dafür, daß Sie an Bord der *Enterprise* die Wahrheit hörten?«

»Überhaupt keine. So, das hätten wir. Und nun ...«

»Captain!« entfuhr es Jevlin. »Haben Sie unsere Erfahrungen vergessen? Haben Sie vergessen, daß wir niemandem vertrauen dürfen? Sie bringen uns alle in große Gefahr.«

Einmal mehr richtete Arit einen durchdringenden Blick auf den Ersten Offizier. »Ich kann Ihren Bedenken nur folgendes entgegenhalten: Mein Instinkt teilt mir mit, daß Picard und seine Crew anders sind, daß wir ihnen vertrauen dürfen. Außerdem übersehen Sie beide einen wichtigen Punkt. Ganz gleich, was Captain Picard beschließt – wir sind nicht in der Lage, die *Enterprise* aufzuhalten.«

»Na schön, Captain, na schön.« Jevlin kratzte sich am Kinn. Bartstoppeln zeigten sich dort. »Zumindest in dieser Hinsicht kann ich Ihnen kaum widersprechen. Nun, die Frage lautet: Was unternehmen wir jetzt?«

»Nichts, Jev. Überhaupt nichts. Wir warten ab, um festzustellen, ob es der *Enterprise* gelingt, die Intelligenzen auf dem Planeten zu irgendeiner Reaktion zu veranlassen.«

»Hm.« Jevlins Miene erhellte sich, und nach einigen Sekunden lachte er leise. »Vielleicht ist das gar nicht mal so schlecht. Wenn sich das unbekannte Etwas auf Domarus Vier über die *Enterprise* ärgert, so greift es vielleicht an und vernichtet das Schiff. Anschließend kann uns Picard nicht mehr daran hindern, die Welt für uns zu beanspruchen. Ja, ich glaube, das gefällt mir.«

»Hier entlang!« rief Gina über die Schulter. Ihre Stimme hallte von den Wänden wider, als sie vor Data und Ken lief, mit katzenhafter Geschmeidigkeit an

Hindernissen vorbeisprang. Nie rutschte sie irgendwo aus. Nicht ein einziges Mal geriet sie in Gefahr, das Gleichgewicht zu verlieren. »Ich bin ganz sicher ... Wir sind fast da.«

»Lassen Sie Ihren Vorsprung nicht zu groß werden, Gina«, warnte Data.

Aber die junge Frau hatte recht. Der Tunnel neigte sich zur Seite und nach unten, endete kurz darauf in der Höhle mit dem Shuttle. Gina stürmte so in die Kaverne wie ein Marathonläufer, der das Band am Ziel zerriß. Sie warf sich in die Arme eines überraschten Wesley Crusher, der zusammen mit Deanna Troi neben der *Onizuka* wartete.

Die Counselor musterte Ken und Gina. »Abgesehen von ein wenig Schmutz scheint es den beiden Ausflüglern recht gut zu gehen.«

»Sie sind nicht verletzt«, sagte Data.

»Warten Sie nur, bis Sie hören, was wir gesehen haben«, platzte es aus Gina heraus. Sie wollte noch etwas hinzufügen, aber dann weckte etwas ihre Aufmerksamkeit, und sie blickte zum gegenüberliegenden Ende der Höhle. »Lieber Himmel! Seht nur!«

Sie streckte die Hand aus, und die anderen drehten sich um, starrten in die entsprechende Richtung. Zwei der geheimnisvollen Funken glitten langsam unter der dunklen Kavernendecke hin und her.

»Eben waren sie noch nicht da«, sagte Wesley und trat zwei vorsichtige Schritte näher.

Zwei andere Lichtflecken manifestierten sich, so plötzlich, als hätte jemand Streichhölzer entzündet. Und weitere erschienen, jeweils zwei und drei auf einmal. Sie schwebten oder tanzten unter der Höhlendecke, und ihr buntes Licht verdrängte die Schatten.

Von einem Augenblick zum anderen sausten sie hin und her. Es entstanden faserige Lichtstreifen in allen Farben des Spektrums, Bänder und girlandenartige Gebilde, die innerhalb von Sekundenbruchteilen miteinander verschmolzen, um dann wieder fortzutreiben.

»Es ist wunderschön«, hauchte Gina. »Wie ... wie lebende Kunst.«

»Aber die Muster scheinen allein dem Zufall zu unterliegen«, erwiderte Wesley. »Nichts hat Bestand; alles verändert sich.«

»Es mag nach Zufall aussehen«, sagte Data, »aber dieser Eindruck täuscht. Ich habe zweiundvierzig verschiedene Muster entdeckt, die sich in einem stabilen Zyklus von jeweils null Komma null zwei Sekunden wiederholen.«

Wesley sah den Androiden groß an. »Sind Sie sicher?«

»Ja.«

»Das ist ... unglaublich.«

»Für die menschliche Wahrnehmung folgen die einzelnen Darstellungen zu schnell aufeinander«, fuhr Data fort. »Außerdem hat es den Anschein, daß der Gesamtheit aller Muster in regelmäßigen Abständen neue hinzugefügt werden. Eine so komplexe Struktur, die sich nicht nur durch Stabilität auszeichnet, sondern auch einen variablen Faktor aufweist ...«

»... deutet auf Intelligenz hin«, beendete Deanna den begonnenen Satz. Nachdenklich beobachtete sie die bunten Streifen.

Die anderen wandten sich ihr zu, und Data nickte. »Ja, darauf wollte ich hinaus, Counselor. Empfangen Sie etwas?«

Die Betazoidin schob sich etwas näher an das Funkeln und Schimmern heran. Eine Ranke aus grünem Licht bildete sich, tastete wie verspielt nach ihrer Schulter. Troi schnappte überrascht nach Luft, wich jedoch nicht zurück. Die Spitze des substanzlosen Gebildes bog sich nach hinten, und es sah aus wie ein Wink, wie die Aufforderung, dem Etwas zu folgen.

»Ich spüre …« Deanna holte tief Luft. »Leben. Eine uns bisher noch unbekannte Art von Leben. Wie dem auch sei: Ich glaube, es handelt sich um intelligente Wesen.«

Data trat ebenfalls vor und blieb neben der Counselor stehen. In seinen gelben Augen glühte kindliche Neugier. »Faszinierend …«

Egin betrat das Panoramadeck der *Glin-Kale;* das einzige Licht dort stammte von den Sternen, die jenseits des breiten, ovalen Fensters glühten. Der Raum war nicht besonders groß, und man hatte ihn in eine Art Lager verwandelt, wie viele andere Kammern an Bord. Behälter aller Art standen hier und bildeten hohe Stapel, die bis zur Decke emporreichten. Nur ein kleiner Bereich direkt vor dem Fenster blieb frei.

Hier konnte man hinaussehen in die Unendlichkeit und dem Gefühl entrinnen, zusammen mit den vielen anderen Flüchtlingen langsam zu ersticken. Das Bedürfnis, diesem Gefühl zu entkommen, war an Bord weit verbreitet, und es gab nur wenige Sektionen, die einen Ausblick ins All erlaubten. Aus diesem Grund hatte Captain Arit folgende Bestimmung erlassen: Jede Person durfte sich höchstens fünfzehn Minuten an einem Beobachtungspunkt aufhalten.

Manchmal bildeten sich lange Schlangen aus Teniranern, die alle auf ihren Turnus am Fenster warteten. Doch Egin hatte Glück: Niemand hielt sich in diesem Raum auf. Er trat ein – und stolperte nach wenigen Schritten über zwei Beine, die aus der Lücke zwischen zwei Kisten ragten. Der Valend streckte die Hände aus und hielt sich an einem Container fest.

»Au!« entfuhr es dem Eigentümer der Beine, als er aufzustehen versuchte. Seine Silhouette wuchs vor dem Hintergrund des Fensters, und der Unbekannte entpuppte sich als Erster Offizier Jevlin. »Sie sollten besser aufpassen!«

»Es ... es tut mir leid«, erwiderte der Valend verlegen. Dann roch er den *Peroheen*-Wein in Jevlins Atem und runzelte verärgert die Stirn. *Warum sollte ich mich entschuldigen?* »Ist es etwa meine Schuld, wenn Sie hier betrunken herumliegen?«

Jevlin ballte die linke Hand zur Faust – in der rechten hielt er die Flasche – und spielte mit dem Gedanken, Egin ohne ein weiteres Wort ins Reich der Träume zu schicken. Doch nach so langer Zeit schmeckte der purpurne Wein viel zu gut, um sich jetzt irgendwelchen Feindseligkeiten hinzugeben. Der Zorn in ihm wich einem Gefühl der Kameradschaft. Als er die freie Hand hob, zuckte Egin zusammen – er schien damit gerechnet zu haben, daß Jevlin zuschlug.

Doch der Erste Offizier klopfte dem Valend freundschaftlich auf die Schulter. »Hier gibt es Platz genug für zwei Personen. Offenbar hat derzeit niemand Interesse daran, die Sterne zu beobachten.«

Egin blieb wachsam – es verblüffte ihn ganz offensichtlich, von Jevlin willkommen geheißen zu werden. Eine Zeitlang sahen beide Männer aus dem Fenster und zur marmorierten Kugel des Planeten, den die *Glin-Kale* umkreiste.

»Ich dachte, Sie hätten den *Peroheen* aufgegeben«, sagte Egin schließlich.

»Das stimmt auch. Aber besondere Umstände erfordern besondere Maßnahmen, nicht wahr?« Der Erste Offizier hob die Flasche mit der purpurnen Flüssigkeit und bot seinem Begleiter davon an.

Egin zögerte erst, doch dann zuckte er mit den Achseln. »Ach, warum nicht?« Er nahm die Flasche entgegen und trank.

»Was wird Ihrer Meinung nach geschehen?« fragte Jevlin nach einigen Sekunden der Stille.

»Um ganz ehrlich zu sein: Ich weiß es nicht. Was glauben Sie?«

»Sie fragen mich?« Jevlin griff wieder nach der Flasche und setzte sie an die Lippen. »Ich bin nur ein einfacher Raumfahrer. Was verstehe ich von wichtigen Entscheidungen? So etwas fällt in Ihren Zuständigkeitsbereich, oder?«

Egins Lippen verzogen sich zu einem ironischen Lächeln. »Nein, eigentlich nicht. Ich weiß: Sie und die Kommandantin halten mich für einen aufgeblasenen Narren. Und Sie haben recht – manchmal bin ich das tatsächlich. Aber mir ist auch klar, wodurch ich zum Ersten Valend wurde. Durch Überleben.«

Jevlin lachte leise. »Enthält diese Flasche Wein oder ein Wahrheitsserum?«

»Wissen Sie, was mir am meisten daran gefällt, der Erste Valend zu sein?«

»Ich habe keine Ahnung.«

»Mein Enkel ist dadurch sehr stolz auf mich. Wenn der Planet dort draußen – oder ein anderer – zu unserer neuen Heimat wird … Dann möchte ich den Kindern Geschichten erzählen.«

»Geschichten?« wiederholte Jevlin verwirrt.

»Ja. Ich möchte den Kindern von Tenira erzählen. Jemand muß die Vergangenheit am Leben erhalten, insbesondere ihre positiven Aspekte. Die schlechten kennen wir zur Genüge. Nur noch wenige von uns erinnern sich an die alte Zeit, Jevlin.«

Der Erste Offizier rülpste nachdenklich. »Ich nehme an, damit meinen Sie Leute wie uns. Hm. Vielleicht haben Sie recht. Ja.« Er schmunzelte. »He, in letzter Zeit sind wir uns immer öfter einig.«

»In der Tat.« Egin nickte. »Es geschehen noch Wunder.«

»Ja.«

»Jetzt sind Sie dran, Jevlin.«

»Womit?«

Egin hob die Flasche. »Das Wahrheitsserum.«

»Oh.« Falten formten sich in Jevlins Stirn. »Nun, ich schätze, das ist nur fair. Als Sie eben Ihren Enkel erwähnten ... Ich dachte daran, daß Sie wenigstens eine Familie haben. Es ist viele Jahre her, seit ich zum letztenmal Gelegenheit hatte, mit einem Verwandten zusammenzusein. Inzwischen bin nur ich übriggeblieben. Es gibt niemanden mehr, dem ich Geschichten erzählen könnte.«

»Dazu braucht man keine Blutsverwandten, Jevlin. Ich bin sicher, alle Kinder würden Ihnen mit großem Interesse zuhören. Bestimmt können Sie von faszinierenden Dingen berichten.«

»Glauben Sie?« Es klang eher skeptisch.

»Darüber müssen wir unsere Zuhörer befinden lassen – sobald wir eine Welt gefunden haben, die uns eine neue Heimat bietet. Danke für den Wein.«

»Nichts zu danken. Übrigens: Bitte lassen Sie den *Peroheen* Captain Arit gegenüber unerwähnt. Ich möchte vermeiden, sie in Hinsicht auf meine Willenskraft zu enttäuschen.«

KAPITEL 15

»Ich begreife einfach nicht, wie Sie es schaffen, Captain«, sagte Riker, als sie Seite an Seite im Kontrollraum der *Enterprise* Platz nahmen.

»Was meinen Sie, Nummer Eins?«

»Ich weiß nicht, wie Sie es fertigbringen, in solchen Situationen ruhig abzuwarten.«

In Picards Augen funkelte es amüsiert. »Hat es in Ihrem Leben nie eine alte Lehrerin gegeben, die darauf hinwies, daß Geduld eine Tugend ist?«

»Ich erinnere mich an eine Lehrerin, die davon sprach«, erwiderte Riker und lächelte hintergründig. »Sie hieß Elizabeth Fallon und war alles andere als alt.«

»Vermutlich gelang es Ihnen damals nicht, die gehörte Weisheit zu verinnerlichen.«

»Nein. Ich wurde nicht etwa ruhiger, sondern nur noch ungeduldiger.«

»Warum?«

Riker streckte die langen Beine. »Ich war damals vierzehn und die Lehrerin fünfundzwanzig ... Nun, ich konnte es nicht abwarten, endlich alt genug zu werden, um mit solchen Frauen auszugehen.«

Picard schmunzelte, wurde jedoch sofort wieder ernst, als Worfs tiefe Stimme an der taktischen Station weiter hinten erklang. »Wir sind soweit, Sir.«

Geordi LaForge stand neben dem Klingonen. »Es ist das planetare Äquivalent dafür, jemandem auf die Schulter zu klopfen, Captain. Es besteht nicht die Gefahr, irgendeine Art von Schaden anzurichten.«

»Die Phaser sind auf breite Streuung justiert«, fügte Worf hinzu. »Zufallsgesteuerte Zielerfassung in Abständen von jeweils fünf Sekunden. Energetisches Niveau: null Komma fünf Prozent der vollen Kapazität.«

»Maximales Potential für die Deflektoren«, sagte Geordi.

»Nun gut, meine Herren.« Picard lehnte sich im Kommandosessel zurück. »Beginnen Sie mit der Sequenz.«

Geordi kehrte zu seinen eigenen Kontrollen zurück, als Worf mehrere Schaltflächen berührte und das Initialisierungsprogramm startete.

Captain Arit saß im Kontrollraum der *Glin-Kale* und beobachtete nachdenklich, wie Phaserstrahlen vom Diskussegment der *Enterprise* ausgingen. Die Entladungen rasten zu Domarus Vier, galten jener Region, in der das Shuttle gelandet war. Jeweils fünf Sekunden lang blieben die Strahlen stabil, bevor sie zu einem neuen Bereich der Planetenoberfläche sprangen.

Jevlin stand links von Arit an der Operatorkonsole und blickte über die Schulter der jungen Frau namens Mahdolin. Die Sensoren ermittelten erste Daten.

»Wir könnten Strahlen mit weitaus mehr Energie zum Planeten schicken, Captain«, sagte der Erste Offizier verächtlich.

»Genau darum geht's.« Arit wandte den Blick nicht vom Hauptschirm ab. »Wenn es dort unten intelligentes Leben gibt, so möchte Picard vermeiden, daß dies nach einem Angriff aussieht.«

»Es ist mehr wie ein *Kitzeln*«, kommentierte Mahdolin.

»Kümmern Sie sich um Ihre Aufgaben«, sagte Arit.

»Ja, Captain.«

»Ich stimme ihr zu«, ließ sich Jevlin vernehmen. »Und ich bezweifle, ob Picard damit etwas erreicht.«

Arit beugte sich vor, stützte die Ellenbogen auf die Knie. »Das wird sich bald herausstellen.«

Eine Minute lang dauerte die erste Salve und ging dann zu Ende. Picard stand auf und drehte sich zu Geordi um. »Resultate, Mr. LaForge?«

Der Chefingenieur schüttelte den Kopf. »Negativ, Captain. Keine Reaktion. Leiten wir jetzt Stufe zwei ein?«

»Wir sollten nichts überstürzen«, erwiderte Jean-Luc. »Lassen Sie uns zuerst herausfinden, was geschieht, wenn wir Stufe eins wiederholen.«

Worf startete das entsprechende Computerprogramm, und der Captain sah zum Wandschirm. Einmal mehr zuckten Strahlenbündel vom primären Rumpf der *Enterprise* zum Planeten. Picard wußte, daß die Energiestärke dieser Entladungen kaum ausreichte, um das Gras auf den Hügeln zu bewegen. Genügte sie andererseits, um die Aufmerksamkeit der fremden Intelligenzen zu wecken?

Dann zeigte das große Projektionsfeld eine Veränderung.

»Aha«, murmelte Jean-Luc. »Was halten Sie davon, Will?«

Riker erhob sich, trat zum Captain und betrachtete die Darstellungen des Wandschirms. Während der zweiten Salve hatte sich plötzlich ein Kraftfeld über der Planetenoberfläche gebildet. Es hinderte die Phaserstrahlen daran, den Boden zu erreichen, verwandelte sie in kleine Energieknoten und schleuderte sie ins All zurück.

»Offenbar hat doch jemand gemerkt, daß wir angeklopft haben«, meinte Riker, als der Computer die zweite Sequenz beendete. »Ihre Analyse, Geordi?«

LaForges VISOR-Blick galt den Instrumentenanzeigen. »In visueller Hinsicht gibt es einige Unterschiede, aber das strukturelle Partikelmuster ist praktisch identisch mit dem der uns bekannten chromatischen Phänomene.«

»Gut.« Picard nickte. »Ausgezeichnet. Daraus läßt sich der Schluß ziehen: Beide energetischen Erscheinungen haben den gleichen Ursprung.«

»Na so was!« entfuhr es LaForge, als die Displays neue Sensordaten zeigten.

Riker wandte sich ihm zu. »Was ist los, Geordi?«

»Woraus auch immer das fremde Kraftfeld dort unten besteht: Es *absorbiert* sechzig Prozent unserer Phaserenergie.«

Picard und der Erste Offizier gingen die Rampe zum Oberdeck hoch, näherten sich dem Chefingenieur. »Eine Absorption?« vergewisserte sich der Captain. »Wäre es nicht normal, wenn ein großer Teil der Phaserenergie durch die Reflexion verlorengeht?«

»Ja, Sir. Allerdings ...«

»Allerdings was?« fragte Riker.

Geordi runzelte verwundert die Stirn. »Während der ersten zwanzig Sekunden gelang es dem domaranischen Schild, die *gesamte* Phaserenergie zu reflektieren – hundert Prozent. Das ist sehr ungewöhnlich. In der *ein*undzwanzigsten Sekunde sank der Prozentsatz schlagartig auf vierzig Prozent. Anschließend kam es zu keinen weiteren Veränderungen.«

»Und die fehlenden sechzig Prozent?« erkundigte sich Picard. »Was wird daraus?«

»Ich nehme an, sie verschwinden zum Ursprungsort des Kraftfelds.«

Riker sah zum klingonischen Sicherheitsoffizier. »Unsere Phaser feuern nicht mehr, Mr. Worf. Was stellen die Scanner jetzt in bezug auf den domaranischen Schild fest?«

Worf beugte sich über die Instrumente. »Nichts, Commander«, knurrte er. »Das Kraftfeld scheint überhaupt nicht mehr zu existieren.«

»Gibt es energetische Emissionen, die sich auf einen Generator zurückführen lassen?« fragte der Erste Offizier. »Existieren Hinweise auf die Energiequelle für den Schild?«

»Negativ. Die Scanner registrieren keine Emissionen irgendeiner Art.«

»Und vor den beiden Salven?«

»Nichts, Sir. Weder vor noch nach den Phaserentladungen.«

»Nur während der beiden Sequenzen«, sagte Riker. »Das finde ich ausgesprochen seltsam, Captain. Es gab keine Anzeichen für eine Energiequelle auf Domarus Vier, doch als unsere Phaserstrahlen die Oberfläche trafen, entstand plötzlich ein Kraftfeld – obgleich sich auch weiterhin kein Generator oder dergleichen orten ließ.«

»Das ist tatsächlich sonderbar«, pflichtete Picard dem Ersten Offizier bei und dachte über die Situation nach. *Etwas* auf Domarus Vier hatte ein starkes Kraftfeld geschaffen, einen Teil der Phaserenergie reflektiert und den anderen *absorbiert*. Interessant – aber mehr auch nicht. Der Schild bewies gar nichts. Außerdem waren keine Fortschritte in Hinblick auf Picards wichtigstes Anliegen erzielt worden: Ihm ging es darum, einen Kommunikationskontakt mit den planetaren Intelligenzen herzustellen, das Shuttle zu lokalisieren und die vermißte Landegruppe in Sicherheit zu bringen.

Der Captain atmete tief durch. »Mr. LaForge, Mr. Worf – beginnen Sie mit Stufe Zwei.«

»Aye, Sir«, erwiderte Geordi. »Fünf Prozent Phaserkapazität, zehn Sekunden pro Zielbereich.«

»Fertig, Captain«, sagte der Klingone.

Picard nickte, als Riker und er zu den Sesseln zurückkehrten. »Feuer.«

Erneut rasten Phaserstrahlen zum Planeten. Diesmal bildete sich der domaranische Schild fast sofort, und zwar mit den gleichen Auswirkungen: Die Energie wurde reflektiert. Doch angesichts des höheren energetischen Niveaus reichten die Reflexionen weiter ins All.

Sowohl Picard als auch Riker nahmen diese Reaktion zur Kenntnis. »Wenn man mit voller Phaserkapazität auf das fremde Kraftfeld feuert…«, sagte der Captain leise. »Durch die reflektierte Energie könnte der Angreifer in erhebliche Gefahr geraten.«

»Mir sind gerade ähnliche Gedanken durch den Kopf gegangen«, erwiderte Riker. »Jener Deflektor gibt eine ausgezeichnete defensive Waffe ab. Nun, hoffentlich müssen wir nicht herausfinden, *wie* gut der Schild funktioniert.«

»Diesmal sind *siebzig* Prozent der eingesetzten Energie absorbiert worden, Captain«, meldete Geordi.

»Hm. Und wo bleibt sie?«

»Gute Frage, Sir.« Geordi zuckte hilflos mit den Achseln.

»Versuchen Sie, eine Antwort zu finden.«

»Bin schon dabei, Captain.«

Das bunte Spektakel in der Höhle dauerte an. Streifen aus schimmerndem Licht reichten vom Boden zur Decke. Wesley, Gina und Ken schwärmten mit aktivierten Tricordern aus, nahmen Sondierungen vor und zeichneten die ermittelten Daten auf.

Erste Geräusche erklangen. Zunächst waren sie leise und schienen aus weiter Ferne zu kommen – kaum hörbares Klimpern und Läuten, das langsam anschwoll. Data schritt näher und blickte zu dem wogenden Durcheinander aus Farbschlieren und Funken auf.

»Empfangen Sie etwas von diesem chromatischen Phänomen, Counselor?« fragte er.

»Ja, sogar recht intensive Eindrücke.« Troi verzog das Gesicht und schien fast so etwas wie Schmerzen zu empfinden.

Das Gesicht des Androiden gewann einen besorgten Ausdruck, als er sich der Betazoidin näherte. »Ist alles in Ordnung mit Ihnen?«

»Ja, Data.« Deanna lächelte beruhigend. »Ich ... Stellen Sie sich vor, eine riesige Party zu besuchen, bei der laute Musik aus den Lautsprechern dröhnt und tausend Personen gleichzeitig reden.«

Data nickte. »Oh, ich weiß, was Sie meinen. Bei derartigen Gelegenheiten kann das Dezibel-Niveau so sehr steigen, daß Gefahr fürs menschliche Gehör besteht.«

»Zum Glück bin ich imstande, mein empathisches ›Gehör‹ mit mentalen Filtern vor einer zu großen Belastung zu schützen. Was jedoch nichts daran ändert, daß mir solche Erfahrungen Unbehagen bereiten.«

»Bitte seien Sie vorsichtig.«

»Das verspreche ich Ihnen.«

»Können Sie feststellen, ob wir es mit Individuen oder einem Kollektivbewußtsein zu tun haben?«

»Es gelingt mir nicht, einzelne Stimmen zu unterscheiden«, entgegnete Deanna und preßte kurz die Lippen zusammen. »Trotzdem glaube ich, daß die psychische Masse aus Individuen besteht. Wir sind hier keinem Kollektivbewußtsein begegnet.«

»Fühlen Sie etwas, das als Feindseligkeit uns gegenüber interpretiert werden könnte?«

»Nein.« Troi schüttelte den Kopf. »Nein. Ich nehme ... Furcht wahr. Furcht vor dem Unbekannten. Doch das dominierende Gefühl ist ... intensive Neugier ...« Sie zögerte, und ihre dunklen Augen glänzten, als sie etwas Wundervolles mit den fremden Intelligenzen zu teilen schien. »Neugier und ... Freude.«

Der Androide wölbte die Brauen. »Nun, in dem Fall halte ich eine gründliche Untersuchung für angemessen.«

»Data!« rief Deanna. »Was haben Sie vor?«

Er antwortete nicht und ließ sich von der eigenen unersättlichen Neugier leiten. Entschlossen trat er ins bunte Wogen, neigte den Kopf nach hinten und drehte sich langsam um die eigene Achse, um alles aus unmittelbarer Nähe zu betrachten.

Picard hatte mit einer unruhigen Wanderung zwischen Geordis Instrumenten und Worfs taktischer Station begonnen. Seine wie gepreßt klingende Stimme wies deutlich auf Verärgerung hin. »Die Dinge entwickeln sich nicht so, wie ich es mir erhoffte.«

Riker saß auf der Kante des rückwärtigen Konsolensystems und verschränkte die Arme. »Captain, ich könnte schwören, daß mich vor kurzer Zeit jemand auf die Tugend der Geduld hingewiesen hat.«

»Eine Tugend, die manchmal überbewertet wird, Commander«, sagte Picard und warf dem Ersten Offizier einen finsteren Blick zu. »Oder sind Sie anderer Ansicht?«

»Was die Geduld betrifft? Keineswegs. Aber wenn Sie unsere Strategie meinen... Ich teile Ihre Enttäuschung nicht und glaube, daß wir einige nützliche Daten erhalten.«

Picard seufzte, wirkte sowohl versöhnlich als auch unruhig. »Aber bringen sie uns weiter? Setzen wir den eingeschlagenen Weg fort, oder versuchen wir es mit etwas anderem?«

»Wenn ich einen Vorschlag unterbreiten darf...«, sagte Geordi.

Picard vollführte eine einladende Geste. »Ich bitte darum, Commander.«

»Im Grunde genommen werfen wir elektromagnetische Steine, um die Aufmerksamkeit der Intelligenzen von Domarus Vier zu wecken. Vielleicht kommt es zu anderen Reaktionen, wenn wir ›Steine‹ aus anderen Teilen des Spektrums werfen.«

Riker kniff die Augen zusammen. »Sprechen Sie von Photonentorpedos? Damit riskieren wir Verheerungen auf der Oberfläche des Planeten.«

Chefingenieur LaForge schüttelte den Kopf. »Ich dachte an Traktorstrahlen. Wie wäre es, wenn wir ziehen anstatt zu drücken?«

Captain Picard schürzte die Lippen und nickte widerstrebend. Der Traktorstrahl diente dazu, andere Raumschiffe und kleinere Objekte ins energetische Schlepptau zu nehmen; auf einen ganzen Planeten hatte er keine feststellbare gravitationelle Wirkung. Nun, ein Versuch konnte kaum schaden. »In Ordnung, Mr. LaForge. Fangen Sie gleich an.«

Der Chefingenieur schaltete die Phaser aus, aktivierte dafür einen gebündelten Traktorstrahl und schickte ihn zum Planeten. Da es ihm nicht darum ging, große Brocken Erdreich und Vegetation aus der Kruste von Domarus Vier zu lösen, sorgte er dafür, daß der Strahl jeweils nur eine halbe Sekunde lang aktiv blieb. Dadurch machte er sich zwar als Kraft bemerkbar, richtete jedoch nichts gegen die Schwerkraft aus, die alle Objekte auf der domaranischen Oberfläche verankerte.

Der rätselhafte Schild brauchte nicht einmal eine Minute, um seine Konfiguration zu ändern und anschließend den Traktorstrahl ebenso zu reflektieren wie vorher die Phaserenergie.

Picard traf eine Entscheidung. »Mr. Worf, fügen Sie dem Traktorstrahl eine Phasersequenz der Stufe drei hinzu. Und programmieren Sie eine Entfernung von mindestens tausend Kilometern zwischen den Zielbereichen. Mal sehen, wie weit sich das Kraftfeld dehnen kann.«

»Aye, Sir.«

Worfs Finger huschten über die Kontrollen, und die Modifikation des Projektionsmusters nahm nur wenige Sekunden in Anspruch. Dann aktivierte der Klingone die neue Sequenz. Erneut feuerten die Phaserkanonen der *Enterprise* – und praktisch sofort entstand ein Schild, der die Strahlen reflektierte.

Geordi hob die Brauen. »Erstaunlich. Was auch immer sich dort unten befindet – es funktioniert bemerkenswert gut.«

Picard drehte sich um und schritt zum Kommandosessel. »Setzen Sie die Sequenz der Stufe drei fort.«

»Wie lange?« fragte Riker und folgte dem Captain über die Rampe.

Entschlossenheit prägte Picards Züge. »Bis etwas geschieht, das uns weiterbringt.«

KAPITEL 16

Als Data ins Wogen trat, teilte sich das Durcheinander aus bunten Schlieren und strahlenden Funken – eine Pufferzone entstand. Der Androide streckte die Hand aus, und daraufhin wichen die Wesenheiten noch weiter zurück, um den neutralen Bereich zu wahren.

Data suchte nach einer Möglichkeit, mit den Fremden zu kommunizieren. Er ging von der Annahme aus, daß sie nicht gefährlich waren, und bisher gab es keinen Grund für ihn, daran zu zweifeln. Darüber hinaus hoffte er, mit der eigenen unmittelbaren Präsenz zu beweisen, daß er und seine Gefährten keine Gefahr für die Wesen und ihre immer noch mysteriösen Aktivitäten darstellten.

Dennoch: Vielleicht mußten seine Bemühungen ohne Ergebnis bleiben. Selbst wenn die funkelnden Lichtflecke über Intelligenz verfügten: Nichts garantierte, daß eine Verständigung zwischen ihnen und humanoiden Spezies beziehungsweise Androiden überhaupt möglich war. Zwischen gewissen Lebensformen mochten die Unterschiede zu groß sein, um eine Basis für den Austausch komplexer Informationen zu schaffen.

Manche Klüfte ließen sich nicht überbrücken.

Aber es lag nicht in Datas Natur, pessimistisch zu sein. Ebensowenig neigte er zum Optimismus, soweit man dabei menschliche Maßstäbe anlegte. Seine Programmierung gewährleistete, daß er der Umwelt mit Objektivität und Unvoreingenommenheit begegnete.

Dennoch wußte er, daß die Menschen in seinem Verhalten grenzenlose Hoffnung zu erkennen glaubten. Vielleicht erweckte er diesen Eindruck, weil ihm Furcht und Verzweiflung fehlten. Oder es handelte sich um eine logische Konsequenz des Umstands, nicht von irgendwelchen Ängsten belastet zu sein. Vielleicht führte so etwas automatisch zu einer hoffnungsvollen Perspektive.

Data hatte oft über diese Angelegenheit nachgedacht, ohne dabei zu eindeutigen Schlüssen zu gelangen. Aber eins wußte er: Es gab immer mehrere Lösungen für ein Problem. Wenn ihm genug Zeit für genaue Analysen blieb, so fand er sicher einen Weg, die ersehnte Kommunikation herbeizuführen.

Ein goldener Funke, der größer als die anderen zu sein schien, schwebte ein wenig zur Seite. Data beobachtete ihn interessiert.

Jener Fremde, der sich von den anderen unterscheidet,* dachte Ko. *Was macht er jetzt? Kos Artgenossen wichen zurück, als der Fremde zu ihnen trat, doch dramatische Ereignisse irgendeiner Art blieben aus. Die unbekannte Lebensform schien keine feindlichen Absichten zu hegen. Kos Wunsch nach Kommunikation gewann eine noch größere Intensität, und sie glaubte fast, platzen zu müssen.

Was dachten die Fremden, wenn sie Ko und die übrigen Mitglieder der Gemeinschaft sahen? ***Was sind wir für sie? Woher kommen sie und ihre kleinen Behälter?***

Ko hatte in die Große Finsternis gesehen und dort kleine Energiepunkte entdeckt. ***Sie ähneln uns. Sind es andere Former? Träumen sie ebenfalls? Gestalten auch sie ihre Welten, so wie wir unsere? Leisten die Fremden jenen Formern in der Dunkelheit Gesellschaft?***

So viele Fragen ... Ich muß unbedingt Antworten finden, selbst wenn es mich das Leben kostet!

Ein großer karmesinroter Funken schwebte von der hohen Decke herab. :**Ko! Die Frist ist fast verstrichen:**, sagte Mog. :**Bist du jetzt bereit, dein Versagen einzugestehen und dich dem Willen der Gemeinschaft zu beugen? Die fremden Dinge müssen ausgelöscht werden.:**

Ko drehte sich wütend. :**Nein! Die beiden Zyklen sind noch nicht vorbei. Und meine Möglichkeiten sind keineswegs ausgeschöpft.:**

:**Sieh es endlich ein, Ko: Die Dinge sind ganz offensichtlich nicht intelligent.:**

Ko verharrte jäh und glühte heller, wie eine Sonne, die zur Nova wurde. :**Ich führe eine Verschmelzung herbei.:**

Data streckte dem goldenen Licht beide Hände entgegen und beobachtete gleichzeitig, wie die Farbschlieren und bunten Streifen wieder in Bewegung gerieten. Zu seiner großen Überraschung wich das Schimmern diesmal nicht fort, sondern schloß sich um ihn.

Kurz darauf spürte er etwas: eine Art Prickeln in den neuralen Schaltkreisen. Es war ein recht angenehmes Gefühl, das rasch intensiver wurde.

Der ihn umhüllende gleißende Kokon funkelte plötzlich in einem grellen Gelb, und *etwas* schnitt durch Datas Denken. Seine Augen wölbten sich vor, und einen Sekundenbruchteil später kamen ruckartig die Lider herab.

»*Data*!« entfuhr es Deanna. Aus einem Reflex heraus wollte sie zu dem Androiden eilen, um ihn aus dem wogenden Mahlstrom zu ziehen, doch Wesley hielt sie am Arm fest. Erschrocken beobachteten sie, wie zahllose Funken eine Wolke um Data bildeten. Jeder einzelne von ihnen hinterließ einen schillernden Streifen, und die vielen Bänder wuchsen zusammen, formten ein Gespinst aus hellem Licht.

Der Androide versteifte sich, und flackerndes Glühen hob ihn hoch, drehte ihn langsam, bis er in einer horizontalen Position etwa zwei Meter über dem Höhlenboden schwebte.

Troi war so entsetzt, daß sie am ganzen Leib bebte. »Wesley! Was geschieht mit ihm?«

Der junge Fähnrich versuchte, mit dem Tricorder eine Sondierung vorzunehmen, aber das kleine Display zeigte keine nützlichen Daten an. »Verdammt! Das Ding funktioniert nicht.« Er trat vor. »Ich sollte ihm besser helfen …«

Diesmal waren die Rollen vertauscht: Deanna hielt Wesley fest. »Nein. Du würdest dich nur selbst in Gefahr begeben, ohne ihm echte Hilfe bringen zu können.«

Deanna und die drei Akademiekandidaten hielten sich von dem bunten Wabern fern und beobachteten sprachlos, wie sich das Glitzern ganz um Data schloß – und dann mit ihm verschwand.

Der immer noch bewußtlose Androide materialisierte in einem Gewölbe aus Licht, das nirgends feste Wände oder sonstige Begrenzungen aufzuweisen schien. Zwei Funken – der eine karmesinrot, der andere goldgelb – schwebten näher.

Der goldene Lichtfleck begann am Kopf, flog in engen Spiralen über den ganzen Körper und dann wieder zurück, wie bei einer Untersuchung. Anschließend näherte er sich einem Ohr und glitt hinein. Der karmesinrote Funke hatte zunächst abgewartet, und nun folgte er dem goldenen in Datas Kopf.

Einige Sekunden später flog das goldene Leuchten aus dem anderen Ohr, und der rote Lichtfleck schloß sich ihm an.

Erst sausten sie in verschiedene Richtungen davon, doch dann kehrten sie zurück und trafen sich in hellem Schimmern. Es glitzerte und gleißte, und der goldene Glanz dominierte. Nach kurzer Zeit trennten sich die beiden Funken voneinander.

Das karmesinrote Licht strahlte heller. **:Das ist alles andere als klug, Ko. Du kannst nicht mit etwas verschmelzen, das sich so sehr von uns unterscheidet.:**

:Woher willst du das wissen? Du hast zuviel Angst, um einen Versuch zu wagen. Wie dem auch sei: Die Entscheidung liegt nicht bei dir. Dies ist meine Gemeinschaft. Meine Gedanken weisen den Weg.:

Mog schwebte nervös hin und her. Gleichzeitig achtete er darauf, eine sichere Distanz zwischen sich und Data zu wahren. **:Vielleicht droht Gefahr.:**

:Von den Fremden? Wenn sie Möglichkeit und Absicht hätten, uns zu schaden, so wären sie bereits auf eine entsprechende Weise aktiv geworden.:

:Diese Dinge sind fremd, Ko. Du kannst nicht sicher sein.:

Ko landete auf Datas Stirn und schien Mog damit herauszufordern. **:Nein, das kann ich nicht. Aber wir haben jetzt die Chance, Gewißheit zu erlangen. Deshalb ist diese Begegnung so aufregend. Es steht etwas bevor, das noch nie zuvor geschehen ist.:**

:Damit leugnest du unsere Traditionen.:

:Mag sein. Aber es spielt keine Rolle. Die Orthodie bestimmt, daß alle Entscheidungen vom Oberhaupt der Gemeinschaft getroffen werden. Und das bin in diesem Fall ich.:

Der karmesinrote Lichtfleck schwoll jäh an und näherte sich Ko. **:Wie kannst du es wagen, dich auf die Orthodie zu beziehen, obwohl dein Verhalten in einem krassen Gegensatz zu ihrer Botschaft steht?:**

:Das meinst du, Mog.:

:Und das meinen auch viele andere. Etwas von die-

ser Art hat sich in keiner anderen Gemeinschaft ereignet.:

:Trotzdem hast du kein Recht, mir in Hinsicht auf DIESE Gemeinschaft irgendwelche Vorschriften zu machen. Deine Ablehnung bedeutet nur eins für mich. Sie beweist mir, daß ich den richtigen Weg eingeschlagen habe.:

Mog wich zurück, und sein rotes Glühen wurde düsterer. **:Nun gut. Führe eine Verschmelzung herbei, wenn du unbedingt willst. Falls du dabei versagst, so ist es allein dein Tod, Ko.:**

In Data fand so etwas wie ein Urknall statt, der im Nichts begann und ein neues Universum schuf, in diesem Fall einen mentalen Kosmos. Visionen einer Welt zogen durch das Selbst des Androiden, Bilder von Wundern, die er nie zuvor betrachtet hatte. Sein Ich war jetzt nicht mehr ans Körperliche gefesselt, doch am Empfinden der eigenen Identität als Data änderte sich nichts, als er an einem kristallblauen Himmel flog.

Ein Fallwind erfaßte ihn, und unsichtbare Schwingen trugen den Androiden durch schneeweiße Wolken, in denen hier und dort Blitze zuckten. Er folgte ihnen, glitt weiter in die Tiefe, bis er unter sich eine weite Ebene sah, deren Gras den Wellen des Ozeans gleich wogte. Über das flache Land schwebte er, und um ihn herum zuckten die Blitze zum Boden hinab, öffneten ihn, formten majestätische Berge.

Er stieg wieder auf, emporgehoben vom Wind über den höchsten Gipfeln, trieb einem in der Ferne funkelnden Stern entgegen. Für einige Sekunden schloß er die psychischen Augen, und als er sie wieder öffnete... Der ferne Stern hatte sich in eine lodernde Sonne verwandelt, die den Himmel mit Feuer füllte.

Data blinzelte und fiel einer Wüste entgegen, deren Sanddünen einem ständigen Wandel unterworfen waren und bis zum Horizont reichten. Doch es dauerte nicht lange, bis in dieser Ödnis Blumen wuchsen, bis die Dünen schmelzendem Wachs gleich schrumpften, sich in kleine Hügel verwandelten, an deren Hängen üppige tropische Vegetation gedieh. Klares Wasser sprudelte aus Quellen, bildete Bäche und brachte dem durstigen Boden Nässe. Aus den Bächen wurden Flüsse, und sie mündeten in einen See, der zu einem Meer wuchs.

Erneut fühlte sich Data von einem starken Wind erfaßt, auf den er keine Kontrolle ausüben konnte. Er glitt weiter, setzte die phantastische Reise fort.

Jean-Luc Picard stand mit grimmiger Miene mitten auf der *Enterprise*-Brücke und sah zum Wandschirm.

»Phasersequenz Stufe vier«, grollte Worf hinter ihm. »Programmiert und für die Initialisierung bereit.«

»Na schön, Lieutenant – Feuer.«

Der Klingone löste die Phaserkanonen aus, und zwei Sekunden später tasteten Farbschlieren durch den Kontrollraum. Sie glühten in einem goldenen Ton, umschlangen Picard und verschwanden mit ihm, bevor jemand reagieren konnte.

Riker sprang auf. *»Feuer einstellen!«*

Das goldene Leuchten materialisierte in der domaranischen Höhle, die das Shuttle enthielt. Captain Picard nahm wieder Gestalt an und blickte sich verwirrt um. Seine Verwunderung nahm zu, als er begriff, wo er sich befand und wer jene Gestalten waren, die mit Taschenlampen einen Teil der Dunkelheit verdrängten.

Troi und die drei Akademiekandidaten näherten sich ihm – ihre Gesichter brachten sowohl Erleichterung als auch Entsetzen zum Ausdruck. Alle sprachen gleichzeitig, und auch die Counselor fügte ihre Stimme dem akustischen Durcheinander hinzu. Ein wahrer Wortschwall flutete Picard entgegen.

»Captain, wie haben Sie uns gefunden?«

»Captain, wieso sind Sie plötzlich ...«

»Captain, wir dachten schon ...«

»Captain, ich fasse es einfach nicht ...«

Jean-Luc runzelte die Stirn und vollführte eine ungeduldige Geste, woraufhin Stille herrschte. »Sind Sie alle unverletzt?«

»Ja, Sir«, bestätigte Troi.

»Wo ist Mr. Data?«

Deanna und ihre drei Begleiter nahmen diese Frage zum Anlaß, besorgte Blicke zu wechseln.

»Das wissen wir nicht, Captain«, erwiderte die Betazoidin. Sie beschrieb die bunten Energiemuster sowie die seltsamen Funken, schilderte auch die Umstände, unter denen der Androide verschwunden war.

Picard brauchte nur einige Sekunden, um zu dem Schluß zu gelangen, daß die Besatzungen des Shuttles und der beiden Raumschiffe im Orbit gewisse Erlebnisse teilten. »Wir haben ähnliche chromatische Phänomene im All gesehen, und ich konnte einige ... unmittelbare Erfahrungen damit sammeln. Was ist mit Data passiert?«

Troi wollte gerade von den beobachteten Einzelheiten berichten, als der Androide zurückkehrte. Wie zuvor schwebte er in horizontaler Position, umgeben von einem goldenen Halo.

Picard kniff die Augen zusammen. »Bei allen Raumgeistern, was ...«

Er unterbrach sich, als das goldgelbe Gleißen rasch verblaßte. Welche Kraft auch immer Data getragen hatte – sie löste sich ebenfalls auf, wodurch der Androide zu Boden fiel. Picard und Troi eilten zu ihm. Wesley, Gina und Ken schickten sich an, ihnen zu folgen, doch der Captain winkte sie zurück.

»Bleiben Sie, wo Sie sind. Vielleicht droht Gefahr.«

Wes aktivierte seinen Tricorder und sondierte damit die eine Seite der Höhle, als Picard und Deanna neben dem Androiden in die Hocke gingen. »Keine feststellbare Strahlung, Sir. Andere Risikofaktoren scheinen nicht zu existieren.«

»Danke, Fähnrich«, sagte Jean-Luc, und sein Tonfall wies die jungen Leute an, auch weiterhin einen sicheren Abstand zu wahren. Er streckte die erschlafften Arme und Beine des Androiden.

Deanna strich über Datas Haar und berührte ihn an der Wange. Picard drehte vorsichtig den Kopf des Bewußtlosen und löste jenen Teil der Synthohaut, unter dem sich die Diagnose-Schaltkreise verbargen. Eine Sekunde später schien der Captain förmlich zu erstarren.

»Lieber Himmel!« Er schluckte. Normalerweise hätte er jetzt winzige Kontrollampen sehen müssen, die in rascher Folge blinkten. Doch nichts rührte sich – die Anzeigen blieben dunkel. »Er ist desaktiviert. Um Data zu retten, müssen wir ihn so schnell wie möglich zur *Enterprise* bringen.«

Er klopfte auf seinen Insignienkommunikator. »Picard an *Enterprise*.«

»Die Geräte funktionieren hier nicht, Sir«, sagte Wesley. »Zumindest war das bisher der Fall.« Gina, Ken und er waren näher gekommen, trotz der Warnung des Captains.

»Irgendwie muß es möglich sein, einen Kontakt mit dem Schiff …«

Deanna schnappte nach Luft. »Sehen Sie nur!«

Picard folgte ihrem Blick zur Öffnung in Datas Kopf. Nacheinander leuchteten die kleinen Kontrollampen auf, und kurze Zeit später blinkten sie wieder. Der Androide hob die Lider, setzte sich auf und musterte fünf erleichterte Gesichter. Seine Lippen formten ein freudiges Lächeln.

»Data ...« Picard merkte erst jetzt, daß er die Luft angehalten hatte. Langsam ließ er den Atem entweichen. »Dem Himmel sei Dank. Wir dachten schon ...«

»Wir hielten Sie für tot«, sagte Deanna.

»Um ganz ehrlich zu sein ...«, erwiderte der Androide. »Diese Möglichkeit habe ich selbst in Erwägung gezogen.«

Fähnrich Crusher streckte die Hand aus und half Data hoch. »Danke, Wesley.« Der Androide klopfte sich Staub von der Hose und schloß die Diagnose-Öffnung im Kopf. »Es erstaunt mich, Sie hier zu sehen, Captain.«

»Und ich bin noch viel überraschter, hier zu *sein*. Was jedoch nicht annähernd so wichtig ist wie Ihr Zustand.«

»Nach meiner Rückkehr zur *Enterprise* sollte Geordi eine gründliche Untersuchung vornehmen – obwohl ich derzeit den Eindruck habe, einwandfrei zu funktionieren.«

»Sind Sie sicher?«

»Ich denke schon.«

»Haben Sie irgendeine Ahnung, was geschehen ist, Data?« fragte Deanna.

»Externe Stimuli scheinen sowohl meine sensorischen Schaltkreise als auch die Elaborationskomponenten überladen zu haben – daher die kurze Bewußtlosigkeit. Ich brauche noch einige Sekunden, um das volle Potential wiederherzustellen, aber ich kann schon jetzt folgendes sagen: Eine außerordentlich faszinierende Begegnung mit den Lebensformen dieses Planeten liegt hinter mir.«

Data hatte gerade damit begonnen, seine Erlebnisse zu beschreiben, als hinter ihm etwa hundert Funken erschienen, begleitet von leisem Klimpern und Läuten. Sie glühten in allen Farben des Spektrums. Gelegentlich wuchs eine bunte Lichtranke aus dem Leuchten, doch im Vergleich zu früheren Manifestationen dieser Art verhielten sich die Wesenheiten zurückhaltend. Sie schienen auf etwas zu warten.

Picard blickte über Datas Schulter hinweg. »Sind das die Lebensformen, die Sie meinen?«

Der Androide drehte sich um. »Ja, Sir.«

»Was ist geschehen?« fragte Jean-Luc. »Gelang Ihnen eine Kommunikation?«

»Was Ihre erste Frage betrifft: Eine detaillierte Schilderung meiner Erfahrung würde recht viel Zeit in Anspruch nehmen.« Data seufzte bedauernd, und das Lächeln wich von seinen Lippen. »In Hinsicht auf die Kommunikation muß ich leider feststellen ...«

:Ja, er hat mit uns kommuniziert.: Die Worte schienen in der Höhle widerzuhallen. Gesprochen wurden sie von einer geschlechtsneutralen Stimme, der sich ein melodischer Klang hinzugesellte.

Data sah sich aus großen Augen um. »Sehr interessant«, kommentierte er.

Wesley starrte zu den Funken. »Sie können sprechen?«

»Nicht daß ich wüßte, Wesley«, erwiderte der Androide. »Soll das heißen, daß du eine akustische Mitteilung vernommen hast?«

Picard bedachte Data mit einem verwunderten Blick. »Sie nicht?«

»Nein, Sir. In meinem Fall kam es zu einem direkten Input am sensorischen Analyseknoten.«

»Und ich habe empathische Signale empfangen, Captain«, fügte Troi hinzu.

»Ich muß Ihnen zustimmen, Data – es ist tatsächlich sehr interessant.« Picard drehte sich um und schritt dem Schwarm aus glitzernden Funken entgegen. »Sind Sie die Bewohner dieser Welt?«

Ein goldener Lichtfleck, größer als die anderen, löste sich aus dem Pulk und schwebte dem Captain entgegen, verharrte in Augenhöhe zwei Meter vor ihm. **:Ja. Dies ist unsere Heimat – die Welt.:**

»Wie nennen Sie sich?«

:Wir sind die Former. Ich heiße Ko.:

»Ich bin Jean-Luc Picard, Captain des Raumschiffs *Enterprise*. Wir repräsentieren die Vereinte Föderation der Planeten.«

:Picard-von-Enterprise. Föderation.:

»Warum haben Sie das Shuttle und die Personen an Bord entführt?« fragte der Captain und deutete dabei zur *Onizuka*.

:Entführt? Wir haben niemanden entführt. Ich spürte Gefahr, und deshalb brachte ich das fremde Leben hierher in Sicherheit.:

Data trat vor. »Captain, die Raumfähre *befand* sich in Gefahr. Wenn wir zu jenem Zeitpunkt nicht transferiert worden wären, hätte das Shuttle im Wirkungsbereich des Traktorstrahls auseinanderbrechen können – mit fatalen Folgen für die Besatzung. Kos Argument ist also nicht von der Hand zu weisen.«

Picard preßte die Lippen zusammen, als sich Ärger in ihm regte. An Datas Hinweis gab es sachlich nichts auszusetzen, aber der Androide hatte einen falschen Zeitpunkt dafür gewählt – Jean-Luc fürchtete, daß seine Position den fremden Wesen gegenüber darunter litt. »Mag sein, Ko. Aber warum haben Sie die Transferierten nicht freigelassen? Warum beschlossen Sie, die betreffenden Personen auch weiterhin hier festzuhalten?«

:Weil ich nach wie vor die Farben der Gefahr spürte. In Ihnen. In Ihren Schiffen. Wir versuchten, mit Ihnen zu kommunizieren, aber Sie verstanden uns nicht.:

»Die Farben der Gefahr?« hauchte Picard, als eine Erkenntnis in ihm heranreifte. »Natürlich. Die *Farben* der Gefahr. Jene Energiemuster, die wir in Form chromatischer Erscheinungen sahen und von seltsamen Geräuschen begleitet wurden... Sie dienen Ihnen als Kommunikationsmittel?«

:Ja.:

»Nun, dann muß ich Ihnen zustimmen, Ko – wir haben Sie wirklich nicht verstanden. Wieso hat sich das geändert? Was versetzt uns jetzt in die Lage, miteinander zu sprechen?«

»Captain...«, warf Data ein. »Ich glaube, der Grund sind meine Interaktionen mit den Formern. Bevor ich das Bewußtsein verlor, fühlte ich eine externe Kraft, die in meinen zentralen Speicherkomplex vordrang. Offenbar waren die Energiestrukturen mit den Impulsen meines positronischen Gehirns kompatibel.«

:Durch die Verschmelzung mit Data habe ich viele Informationen gewonnen.:

»Warum ausgerechnet Data?« fragte Picard. »Warum haben Sie keine Verschmelzung mit mir herbeigeführt, als Sie mich zum erstenmal transferierten?«

:Sie sind biologischer Natur und daher... empfindlicher. Wir fürchteten, Sie zu verletzen. Als ich herausfand, daß Data anders beschaffen ist... Daraufhin glaubte ich, daß die geistige Einheit für ihn weniger Risiken birgt.:

»Es gibt da etwas, das ich noch immer nicht verstehe, Ko«, sagte der Androide. »Warum haben Sie sich nicht sofort zu erkennen gegeben, als wir Ihre Welt erreichten? Warum unternahmen Sie erst später den Versuch, mit uns zu kommunizieren?«

:Als Sie zum erstenmal kamen, befanden wir uns noch im Intervall.:

»Intervall?« wiederholte Picard.

:Was Sie als Schlaf bezeichnen, Captain. Unsere

Intervalle dauern tausend jener Zyklen, die Sie ›Jahre‹ nennen.:

»Donnerwetter!« entfuhr es Gina aufgeregt. »Wo ... äh ... schlafen Sie?«

:Tief im Innern der Welt. Dieses Intervall hätte noch hundert Jahre dauern sollen, als Sie uns weckten.:

»Wir haben Sie geweckt?« fragte Wesley. »Wie denn?«

»Vermutlich mit unseren seismischen Untersuchungen«, spekulierte Data. »Mit den Schallwellen, die wir ins Innere des Planeten schickten, um aufgrund der Reflexionen mehr über seinen Aufbau zu erfahren. Stimmt das, Ko?«

:Ja, Data.:

»Menschen und andere biologische Wesen schlafen, um ihre Kraft zu erneuern«, fuhr der Androide fort. »Wenn Sie mir diese Frage gestatten: Was ist der Grund für Ihr Intervall?«

Die Formerin zögerte und schien nach den richtigen ›Worten‹ zu suchen. **:Wir nutzen das Intervall, um ... darüber nachzudenken, was geleistet wurde, um ... davon zu träumen, wie unsere Welt geformt werden soll. Jene Vorstellungen verwirklichen wir, sobald wir erwachen.:**

»Sie formen Ihre Welt«, murmelte Picard. Und etwas lauter: »Wie meinen Sie das? Auf der Oberfläche haben wir keine Konstruktionen irgendeiner Art bemerkt.«

:Konstruktionen? Was bedeutet dieser Ausdruck?:

»Gebäude – künstliche Gebilde, in denen man wohnt oder arbeitet. Kanäle für die Bewässerung oder den Transport. Artifizielle Erweiterungen der Landschaft.«

:Ich weiß noch immer nicht genau, was Sie meinen.:

Picard holte tief Luft und fühlte sich von neuerlichem Ärger erfaßt. Diesmal galt er dem Umstand, daß er für ihn völlig vertraute Konzepte nicht so ohne weiteres in ein verbales Gewand kleiden konnte, das für die Formerin einen Sinn ergab. »Wesen wie wir benötigen Schutz vor den Elementen, vor Regen, Wind und niedrigen Temperaturen. Deshalb errichten wir uns Unterkünfte aus Dingen wie Holz oder Stein. Wir wohnen in ihnen, so wie wir uns jetzt in dieser Höhle aufhalten, im Innern Ihrer Welt. Sie erwähnten eben, daß Sie während des Intervalls in dem Planeten schlafen. Wo befinden Sie sich nach dem Erwachen?«

:Überall. Wir brauchen keine Unterkünfte, um uns vor irgend etwas zu schützen.:

»Hm. Und Transportprobleme scheinen Sie nicht zu kennen. Was genau formen Sie?«

:Oh, jetzt beginne ich zu verstehen. Wir schaffen keine Konstruktionen – wir gestalten die Welt.:

»Beziehen Sie sich auf die topographischen Merkmale?« fragte Picard. »Auf Berge, Seen und das Land?«

:Ja.:

Der Captain staunte und lächelte. »Ich glaube, ich habe Sie bei der Arbeit beobachtet. In einer Nacht ließen Sie eine ganz neue Bergkette entstehen.«

»In *einer Nacht?*« platzte es aus Wesley heraus. »Das ist unglaublich. Man denke nur an die dafür nötigen Energiemengen.«

»Auf einem Planeten wie Domarus steht genug Energie zur Verfügung«, sagte Data. »Das gilt für jede Welt mit aktivem Kern und einer erdähnlichen Oberfläche. Ich glaube, die Former kanalisieren die natürlichen energetischen Ressourcen. Sie sind imstande, geothermische, solare, hydrodynamische und Windenergie anzuzapfen und für ihre Zwecke zu verwenden. Hinzu kommt noch die thermische Transferkraft, die aus dem Unterschied zwischen kaltem Meereswasser in großer Tiefe und den warmen Strömungen weiter oben entsteht.«

»Ihnen gelang die teilweise Absorption unserer Phaserstrahlen«, erinnerte sich Picard. »Praktisch grenzenlose Energie, die sich noch dazu ständig erneuert... Und sie wird eingesetzt, um zum Beispiel Berge zu bewegen.«

»Vielleicht sind die Former selbst Teil dieses Prozesses«, überlegte der Androide laut.

»Sind Datas Erklärungen korrekt, Ko? Hat er Ihr Wesen richtig beschrieben?«

:Ja, Captain.:

Picard rieb sich nachdenklich das Kinn. »Daraus ergibt sich eine weitere Frage: Warum beginnen Sie nach jedem Intervall erneut damit, Ihre Welt zu formen?«

:Warum?: Ko schien diese Frage für banal zu halten. **:Weil die Welt nicht perfekt ist.:**

Jean-Luc lächelte verständnisvoll. »Welche Maßstäbe werden dabei angelegt?«

:Jede Gemeinschaft – nach Ihren Begriffen eine Generation – legt den eigenen Maßstab an.:

»Also verändern sich die Vorstellungen von Perfektion immer wieder.«

:Ja, Captain,: bestätigte Ko, und es klang fast niedergeschlagen.

»Und wenn die Perfektion an sich unerreichbar ist?« gab Picard zu bedenken.

Ko leitete ihre Antwort mit dem Äquivalent eines wissenden Lachens ein. **:Sollten wir deshalb nicht versuchen, das Perfekte anzustreben? Was Ihre eigene Geschichte betrifft: Haben neue Generationen Dinge geleistet, die bei den Vorfahren als unmöglich galten?:**

»Ja. Genau das liegt in der Natur des Menschen –

und auch im Wesen vieler anderer Lebensformen, denen wir begegnet sind.«

:Dann sollten wir ähnliche Anstrengungen unternehmen.:

Picard nickte. »Ich teile Ihren Standpunkt.«

Der goldene Funke glitt näher und drehte sich, als er nur noch eine Armeslänge von Jean-Luc entfernt war. Er mochte so groß wie eine Hand sein, bestand aus schimmernden Energiespeichen.

:Ob unsere bisherigen Träume Wirklichkeit wurden, hing allein vom Formen ab. Aber diesmal ist alles anders, Captain.:

»Wieso?«

:Das Oberhaupt der nächsten Gemeinschaft erwacht zuerst aus dem Intervall, und seine Träume geben den Ausschlag. Ich leite die gegenwärtige Gemeinschaft. Und ich habe einen Traum geträumt, den vor mir niemand hatte. Zum erstenmal in der Existenz unserer Welt brauchen wir Fremde, um zu erreichen, was mir vorschwebt.: Ko legte eine kurze Pause ein. Als sie fortfuhr, erklang ihre Stimme immer drängender. **:Vielleicht ist Ihnen die Bedeutung dieses Geschehens nicht ganz klar, Captain. Bis zur Begegnung mit Ihnen wußten wir nichts von anderen Welten mit anderem Leben. Wir glaubten uns allein im Universum. Wir waren davon überzeugt, daß unsere Welt mit dem Universum IDENTISCH ist.:**

Picard sah auf und dachte an den Himmel jenseits der Felsendecke, ans All mit Myriaden Welten, die Myriaden Sonnen umkreisten. Dort wimmelte es von Leben. »Sie sind nicht allein, Ko. Das kann ich Ihnen versichern.«

:Ich behaupte nicht, die Natur des Universums oder alle von Data empfangenen Informationen vollständig zu verstehen, aber ich weiß nun, daß Sie die

Wahrheit sagen. Vorher hatten wir keine Ahnung davon – trotzdem träumte ich von Dingen, die mir fremd sein mußten. Dann kamen Sie und Ihre Begleiter, wie eine Offenbarung. Deshalb stelle ich nun eine Frage, die kein anderer Former vor mir jemals zu stellen wagte: Helfen Sie uns dabei, unsere Träume zu formen?:

KAPITEL 17

Die Geologin Casby stand an der wissenschaftlichen Station auf der *Enterprise*-Brücke, sah auf die Anzeigen der Instrumente und schüttelte fassungslos den Kopf. Riker und Geordi folgten ihrem Blick zu einem kleinen Projektionsfeld: Es zeigte Berge, die über eine weite Ebene auf dem Planeten glitten.

»Geschieht das wirklich, Casby?« fragte Riker.

»Nie zuvor habe ich etwas Unglaublicheres gesehen«, erwiderte die junge Frau. »Aber eins steht fest: Wir sehen hier etwas, das sich derzeit auf Domarus Vier abspielt. Es ist die *Realität*.«

Riker wandte sich an den Chefingenieur. »Sind Sie sicher, daß unsere Sensoren richtig funktionieren, Geordi?«

»Ja, Sir.«

»Aber ... die Berge *bewegen* sich.« Der Erste Offizier deutete mit dem Zeigefinger zum Bildschirm. »*Richtige* Berge haben gefälligst *reglos* zu sein.«

Casby vollführte eine hilflose Geste. »Hier ist das ganz offensichtlich nicht der Fall.«

Die Berge bewegten sich nicht nur, sondern veränderten auch ihre Struktur. Während das Gebirge nach Osten glitt, vereinten sich mehrere Gipfel zu zwei Exemplaren, aus denen kurze Zeit später ein gewaltiges Massiv wurde, das am Ende einer prärieartigen Landschaft aufragte. Anschließend hörten die seltsamen, fließenden Bewegungen auf.

»Casby?« fragte Riker nach einigen Sekunden. »Ist es vorbei? Sind die Former fertig?«

»Ich weiß es nicht, Sir.«

Die Gruppe an der wissenschaftlichen Konsole drehte sich um, als Worf knurrte. Finster starrte der Klingone auf die Anzeigen der Sensoren. »Commander Riker, hinter der *Enterprise* hat sich eine energetische Anomalie gebildet.«

»Ist sie visuell zu erkennen?«

»Ja, Sir.«

»Auf den Schirm, Worf«, sagte Riker.

Der Sicherheitsoffizier bediente die Kontrollen und rejustierte das große Projektionsfeld. Der Planet verschwand aus dem Darstellungsbereich, und dafür erschien ein inzwischen vertrautes Schimmern und Wogen. Die bunten Schlieren schienen sich zunächst zu verdichten – und dann verschwanden sie plötzlich. Das Shuttle *Onizuka* hing einige Kilometer hinter dem viel größeren Schiff im All.

Geordi jubelte. »He, sie sind zurück!«

»Kom-Signale, Commander«, meldete Worf. »Von der Raumfähre.«

Riker schritt die Rampe hinunter und blieb vor den Sesseln des Kommandobereichs stehen. »Akustische Verbindung.«

Die Brückenoffiziere hielten unwillkürlich den Atem an – bis eine vertraute Stimme aus dem Lautsprecher drang. »Picard an *Enterprise*. Bitte nehmen Sie die *Onizuka* auf.«

»Hier Riker. Freut mich, von Ihnen zu hören. Sind alle Personen an Bord in Ordnung?«

»Ja, Nummer Eins. Und wir haben eine interessante Geschichte zu erzählen. Doch zuerst ... Wir brauchen ein wenig Hilfe. Das Triebwerk des Shuttles funktioniert nicht.«

»Kein Problem, Captain. Geordi, bitte richten Sie einen Traktorstrahl auf…«

Der erforderliche Traktorstrahl tastete bereits durchs All, noch bevor Riker den Satz beendet hatte. Er erfaßte das Shuttle und zog es vorsichtig in den Hangar der *Enterprise.*

Skepsis zeigte sich in Arits zusammengekniffenen Augen, als sie Captain Picard im Kontrollraum der *Glin-Kale* ansah. »Die fremden Wesen machen *was?*«

Picard stand vor der sitzenden Kommandantin. Jevlin und der Erste Valend Egin leisteten ihr Gesellschaft. »Zu Anfang fiel es auch mir schwer, so etwas zu glauben. Aber Kos Demonstration räumte jeden Zweifel aus. Wenn man mit eigenen Augen sieht, wie sich Berge bewegen… Das ist ein atemberaubendes Erlebnis.«

»Sie *gestalten* die Welt? Und darin sehen sie den Sinn ihrer Existenz?«

»So scheint es. Seltsam ist folgendes: Zwar sind sie mächtig genug, einen ganzen Planeten zu formen – und diese Tätigkeit üben sie seit Äonen aus –, aber sie haben keine Möglichkeit, Domarus Vier zu verlassen. Offenbar gehören sie zur planetaren Natur. Sie können ebensowenig von Domarus fortgebracht werden wie der Wind von meiner Heimatwelt.«

»Und dies ist ihr erster Kontakt mit anderen Lebensformen?«

»Ja«, bestätigte Picard.

»Habe ich das richtig verstanden?« brummte Jevlin. »Die Fremden schlafen jeweils *tausend Jahre* lang?«

Jean-Luc nickte. »Die Besatzung unseres Shuttles sorgte unwissentlich dafür, daß einige von ihnen vorzeitig erwachten, darunter die Gemeinschaftsleiterin Ko. Zuerst bewirkte unsere Präsenz nur Neugier. Doch als Ko während unseres anfänglichen Disputs Gefahr für das Shuttle spürte, transferierte sie es in eine planetare Höhle.«

»Warum blieb die Raumfähre dort?« fragte Arit. »Warum wurde sie nicht zur *Enterprise* zurückgeschickt?«

»Ich nehme an, hier kommt die bereits erwähnte Neugier ins Spiel. Unsere Worte verstanden die Former nicht, aber sie erkannten den Konflikt und hielten das Shuttle für wichtig. Außerdem vermuteten sie, daß die *Enterprise* im Orbit des Planeten verharren würde, solange die *Onizuka* verschwunden blieb.«

»Mit dieser Einschätzung behielten sie recht«, stellte Arit fest.

»Die Former wollten uns daran hindern, sie allein zu lassen, aber es steckten keineswegs feindliche Absichten dahinter. Sie brauchten einfach nur mehr Zeit, um eine Möglichkeit zu finden, mit uns zu kommunizieren.«

»Na schön«, sagte Arit unverbindlich. »Was hat es mit jenem Traum auf sich? Warum sollten Geschöpfe, die einen ganzen Planeten nach Belieben gestalten können, jemanden benötigen, der ihre Träume realisiert?«

»Mir gingen die gleichen Gedanken durch den Kopf. Aber sie brauchen tatsächlich unsere Hilfe. Und eigentlich ist ihr Wunsch durchaus verständlich. Sie wissen nun, daß auf vielen anderen Welten Leben existiert, und deshalb streben sie Kontakte an.« Picard zögerte und fragte sich, wie Arit und die übrigen Teniraner auf seine nächste Bemerkung reagieren würden. *Es wird sich gleich herausstellen.* »Sie suchen nach einer neuen Heimat«, fuhr er fort. »Und die Former sind bereit, ihre Welt mit Ihnen zu teilen. Sie laden die teniranischen Überlebenden ein, sich auf Domarus niederzulassen.«

Picard musterte die Anwesenden der Reihe nach,

und enttäuscht nahm er zur Kenntnis, daß die Gesichter nicht die erhoffte Freude zeigten. Nur Arit schien bereit zu sein, das Angebot der fremden Wesen anzunehmen. Sie wandte sich an den Ersten Offizier, der ihr besonderes Vertrauen genoß.

»Was halten Sie davon, Jev?«

»Ich weiß nicht, Captain. Wir wollten eine Welt für uns allein. Diese Former ... Was passiert, wenn sie es sich später anders überlegen? Wie können wir uns gegen solche Wesen verteidigen?«

»Hm.« Arit nickte langsam. »Ein wichtiger Gesichtspunkt.«

Egin trat vor die Kommandantin. »Vermutlich wollen Sie wieder eine Entscheidung treffen, ohne dabei meine Meinung zu berücksichtigen.«

»Nein, Egin, ganz und gar nicht. Diese Angelegenheit ist zu wichtig. Sie und die Mitglieder des Leitenden Rates sollten darüber diskutieren.«

Der dickliche Valend blinzelte überrascht. Er hatte ganz offensichtlich nicht damit gerechnet, daß sich die Kommandantin ihm gegenüber so respektvoll verhielt. Einige Sekunden lang war er völlig verunsichert. Picard wußte von den nicht besonders guten Beziehungen zwischen Arit und Egin; er vermutete, daß die Frau im Kommandosessel genau diese Wirkung auf den arroganten kleinen Kerl erzielen wollte.

»Immerhin geht es um unsere Zukunft«, fügte Arit hinzu. »Selbst wenn ich könnte – eine derartige Entscheidung *möchte* ich gar nicht allein treffen. Nein, ich bin gern bereit, die entsprechende Verantwortung mit dem Rat zu teilen – und insbesondere mit Ihnen.«

»Findet eine Debatte statt?« fragte Picard.

»Ja. Die Mitglieder des Rates versammeln sich, und Sie können zu ihnen sprechen, ihnen die jüngsten Ereignisse erklären. Vielleicht bekommen Sie Gelegenheit, die eine oder andere Frage zu beantworten. Anschließend halte ich einen Vortrag. Und dann überlasse ich es dem Leitenden Rat, eine Entscheidung zu treffen.«

Die Mitglieder des Rates – obwohl es sich Arits Meinung nach kaum um einen Rat in dem Sinne handelte – trafen sich in einem Konferenzzimmer, das jetzt auch als Lager diente. Kisten stapelten sich an den Wänden bis zur Decke empor, ließen den acht Männern und Frauen kaum genug Platz an dem alten Holztisch, der auf einem wackligen Sockel stand.

Auf dem Weg hierher hatte Arit Picard folgendes erklärt: Das sogenannte ›Valend-Haus‹ stellte die Exekutive der teniranischen Regierung dar, während der Leitende Rat die Legislative verkörperte. Seine Aufgabe bestand darin, Gesetze zu beschließen, und die Valends mußten dafür sorgen, daß sie auch angewandt und respektiert wurden.

Als Arit nun die Ratsmitglieder musterte, erinnerte sie sich einmal mehr daran, daß nur noch wenige von ihrem Volk übriggeblieben waren. Von insgesamt fünfundzwanzig Valends hatte allein Egin überlebt, und diese acht Personen repräsentierten den kümmerlichen Rest eines Rates, der damals auf Tenira insgesamt hundert Mitglieder gezählt hatte.

Die Kommandantin sah ernste Gesichter, und das erstaunte sie ein wenig. Der Grund für die Zusammenkunft war bekannt, und Arit hatte mit Freude oder zumindest Erleichterung gerechnet. Schließlich sollte der Rat über etwas entscheiden, das viele Teniraner kaum mehr zu hoffen wagten: Es ging nun darum, ob sich die Flüchtlinge auf einem Planeten niederlassen sollten.

Arit stellte Picard vor, betonte die Ehrlichkeit des menschlichen Kommandanten und seine aufrichtige Bereitschaft, den Teniranern zu helfen. Als er die Fakten schilderte, beobachtete sie die Räte und hielt in ihren Mienen nach Reaktionen Ausschau. Was hielten sie von Domarus Vier und den Formern? Wie mochten sie abstimmen?

Doch Arit suchte vergeblich nach solchen Hinweisen. Kummervoll fragte sie sich, ob ihr Volk alle Emotionen verloren hatte, abgesehen von Furcht. Konnten die Überlebenden gar nicht mehr hoffen? Oder wurzelte die Angst so tief in ihnen, daß sie keine Enttäuschung riskieren wollten? Eigentlich seltsam: Personen, die nicht mehr zu träumen wagten, wurden auf eine Welt eingeladen, deren Bewohner ihr Leben von Träumen bestimmen ließen.

Picard beendete seine Erläuterungen. »Das ist ziemlich viel auf einmal«, kommentierte er. »Bitte zögern Sie nicht, Fragen zu stellen. Ich werde versuchen, Ihnen so gut wie möglich Auskunft zu geben.«

Stille folgte. Alle Ratsmitglieder schwiegen. Arit wäre am liebsten auf den Tisch gesprungen, um laut zu schreien. *Nach all dem, was sie gehört haben … Wieso sitzen sie einfach nur da? Sind sie durch unser langes Leid so abgestumpft, daß sie alles passiv hinnehmen?*

Und unterschied sich Arit von ihnen? *Du strahlst ebensowenig Begeisterung aus wie diese Leute.*

Die parlamentarische Tradition verlangte, daß der erste – und in diesem Fall einzige – Valend Vorsitzender der Versammlung war. Egin wandte sich so übertrieben würdevoll an die Räte, daß Arit fast laut gelacht hätte.

»Keine Fragen? Nun gut. Danke, Captain Picard. Captain Arit, Sie haben jetzt Gelegenheit, zum Rat zu sprechen, bevor er mit der Diskussion beginnt, die der Entscheidung vorausgeht. Aber vielleicht möchten Sie aus Zeitgründen darauf verzichten, dieses Recht in Anspruch zu nehmen.«

Arit stand auf und lächelte spöttisch. »Tut mir leid,

Egin, aber ich bin nicht bereit, Ihnen diesen Gefallen zu erweisen.« Sie senkte den Kopf, holte tief Luft und ließ den Atem langsam entweichen. Es gab nur eine Möglichkeit für sie, zu den Ratsmitgliedern zu sprechen: Die Worte mußten direkt aus dem Herzen kommen. »Sie hätten mit Freude auf die Ausführungen von Captain Picard reagieren sollen, denn ich glaube, daß sich uns nie zuvor eine so gute Chance geboten hat. Seit einer Ewigkeit scheinen wir unterwegs zu sein, lange genug für viele von uns, um die Hoffnung zu verlieren. Warum setzten wir den Flug fort? Warum gaben wir nicht einfach auf? Diese Fragen habe ich mir oft gestellt. Und wie lauten die Antworten? Nun, meiner Ansicht nach steckt mehr dahinter als nur Bewegungsmoment und Angewohnheit.«

Arit schritt langsam um den Tisch herum. Manchmal starrte sie ins Leere – oder sah in die reserviert blickenden Augen eines Ratsmitglieds. »Ohne die wundervollen Ereignisse der vergangenen Tage hätten wir uns vermutlich damit abgefunden, für immer zur Heimatlosigkeit verdammt zu sein. Früher oder später wären wir alle gestorben, irgendwo zwischen den Sternen.

Aber jetzt sind wir *hier,* in der Umlaufbahn eines Planeten, der sich für die Besiedlung eignet. Wir müssen eine Wahl treffen. Entweder folgen wir auch weiterhin jenem Weg, den wir kennen und der nur Kummer für uns bereithält, oder wir halten hier inne, um uns einer neuen Herausforderung zu stellen, vielleicht der größten überhaupt.« Arit legte eine kurze Pause ein und kaute gedankenverloren auf der Unterlippe. »Ob Sie mir glauben oder nicht: Bevor ich diese Worte an Sie richtete, erfüllte mich die bevorstehende Entscheidung mit gemischten Gefühlen. In gewisser Weise wäre es einfacher für uns, Domarus Vier jenen fremden Wesen zu überlassen, die sich so sehr von uns unterscheiden. Was passiert, wenn wir nicht mit ihnen zurechtkommen? Was dann? Ich weiß es nicht. Niemand kann diese Frage beantworten.

Aber eins steht fest: Wir haben unseren ganzen Mut benötigt, um diesen Planeten zu erreichen. Und wir brauchen den Rest unserer Tapferkeit, um zu entscheiden, ob wir ihn als unsere neue Heimat wählen.« Erneut zögerte die Kommandantin. »Ich hoffe inständig, daß Sie sich für die Besiedlung entscheiden.«

Zu Anfang hatte es Arit sehr bedauert, daß die Gesichter der Ratsmitglieder keine Reaktionen zeigten. Jetzt spürte sie nicht mehr das Bedürfnis, von ihren Gedanken und Empfindungen zu erfahren. Sie hatte Frieden mit sich selbst und den Umständen geschlossen – der Rest lag bei diesen Männern und Frauen.

»Kommen Sie, Captain Picard.« Die Kommandantin schritt zur Tür. »Überlassen wir den Rat der Diskussion.«

»Welche Entscheidung erwarten Sie?« fragte Picard, als er mit Arit durch einen Korridor der *Glin-Kale* schritt.

»Um ganz ehrlich zu sein: Ich habe keine Ahnung. Nach der Abstimmung hören Sie sofort von mir.«

»Glauben Sie, daß die Beratungen lange dauern?«

Arit zuckte mit den Schultern. »Auch das weiß ich nicht.« Sie schüttelte den Kopf und lachte plötzlich.

»Was finden Sie so komisch?«

»Es geht um nichts Komisches, sondern um einen seltsamen Aspekt, Picard. Sie sind ebenfalls Kommandant. Beunruhigt es Sie, wenn sich etwas Ihrer Kontrolle entzieht?«

Jean-Luc dachte kurz nach. »Kommt ganz darauf an«, erwiderte er unverbindlich. »Warum fragen Sie?«

»Nur so. Früher habe ich es *verabscheut*, auch nur teilweise die Kontrolle zu verlieren: über das Schiff, über Keela, über mein Leben. Aber schon seit langer Zeit gibt es viele Dinge, die ich nicht mehr kontrollieren kann. Deshalb macht es mir nichts aus, darauf zu warten.« Arit deutete über die Schulter hinweg in Richtung Konferenzzimmer.

»Ich verstehe.«

»Ich nehme an, Sie möchten jetzt zu Ihrem Schiff zurückkehren, oder?«

»Nun, vielleicht können wir die Wartezeit zu einem guten Zweck nutzen.«

»Wie meinen Sie das?«

»Ich möchte ein Versprechen Ihrer Tochter gegenüber einlösen – falls es die Mutter erlaubt.«

»Die Mutter erhebt keine Einwände.«

»Wo ist Keela jetzt?«

Arit überlegte. »Wahrscheinlich befindet sie sich in ihrer Kabine und lernt. Ich dachte immer: Wenn wir eine neue Heimat finden, so kann gute Bildung deiner Tochter gewiß nicht schaden. Zweifellos ist es nützlich, wenn man weiß, worauf es beim Kochen von Tee ankommt, aber es gibt wichtigere Dinge im Leben.«

»Manchmal ja«, räumte Picard. »Und manchmal nein. Man unterschätze nie die Macht einer guten Tasse Tee.«

Sie fanden Keela im Familienquartier. Die Ankunft der beiden Erwachsenen überraschte das Mädchen: Zwar saß es am Computerterminal, aber es war nicht mit einer Lektion beschäftigt. Statt dessen hielt Keela einen Stift in der Hand und malte damit die *Enterprise*.

»Entschuldige bitte, Mutter«, brachte sie hervor. »Ich weiß, daß ich mich eigentlich mit Mathematik beschäftigen sollte.«

»Normalerweise wäre ich jetzt sehr böse auf dich«,

sagte Arit streng. »Aber unter diesen besonderen Umständen ... Wir wollten dich fragen, ob du Captain Picards Raumschiff besuchen möchtest.«

Die emotionslose Zurückhaltung des Leitenden Rates hatte zunächst Besorgnis in Arit geweckt, doch das glückliche Juchzen ihrer Tochter schuf einen guten Ausgleich.

KAPITEL 18

Die Tür des Gesellschaftsraums im zehnten Vorderdeck öffnete sich, und Captain Picard führte Arit sowie ihre Tochter Keela in den Saal. Nach zwei Schritten blieb Arit stehen und sah sich mit großen Augen um. Jean-Luc fragte sich, ob ihren Reaktionen nicht nur Staunen und Anerkennung zugrunde lagen, sondern auch eine gehörige Portion Neid.

»Als Sie von einem ›Gesellschaftsraum‹ sprachen, habe ich mir etwas anderes vorgestellt«, sagte sie. »Ich dachte dabei an einige Tische, einen Synthetisierer in der Ecke … Das hier ist *unglaublich.*«

»Mutter …« Keela rollte mit den Augen. »Dieses Wort hast du seit dem Beginn der Besichtigungstour immer wieder benutzt. Du *wiederholst* dich.«

Arit blickte tadelnd auf ihre Tochter hinab. »Und du bist vorlaut. Ich gebe dir den guten Rat, deine Zunge besser zu kontrollieren und mehr Respekt zu zeigen. Außerdem: Findest du die *Enterprise* nicht erstaunlich?«

»Doch. Aber jemand muß die Würde der Familie wahren.«

Es fiel Picard schwer, nicht laut zu lachen. Um Mutter und Tochter abzulenken, sagte er: »Ich schlage vor, wir nehmen dort drüben am Fenster Platz.« Jean-Luc führte die beiden Teniranerinnen zu einem leeren Tisch und gab Guinan ein Zeichen. »Möchtest du etwas Leckeres, Keela?«

Sie runzelte argwöhnisch die Stirn und überlegte, offenbarte damit ein Verhalten, das Picard aufgrund seiner Erfahrungen mit anderen Kindern nicht erwartet hatte. Es bewies einmal mehr, daß Keela kein gewöhnliches Mädchen war.

»Handelt es sich dabei um etwas, das in erster Linie für Kinder bestimmt ist, Captain?«

»Ganz und gar nicht. Menschen lernen die Spezialität meistens in recht jungen Jahren kennen, aber sie finden auch später noch Gefallen daran. Viele von uns gönnen sie sich in mehr oder weniger regelmäßigen Abständen.«

»Ist die Sache damit erwachsen genug für dich, Keela?« fragte Arit.

»Ja, ich glaube schon, Mutter.«

Guinan trat zum Tisch, begrüßte Picard und seine beiden Begleiterinnen mit dem für sie typischen Lächeln. »Captain Arit, Keela – willkommen im Gesellschaftsraum.«

»Woher wissen Sie, wer wir sind?« erkundigte sich Keela.

Es schien auch ihre Mutter zu überraschen, mit Namen angesprochen zu werden. Picard wunderte sich längst nicht mehr über solche Dinge – sie gehörten einfach zu Guinans Wesen. »Das ist Guinan, unsere Wirtin und Gastgeberin. Sie weiß über viele Dinge Bescheid, von denen sie eigentlich keine Ahnung haben sollte – der Grund dafür ist mir nach wie vor ein Rätsel.«

»Um nur ein Beispiel zu nennen …«, sagte Guinan. »Ich glaube, der Captain wollte Ihnen gerade vorschlagen, Eiscreme zu probieren.«

»In der Tat«, bestätigte Picard. »Und ich möchte mich selbst entsprechenden Gaumenfreuden hingeben.«

»Drei Eisbecher – werden prompt geliefert, Captain.«

Guinan ging wieder zur Theke. Keela kniete auf ihrem Stuhl, sah durchs breite Panoramafenster und beobachtete den Planeten.

»Ist das unsere neue Heimat, Mutter?«

»Darüber befindet der Rat.«

»Möchtest du dort zu Hause sein?« fragte Picard.

Keela schürzte nachdenklich die Lippen, und dadurch wurde ein spitzer Zahn sichtbar. »Ich weiß nicht, Captain. Obwohl ... Nachdem ich Ihr Schiff kennengelernt habe, liegt mir kaum etwas daran, zu unserem zurückzukehren. Die *Glin-Kale* ist alt und schmutzig. Und an Bord gibt es viel zuwenig Platz.«

Guinan kam mit einem Tablett und servierte drei Eisbecher mit Schlagsahne und Kirschen. Keela griff nach dem Löffel und bat ihre Mutter mit einem stummen Blick um Erlaubnis. Arit nickte, doch das Mädchen zögerte.

Picard beschloß, die Initiative zu übernehmen. »Ich sollte dich besser warnen, Keela: Eiscreme muß schnell gegessen werden – sonst schmilzt sie. Lassen wir es uns schmecken.« Im Anschluß an diese Worte füllte er sich den Mund mit köstlichem Schokoladeneis.

Keela füllte nicht ihren ganzen Löffel. Im Gegenteil: Sie kratzte damit nur vorsichtig am Inhalt ihres Bechers.

»Meine Tochter ist sehr zurückhaltend, wenn es um Neues geht, Captain«, erklärte Arit.

Keelas flaumige Mähne schien sich wie das Gefieder eines Vogels aufzuplustern – ein Zeichen von Verlegenheit, wie Picard vermutete.

»Mutter!« Arits Tochter gab sich empört. »Das ist *nicht* wahr!« Sie bohrte den Löffel in die Eismasse, führte ihn anschließend zu den Lippen – und probierte mit unübersehbarer Skepsis. Wenige Sekunden später erhellte sich ihre Miene, und sie schob sich den ganzen

Löffel in den Mund. »Es schmeckt sehr gut, Captain Picard.«

»Freut mich.«

Wesley und Ken betraten den Gesellschaftsraum, sahen dort Picards Gruppe, die gerade ihre Eiscreme verzehrte. Die beiden Jungen näherten sich. »Wir haben das von Ihnen gewünschte Spezialprogramm fertiggestellt, Captain«, sagte Wesley.

»Oh, ausgezeichnet.« Picard warf Arit einen bedeutungsvollen Blick zu.

»Standen Ihnen genug Daten für die Programmierung zur Verfügung?« fragte die Kommandantin.

»Ja, Captain Arit«, bestätigte Ken. »Wir halten die Simulation für gut – das endgültige Urteil steht natürlich Ihnen zu.«

»Ich bin sicher, daß Sie unter den besonderen Umständen gute Arbeit geleistet haben«, erwiderte Arit. »Captain Picard hat mir versichert, daß an Ihrer Kompetenz kein Zweifel besteht.«

»Der Meinung bin ich tatsächlich«, pflichtete Jean-Luc der Teniranerin bei. »Danke dafür, daß Sie sich so schnell darum gekümmert haben.«

»Gern geschehen, Sir«, sagte Wesley.

Ken nickte. »Nichts zu danken, Captain.«

»Das wär's dann, meine Herren.« Picard zögerte kurz. »Oder möchten Sie uns Gesellschaft leisten, während wir uns das Ergebnis Ihrer Bemühungen ansehen?«

Die beiden jungen Männer wechselten einen kurzen Blick. »Danke, Sir«, entgegnete Ken ernst. »Aber wir müssen eine dringende Angelegenheit besprechen.«

Diese Bemerkung schien Unbehagen in Wesley zu wecken. »Vielleicht kommen wir später nach, Sir.«

»Wie Sie wollen.« Picard stand auf, und seine nächsten Worte galten Mutter und Tochter. »Zur letzten Etappe der Besichtigungstour.«

Ken und Wesley blieben stehen, bis Picard, Arit und die kleine Keela den Gesellschaftsraum verlassen hatten. Dann nahmen sie am gerade frei gewordenen Tisch Platz und steckten wie zwei Verschwörer die Köpfe zusammen. Guinan erschien, bevor sie ihr Gespräch beginnen konnten.

»Was darf's sein, meine Herren?«

»Kaffee«, sagte Wesley sofort. »Mit Milch und Zucker.«

»Und du, Ken?«

»Für mich ebenfalls Kaffee. Und zwar ... schwarz.«

Wesley starrte ihn groß an, und Guinan hob überrascht die Brauen. »Also zweimal Kaffee. Dazu etwas Gebäck?«

»Ja«, antwortete Ken. Als sich die Wirtin der Theke zuwandte, fügte er rasch »Danke, Guinan« hinzu.

Wesley hob die Hand. »Ich hab's mir anders überlegt. Ich glaube, Tee wäre mir lieber als Kaffee.«

»Earl Grey?« fragte Guinan mit einem wissenden Lächeln.

»Ja.« Wes grinste, und dann wanderte sein Blick wieder zu Ken.

»Was siehst du mich so an, Crusher?«

»Seit wann trinkst du schwarzen Kaffee?«

»Er hat mir *immer* geschmeckt«, log Ken. Er atmete tief durch. »Na schön. Wie gehen wir jetzt vor?«

Wesley zuckte mit den Achseln. »Was weiß ich? Es war deine Idee. Mir liegt überhaupt nichts an einer solchen Diskussion.«

»Ich dachte nur, das wäre zivilisierter. Ich meine: Manchmal kannst du einem ganz schön auf den Wecker fallen, aber wir sind trotzdem Freunde, nicht wahr?«

»Ja, ich denke schon.«

»Nun ...« Ken zögerte. »Magst du Gina?«

Rote Flecken entstanden auf Wesleys Wangen. »Natürlich mag ich sie. Warum auch nicht? Was ist mit dir? Magst du sie ebenfalls?«

»Ja. Und ich glaube, daß sie ... mich sympathisch findet.«

Wesley staunte nicht nur darüber, *was* Ken gesagt hatte. Ihn verblüffte auch der Umstand, daß er den Mut fand, darüber zu reden. »Glaubst du das wirklich? Es gibt nur eine Möglichkeit, Gewißheit zu erlangen.«

»Welche?« fragte Ken vorsichtig.

»Das *weißt* du doch – lad sie ein.«

»Du bist schon einmal mit ihr ausgegangen.«

»Das war kein richtiges Ausgehen.« Wesley winkte ab. »Unter richtigem *Ausgehen* verstehe ich etwas anderes. Gelegentlich verbringen wir einen Teil unserer Freizeit zusammen. Ich hab's schon einmal zu erklären versucht: Gina und ich sind einfach nur Freunde.« Als Kens Züge so etwas wie Erleichterung verrieten, betonte er: »Bisher.«

Die beiden jungen Männer schwiegen und lehnten sich in ihren Sesseln zurück, als Guinan mit einem Tablett kam. Während sie versuchten, sich der Wirtin gegenüber lässig und entspannt zu geben, dachte Wes nach. Das hinzugefügte Wort erschütterte Kens gerade erst erwachte Zuversicht – und genau das bezweckte Wesley damit. Dann und wann *hatte* er sich in Gina mehr als nur eine Freundin vorgestellt, sogar viel mehr.

Andererseits kannte er auch die besonderen Umstände: Mit großer Wahrscheinlichkeit verließ er bald die *Enterprise*, um mit einer Ausbildung an der Starfleet-Akademie zu beginnen. So sehr ihm Gina auch gefiel – es war sicher keine gute Idee, eine Beziehung zu beginnen, die schon kurze Zeit später durch eine

Trennung unterbrochen wurde. Das erste Jahr an der Akademie würde alles andere als leicht sein. Man hatte ihm geraten, sich während jener Zeit von nichts ablenken zu lassen – und was lenkte mehr ab als der Gedanke an eine viele Lichtjahre entfernte junge Frau? *Ich darf mich nicht vor Kummer verzehren, wenn ich meine ganze geistige Kraft fürs Studium benötige.*

Außerdem wußte Wesley gar nicht, ob Gina an einer ernsteren Beziehung interessiert war. Er hatte sie nie danach gefragt. Auch dieser Aspekt spielte eine Rolle bei der Entscheidung, Kenny zu ermutigen. Andererseits: Er sollte es nicht *zu* einfach haben. Wes hoffte, daß sich der andere Junge von vermeintlicher Rivalität stimulieren ließ, dadurch die Kraft fand, über sich selbst hinauszuwachsen.

Als Guinan das Tablett abgestellt hatte und wieder gegangen war, beugte sich Ken sofort vor. Sorgenfalten zeigten sich nun in seiner Stirn. »Was meinst du mit ›bisher‹?«

»Oh, nichts. Ich habe nur an die Möglichkeit gedacht, Gina selbst einzuladen. Es sei denn natürlich, du kommst mir zuvor.«

»Ach, vielleicht irre ich mich, vielleicht mag sie mich überhaupt nicht«, stöhnte Ken, als sich seine Entschlossenheit schon wieder verflüchtigte. Er trank einen Schluck Kaffee und verzog das Gesicht. »Du hast recht. Ich halte nichts von schwarzem Kaffee.«

»Du solltest nicht von vorneherein darauf verzichten, Gina zu bitten, mit dir auszugehen. Sieh es mal so: Was kann schlimmstenfalls passieren?«

»Was schlimmstenfalls passieren kann?« Ken rollte mit den Augen. »Ganz einfach: Sie sagt nein.«

»Na und? Dann bist du nicht schlechter dran als jetzt.«

»Abgesehen von einem sehr empfindlichen Ego, das gnadenlos platt getreten wurde.«

Wesley musterte seinen Freund und lächelte schief. »Ich darf dir versichern, daß sich platt getretene Egos wieder aufpumpen lassen. Ich habe in den medizinischen Fachbüchern meiner Mutter davon gelesen.«

Ken lachte. Kurz darauf bemerkte er etwas auf der anderen Seite des Raums und verzog das Gesicht. »Vielleicht ist die ganze Diskussion gerade überflüssig geworden«, sagte er und starrte an Wesley vorbei.

»Wieso?«

»Sieh nur«, antwortete Kenny und nickte in die entsprechende Richtung.

Wes drehte den Kopf und blickte zu einem Tisch, an dem sechs Jugendliche saßen. Gina stand gerade auf, und ein kräftig gebauter junger Mann mit welligem Haar hielt ihre Hand.

»Sie geht jetzt mit *Coggins?*« brachte Wesley ungläubig und enttäuscht hervor. »Ich fasse es nicht.«

»Vielleicht fährt sie auf Typen mit breiten Schultern ab.« Ken sank tiefer in seinen Sessel. »Ob sie uns gesehen hat?«

»Wahrscheinlich nicht. He, jetzt brechen sie zusammen auf.« Wesley beobachtete Gina und Coggins, bis sie die Tür erreichten. Dann wandte er sich um und stützte mißmutig das Kinn in die Hand. Nach einer Weile entdeckte er neues Interesse in Kens Miene. »Was ist los?«

Kenny antwortete nicht, schien die Frage überhört zu haben. Erneut drehte sich Wesley um, und eine Sekunde später wußte er, was die Aufmerksamkeit des Jungen geweckt hatte: jenes Mädchen, das am anderen Tisch drei männlichen Begleitern Gesellschaft leistete. Die junge Dame hatte elfenbeinfarbene Haut und langes dunkles Haar. Ihr Lachen klang wie eine fröhliche Melodie.

»Polly Park«, sagte Wesley in einem bewundernden Tonfall. »Kein Mädchen hat längere Beine.«

»Vermutlich bist du schon mit ihr ausgegangen, oder?«

»Nein. Aber um ganz offen zu sein: Ich habe mit dem Gedanken gespielt, sie einzuladen.«

»Also sind wir wieder ganz am Anfang. Mit einem Unterschied: Es geht jetzt nicht mehr um Gina.«

»He, soll das heißen, *du* willst es mit Polly versuchen?«

»Vielleicht.«

Wesley lächelte herausfordernd. »Sie ist zu groß für dich, Ken.«

»Ach?« Ken stand auf und hob den Kopf. »Das soll sie mir selbst sagen.«

»Was hast du vor?«

»Ich bitte Polly Park, mit mir auszugehen.«

Ken schritt durch den Gesellschaftsraum, und Wesley sah ihm nach. *So ist es richtig, Kenny,* dachte er. *Ein Versuch kann nie schaden.*

Picard, Arit und Keela standen auf einer hohen Klippe und blickten in eine tiefe Schlucht. Ganz unten strömte das gischtende Wasser eines Flusses dahin, aber hier oben war das Rauschen und Tosen nur ein sanftes Flüstern. An einigen Stellen klebten Dunstwolken an den Hängen des Canyons. Berge erstreckten sich bis zum Horizont, und verborgene Tiere heulten in der Ferne, als die Sonne unterging. Eine sanfte Brise bewegte die Mähnen von Mutter und Tochter. Picard beobachtete sie, dachte dabei an die besondere Verbindung zwischen ihnen und beneidete sie ein wenig.

Die Teniraner hatten sich große Mühe gegeben, die Traditionen ihrer Gesellschaft zu bewahren, und Picard hoffte, daß sie für ihre Bemühungen bald den verdienten Lohn bekamen.

Er dachte auch an seine eigenen familiären Beziehungen. Über viele Jahre hinweg – praktisch sein ganzes Leben als Erwachsener, nach dem Tod der Eltern – war er vom Bruder entfremdet gewesen. Eigentlich seltsam: Nach dem gräßlichen Zwischenfall mit den Borg fühlte sich die Rekonvaleszenz erst komplett an, als er nach Labarre zurückkehrte und dort Frieden mit Robert schloß.

Jene Reise ermöglichte es ihm auch, zum erstenmal Roberts Frau Marie persönlich zu begegnen und einen Picard der nächsten Generation kennenzulernen – seinen kleinen Neffen René.

René möchte Raumschiff-Kommandant werden, so wie der Onkel, der fast ein Fremder für ihn ist. Für Jean-Luc grenzte es an ein Wunder, daß er trotz der physischen Abwesenheit eine so ausgeprägte Präsenz in der Familie gehabt hatte.

Jahrelang hatte er die Trennung von seinen Blutsverwandten für eine unüberbrückbare Kluft gehalten. Robert und er unterschieden sich einfach zu sehr und waren viel zu stur, um Liebe und Respekt zuzugeben. Sie fanden sich einfach mit den Differenzen ab, anstatt sie zu überwinden und vor allem Brüder zu sein.

Picard hatte damals eine Wahl getroffen, und seit mehr als zwanzig Jahren bildeten die entsprechenden Konsequenzen das Fundament seines Lebens. Counselor Troi hätte in diesem Zusammenhang vielleicht von Kompensation gesprochen – die Crew der *Enterprise* stellte nun seine Familie dar. Die Offiziere und übrigen Besatzungsmitglieder waren wie Brüder, Schwestern und Kinder für ihn, gaben seiner Existenz einen Sinn.

Nach dem Besuch zu Hause veränderte sich Jean-Lucs Perspektive. Die Mannschaft blieb ihm so vertraut wie vorher, doch die erneuerte und wiederhergestellte Verbindung mit der Familie in Labarre füllte etwas in ihm, das bisher leer geblieben war.

So etwas stand nun auch den Teniranern bevor: Bald wurden sie wieder eins.

»Tenira muß sehr schön gewesen sein«, sagte Picard leise.

»Ja, das stimmt. Sie haben mir die Möglichkeit gegeben, die alte Heimat noch einmal zu sehen, und ich weiß nicht, wie ich Ihnen dafür danken soll.« Arit seufzte und blickte auf das Mädchen hinab, das fest ihre Hand hielt und aus großen Augen über die Schlucht sah. »Auch und insbesondere dafür, daß meine Tochter nun einen Eindruck von Tenira gewinnen kann.«

»Sie brauchen mir nicht zu danken.«

»Keela ...« Arit streckte die freie Hand aus. »Dort haben dein Vater und ich geheiratet.«

»Tatsächlich?«

»Ja. Wir legten den Eid bei Sonnenuntergang ab, an einem Tag wie heute. So erinnere ich mich jedenfalls daran.« Die Kommandantin warf noch einen letzten Blick in jene Richtung, wandte sich dann von der Vergangenheit ab und schritt über einen Weg, der zu einigen goldgelben Bäumen führte.

»Sie können noch etwas hierbleiben, wenn Sie möchten«, sagte Picard.

Arit schüttelte den Kopf. »Nein. Es ist spät – wir sollten besser gehen.«

Kurz darauf erreichten sie den Ausgang des Holo-Decks. »Programm speichern«, wies Picard den Computer an, als das Schott beiseite glitt. Sie betraten den sich dahinter erstreckenden Korridor.

»Sie speichern die Simulation?« fragte Arit. »Aus welchem Grund?«

»Um auch anderen Leuten Gelegenheit zu geben, Tenira zu besuchen.«

Der Captain führte die beiden Teniranerinnen durch einen Gang mit breiten Panoramafenstern. Als sie sich einem Turbolift näherten, summte das Interkom. »Riker an Captain Picard.«

Jean-Luc klopfte auf seinen Insignienkommunikator. »Ich höre, Nummer Eins.«

»Eine Nachricht von der *Glin-Kale*, Sir. Für Captain Arit.«

Picard sah die Frau an. »Möchten Sie allein sein, um die Mitteilung entgegenzunehmen?«

»Nein.« Arit holte tief Luft und schien sich auf etwas Unheilvolles vorzubereiten. »Um was auch immer es geht – Sie sollen ebenfalls davon erfahren.«

»Öffnen Sie einen externen Kom-Kanal für uns, Will«, sagte Picard.

»Aye, Sir.«

Als Jean-Luc nickte, räusperte sich die Kommandantin. »Hier Captain Arit.«

»Hier spricht Valend Egin, Captain.« Erneut klang seine Stimme übertrieben würdevoll. »Der Leitende Rat hat eine Entscheidung getroffen.«

»Und wie lautet sie?«

Arit hielt unwillkürlich den Atem an – ebenso wie Picard.

»Die Überlebenden der gewählten Regierung von Tenira haben beschlossen, das Angebot der Former anzunehmen.«

Arit ließ den angehaltenen Atem entweichen und griff nach Picards Hand. »Gut, Egin. Haben Sie Besatzung und Passagiere des Schiffes bereits unterrichtet?«

»Nein«, antwortete der Valend. »Sie sind die Kommandantin des Schiffes, und unser Volk ist daran gewöhnt, Ihre Stimme zu hören. Daher sind wir der Meinung, daß Sie die Pflicht – und auch das Recht – haben, die übrigen Personen an Bord der *Glin-Kale* zu informieren.«

»Vielleicht ist er gar nicht so übel, wie ich bisher

dachte«, flüsterte Arit Picard zu. »Äh, Danke, Egin. Ich kehre jetzt zurück. Wir müssen uns um die notwendigen Vorbereitungen kümmern. Arit Ende.«

Während des Gesprächs mit Egin hatte sie Keelas Hand losgelassen, und jetzt stellte sie fest: Das Mädchen stand an einem der großen Fenster. Arit näherte sich ihrer Tochter und strich ihr über die flaumige Mähne. »Das Holo-Deck der *Enterprise* hat uns vorhin die alte Heimat gezeigt.« Sie deutete ins All, zur blauweißen Kugel des Planeten. »Das ist unser *neues* Zuhause.«

EPILOG

PERSÖNLICHES LOGBUCH DES CAPTAINS:
STERNZEIT 44295.7

Und so findet alles ein gutes Ende. Die überraschende Begegnung auf Domarus Vier – die Former nennen ihren Planeten ›Mirrillon‹, und diese Bezeichnung übernehmen wir von jetzt an – hat ausschließlich positive Konsequenzen. Das Shuttle und seine Crew befinden sich inzwischen wieder an Bord. Wir haben freundliche Kontakte mit einer bis dahin unbekannten Lebensform hergestellt. Und die Teniraner können sich auf einer wundervollen Welt niederlassen.

Commander Riker betrat die große Frachtkammer, in der rege Betriebsamkeit herrschte. Chefingenieur LaForge und seine Leute bereiteten gerade mehrere große Container auf den Transfer vor – die Behälter waren vier Meter hoch und fünf Meter breit. Sechs Techniker prüften den Inhalt der Container mit Hilfe von Checklisten und nahmen dann die Versiegelung vor.

»Die letzte Lieferung, Commander – und sie ist fast fertig.«

»Gute Arbeit.«

»Danke, Sir«, sagte LaForge wie beiläufig.

»Ich meine es ernst, Geordi.« Riker schüttelte staunend den Kopf. »Ich wußte nicht, daß sich der Transport innerhalb so kurzer Zeit bewerkstelligen läßt. Sie und Ihre Leute haben eine bemerkenswert umfangreiche Überlebensausrüstung nach Domarus Vier transferiert.«

»Sie meinen *Mirrillon*.«

»Ja. Mirrillon.« Riker lächelte schief. »Wir hatten kaum Gelegenheit, uns an den Namen Domarus zu gewöhnen. Deshalb sollte es eigentlich nicht sehr schwerfallen, eine andere Bezeichnung zu verwenden.«

»Zumal Teniraner *und* Former Mitgliedschaft in der Föderation beantragt haben. Wann treffen die ersten Frachter ein, um jene Dinge zu liefern, die wir nicht zur Verfügung stellen können?«

»In zwei Wochen, schätze ich«, erwiderte der Erste Offizier. »Wie dem auch sei: Mit den von Ihnen gelieferten Dingen kommen die Teniraner sicher lange genug zurecht.«

»Nun, bei unserer ersten Begegnung blieben Konflikte zwar nicht aus, aber nach einer so langen Pechsträhne haben sie es verdient, daß man ihnen ordentlich unter die Arme greift.«

Riker nickte. »Da bin ich ganz Ihrer Meinung.«

Picard stand mitten im Kontrollraum der *Enterprise* und blickte zum Wandschirm, der Arits Gesicht zeigte. »Die Unterkünfte sind zwar nicht sehr luxuriös, aber darin haben Sie es wenigstens warm und trocken.«

»Für den Luxus gibt es später noch Zeit genug«, entgegnete die Kommandantin. »Sie ahnen nicht, was es für uns bedeutet, das Worte ›Heimat‹ endlich nicht mehr mit der *Glin-Kale* in Verbindung bringen zu müssen, sondern mit einem Planeten. Derzeit genügen uns Wärme und Trockenheit, um ein Dankfest zu veranstalten.«

»Ein Dankfest«, wiederholte Data und sah von seiner Konsole auf. »Dieser Begriff erinnert mich an eine Episode aus der Geschichte der terranischen Vereinigten Staaten von Amerika. Im neunzehnten Jahrhundert flohen Auswanderer vor religiöser Verfolgung im monarchistischen England, und in Nordamerika gründeten sie eine Kolonie namens Massachusetts. Während der ersten Monate in einer für sie völlig ungewohnten Umgebung erhielten sie erhebliche Hilfe von den als ›Indianer‹ bezeichneten Einheimischen.«

Die Tür des Turbolifts öffnete sich mit einem leisen Zischen, und Riker betrat die Brücke.

Der Androide fuhr fort: »Nach dem ersten Jahr beschlossen die Oberhäupter der Kolonistengemeinschaft, ein Dankfest zu veranstalten, und sie luden Angehörige des Stammes ein, der ihnen geholfen hatte. Es wurde ein Feiertag daraus, der noch heute begangen wird. Bei vielen anderen Kulturen in der Galaxis gibt es ähnliche Feste.«

»Tenira kannte nie einen derartigen Feiertag, Commander Data«, sagte Arit. »Aber vielleicht ist dies der geeignete Zeitpunkt, um eine neue Tradition zu beginnen – obwohl ich nicht ganz sicher bin, was die Former davon halten. Nun ... Captain, hiermit laden wir Sie und Ihre Crew zu einem Dankfest ein, das im nächsten Jahr auf Mirrillon stattfindet.«

»Es wird uns eine Ehre sein, daran teilzunehmen.«

»Vielleicht serviere ich Ihnen bei der Gelegenheit gebratenen Fisch, Picard«, kündigte Arit an und lächelte. Ein teniranischer Offizier näherte sich ihr und flüsterte eine Mitteilung. »Danke, Lieutenant. Ich habe gerade erfahren, daß die letzten Container auf dem Planeten eingetroffen sind. Was vermutlich bedeutet, daß Sie die Reise bald fortsetzen.«

Picard nickte. »Aufgrund der hiesigen Ereignisse mußten wir eine andere Mission verschieben, und nun drängt die Zeit. Mirrillons Antrag auf Mitgliedschaft im interstellaren Völkerbund ist bereits an den Föderationsrat weitergeleitet worden. Ich nehme an, die ersten Hilfstrupps bringen Ihnen eine positive Antwort.«

»Nun, Captain... Wahrscheinlich gibt es gar keine Möglichkeit für uns, der *Enterprise*-Crew auf angemessene Weise für die geleistete Hilfe zu danken.«

»Der Beginn unserer Beziehungen war ein wenig problematisch, aber zum Glück ist es uns rasch gelungen, die schwierige Anfangsphase zu überwinden, Captain Arit. Ich wünsche Ihnen viel Glück, ebenso den Formern. Und wir freuen uns bereits auf das Dankfest.«

»Ich wünsche Ihnen eine gute Reise, Picard.«

»Und ich wünsche Ihnen Frieden und Glück in Ihrer neuen Heimat. *Enterprise* Ende.«

Arits Gesicht verschwand aus dem großen Projektionsfeld und wich der Darstellung des Planeten Mirrillon. Riker trat zu Picard und Deanna im Kommandobereich der Brücke, ließ sich dort in den Sessel des Ersten Offiziers sinken. »Es ist alles bereit, Sir«, sagte er. »Wir können die Umlaufbahn verlassen.«

Doch bevor Jean-Luc Gelegenheit bekam, darauf zu antworten, erschien eine bunte Energiewolke unter der Aussichtskuppel des Kontrollraums. Ein goldener Funken glühte darin, und es klimperte leise.

:Ich bin Ko, Captain Picard. Die Former möchten Ihnen danken. Wir freuen uns darauf, die Welt zu teilen und andere Lebensformen aus der sogenannten Föderation kennenzulernen.:

»Wir sind *Ihnen* zu Dank verpflichtet, Ko. Ihre Bereitschaft, das Unbekannte willkommen zu heißen, gibt den Teniranern eine zweite Chance. Ich bin sicher, Ihre Mitgliedschaft stellt eine Bereicherung für die Föderation dar.«

:Leben Sie wohl, Captain.:

Ko verschwand.

Das Interkom summte, und Beverly Crushers Stimme erklang. »Krankenstation an Captain Picard.«

»Hier Picard, Doktor.«

»Ich wollte Ihnen nur folgendes mitteilen: Wir haben das versprochene medizinische Wunder vollbracht.«

Jean-Luc hob angenehm überrascht die Brauen. »Ach?«

»Wir sind gerade mit den Laboranalysen fertig, und ihre Ergebnisse lassen folgenden Schluß zu: Die neue Behandlungsmethode für Fälle von Ridmiumvergiftung ist sehr vielversprechend. Wenn sie auch nur halb so gut funktioniert, wie wir glauben, so gibt es für die Arbeiter im Chezrani-Außenposten ausgezeichnete Erholungschancen.«

»Fähnrich Crusher, nehmen Sie Kurs auf das Chezrani-System«, sagte Riker.

»Warpfaktor sieben«, fügte Picard hinzu und vollführte eine Geste, die dem All galt. »Leiten Sie den Transfer sofort ein.«

Als die *Enterprise* aus der Umlaufbahn schwenkte, beugte sich Riker vor. In seinen Augen schimmerte es schelmisch. »Data, in Hinsicht auf Ihre Dankfest-Analogie gibt es etwas, das mir seltsam erscheint.«

Der Androide drehte sich halb um. »Was meinen Sie, Commander?«

»Sie haben nicht darauf hingewiesen, daß die Kolonisten und ihre Nachkommen die amerikanischen Urbevölkerung im Verlauf der nächsten Jahrhunderte fast vollständig ausrotteten. Wenn Sie bisher von Fakten berichteten, so ließen Sie nie etwas aus.«

Data wirkte völlig unschuldig, als er erwiderte: »Die bedauerliche Entwicklung der historischen Ereignisse ist mir keineswegs unbekannt. Allerdings dachte ich, daß eine Schilderung der negativen Aspekte keinen konstruktiven Zwecken genügt. Aus diesem Grund habe ich eine Art ›bereinigte‹ Version präsentiert.« Der Androide zögerte kurz. »Bin ich bei den eben genannten Überlegungen von falschen Voraussetzungen ausgegangen, Sir?«

Riker lächelte. »Nein, Data, ganz im Gegenteil. Sie haben genau die richtige Entscheidung getroffen.« Der Blick des Ersten Offiziers kehrte sich nach innen. »Ich hoffe nur, daß diesmal alles besser klappt als damals. Wenn man darüber nachdenkt... Die Former und Teniraner haben noch weniger gemeinsam als die Kolonisten und amerikanischen Indianer.«

»Ja«, bestätigte Troi. »Aber das vergrößert die Chancen für friedliche und sogar harmonische Koexistenz. Zwischen den amerikanischen Ureinwohnern und den Einwanderern kam es zu einer Rivalität, die das gleiche Land und die gleichen Ressourcen betraf. Hier sind die Unterschiede zwischen Teniranern und Formern so groß, daß sie sich nicht gegenseitig auf die Füße treten werden.«

Ein Rest von Skepsis verharrte in Rikers Zügen. »Es dürfte seltsam sein, wenn die Nachbarn einmal in tausend Jahren Berge wandern lassen.«

»So etwas ist zumindest ungewöhnlich.« Picard lächelte. »Aber die Former haben versprochen, bei der Umgestaltung ihrer Welt vorsichtig zu sein. Und die Teniraner bilden sicher ein sehr interessiertes Publikum.«

»Ein Publikum?« fragte Data.

»Ja. Damit geben sie eine mögliche Antwort auf eine uralte Frage.«

»Um was für eine Frage geht es, Captain?« erkundigte sich Deanna.

»Schaffen intelligente Wesen um des Schaffens willen?« Picard zögerte einige Sekunden lang. »Mit anderen Worten: Ist Selbstgefälligkeit der Grund? Oder liegt dem Schaffen die Absicht zugrunde, zu kommunizieren und mit anderen zu teilen? Die Teniraner haben Glück: In diesem Fall sind die Schöpfer zum Teilen bereit.«

Picard lehnte sich im Kommandosessel zurück und gab sich der Zufriedenheit eines Mannes hin, der es durchaus zu schätzen weiß, wenn Fortuna lächelt. Erneut sah er zum Wandschirm und genoß den Anblick des Alls, als die *Enterprise* zu den Sternen sprang.

STAR TREK™

in der Reihe
HEYNE SCIENCE FICTION & FANTASY

Vonda N. McIntyre, Star Trek II: Der Zorn des Khan · 06/3971
Vonda N. McIntyre, Der Entropie-Effekt · 06/3988
Robert E. Vardeman, Das Klingonen-Gambit · 06/4035
Lee Correy, Hort des Lebens · 06/4083
Vonda N. McIntyre, Star Trek III: Auf der Suche nach Mr. Spock · 06/4181
S. M. Murdock, Das Netz der Romulaner · 06/4209
Sonni Cooper, Schwarzes Feuer · 06/4270
Robert E. Vardeman, Meuterei auf der Enterprise · 06/4285
Howard Weinstein, Die Macht der Krone · 06/4342
Sondra Marshak & Myrna Culbreath, Das Prometheus-Projekt · 06/4379
Sondra Marshak & Myrna Culbreath, Tödliches Dreieck · 06/4411
A. C. Crispin, Sohn der Vergangenheit · 06/4431
Diane Duane, Der verwundete Himmel · 06/4458
David Dvorkin, Die Trellisane-Konfrontation · 06/4474
Vonda N. McIntyre, Star Trek IV: Zurück in die Gegenwart · 06/4486
Greg Bear, Corona · 06/4499
John M. Ford, Der letzte Schachzug · 06/4528
Diane Duane, Der Feind — mein Verbündeter · 06/4535
Melinda Snodgrass, Die Tränen der Sänger · 06/4551
Jean Lorrah, Mord an der Vulkan Akademie · 06/4568
Janet Kagan, Uhuras Lied · 06/4605
Laurence Yep, Herr der Schatten · 06/4627
Barbara Hambly, Ishmael · 06/4662
J. M. Dillard, Star Trek V: Am Rande des Universums · 06/4682
Della van Hise, Zeit zu töten · 06/4698
Margaret Wander Bonanno, Geiseln für den Frieden · 06/4724
Majliss Larson, Das Faustpfand der Klingonen · 06/4741
J. M. Dillard, Bewußtseinsschatten · 06/4762
Brad Ferguson, Krise auf Centaurus · 06/4776
Diane Carey, Das Schlachtschiff · 06/4804
J. M. Dillard, Dämonen · 06/4819
Diane Duane, Spocks Welt · 06/4830
Diane Carey, Der Verräter · 06/4848
Gene DeWeese, Zwischen den Fronten · 06/4862
J. M. Dillard, Die verlorenen Jahre · 06/4869
Howard Weinstein, Akkalla · 06/4879
Carmen Carter, McCoys Träume · 06/4898
Diane Duane & Peter Norwood, Die Romulaner · 06/4907
John M. Ford, Was kostet dieser Planet? · 06/4922
J. M. Dillard, Blutdurst · 06/4929
Gene Roddenberry, Star Trek (I): Der Film · 06/4942
J. M. Dillard, Star Trek VI: Das unentdeckte Land · 06/4943
Barbara Paul, Das Drei-Minuten-Universum · 06/5005
Judith & Garfield Reeves-Stevens, Das Zentralgehirn · 06/5015
Mel Gilden, Baldwins Entdeckungen · 06/5024
D. C. Fontana, Vulkans Ruhm · 06/5043

STAR TREK™

Judith & Garfield Reeves-Stevens, Die erste Direktive · 06/5051
Michael Jan Friedman, Das Doppelgänger-Komplott · 06/5067
Judy Klass, Der Boacozwischenfall · 06/5086
Julia Ecklar, Kobayashi Maru · 06/5103 (in Vorb.)
Peter Morwood, Angriff auf Dekkanar · 06/5147 (in Vorb.)
Carolyn Clowes, Das Pandora-Prinzip · 06/5167 (in Vorb.)

STAR TREK: DIE NÄCHSTE GENERATION:

David Gerrold, Mission Farpoint · 06/4589
Gene DeWeese, Die Friedenswächter · 06/4646
Carmen Carter, Die Kinder von Hamlin · 06/4685
Jean Lorrah, Überlebende · 06/4705
Peter David, Planet der Waffen · 06/4733
Diane Carey, Gespensterschiff · 06/4757
Howard Weinstein, Macht Hunger · 06/4771
John Vornholt, Masken · 06/4787
David & Daniel Dvorkin, Die Ehre des Captain · 06/4793
Michael Jan Friedman, Ein Ruf in die Dunkelheit · 06/4814
Peter David, Eine Hölle namens Paradies · 06/4837
Jean Lorrah, Metamorphose · 06/4856
Keith Sharee, Gullivers Flüchtlinge · 06/4889
Carmen Carter u. a., Planet des Untergangs · 06/4899
A. C. Crispin, Die Augen der Betrachter · 06/4914
Howard Weinstein, Im Exil · 06/4937
Michael Jan Friedman, Das verschwundene Juwel · 06/4958
John Vornholt, Kontamination · 06/4986
Peter David, Vendetta · 06/5057
Peter David, Eine Lektion in Liebe · 06/5077
Howard Weinstein, Die Macht der Former · 06/5096
Michael Jan Friedman, Wieder vereint · 06/5142 (in Vorb.)
T. L. Mancour, Spartacus · 06/5158 (in Vorb.)

STAR TREK: DIE ANFÄNGE:

Vonda N. McIntyre, Die erste Mission · 06/4619
Margaret Wander Bonanno, Fremde vom Himmel · 06/4669
Diane Carey, Die letzte Grenze · 06/4714

STAR TREK: DEEP SPACE NINE:

J. M. Dillard, Botschafter · 06/5115
Peter David, Die Belagerung · 06/5129 (in Vorb.)
K. W. *Jeter,* Die Station der Cardassianer · 06/5130 (in Vorb.)

DAS STAR TREK-HANDBUCH:

überarbeitete und aktualisierte Neuausgabe!
von *Ralph Sander* · 06/4900 und 06/5150 (in Vorb.)

Diese Liste ist eine Bibliographie erschienener Titel
KEIN VERZEICHNIS LIEFERBARER BÜCHER!